U0528274

天喜文化

从声音到文字，分享人类智慧

必须犯规的游戏

重启 ①

宁航一 著

天地出版社 | TIANDI PRESS

目录
CONTENTS

楔子 – 001

第一夜的离奇故事·**异变前夜** – 021

第二夜的离奇故事·**黑暗双子** – 155

楔子

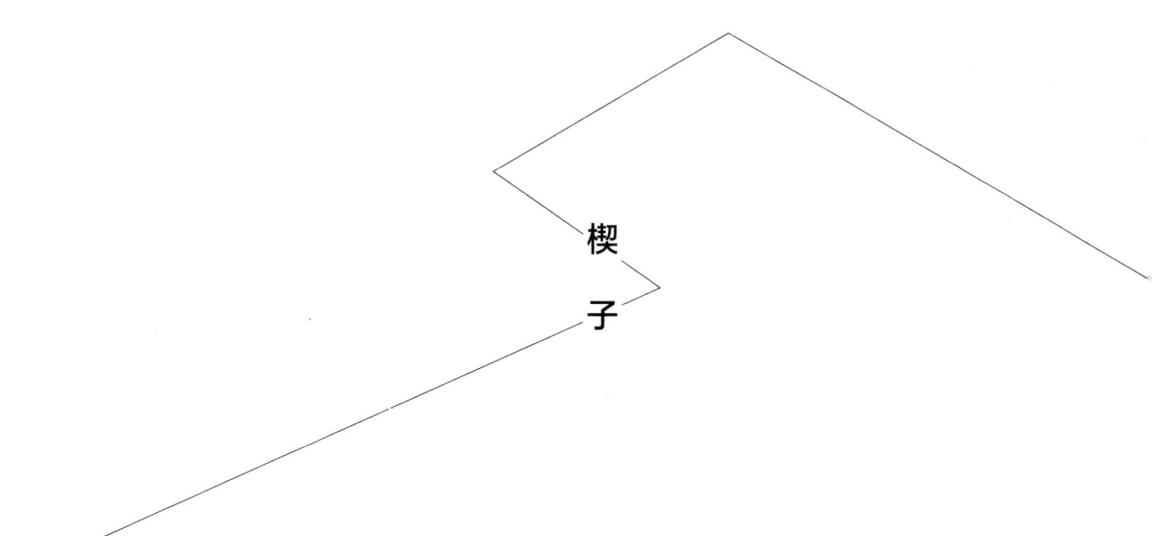

就是这里了。

兰小云对照着手机上的地址,凝视着面前这栋像废弃工厂一样的建筑物,深吸一口气。

真的要进去吗?里面等待着我的会是什么?她感到一阵心悸。不过,都已经来到这里了,显然没有退却的理由。兰小云咬了咬牙,毅然朝前走去,用双手推开了布满铁锈的大门。

陈旧的大门发出沉闷的呻吟,与此同时,十几道目光齐刷刷地射向了推门而入的兰小云。

兰小云的目光跟他们碰撞在一起,她局促地点了点头,算是跟众人打了个招呼。随即,她把门缓缓虚掩上了。

环顾四周,这是一个上千平方米的大空间,看样子是一间经过改造的厂房,层高八米左右,周围分为上下两层,上面是一圈走廊和十几个房间,中间是空旷的大厅,正中间有一张圆桌,此刻已经围坐了十几个人。空着的椅子仅剩两把。

看来,我是倒数第二个到的人,还好不是最后一个。兰小云暗忖,朝圆桌走了过去。

"坐这里吧。"一位气质儒雅的男士指了一下对面的椅子,示意兰小云落座。

"谢谢。"兰小云礼节性地一笑,坐到了椅子上。

"你是怎么找到这地方的?"一位面相和善的中年女士问道。

"按照短信上的提示一步步找过来的。这里实在是太偏僻了，公交车根本到不了，只能步行。真没想到在这种荒山里居然有这么大一栋厂房。"兰小云说。

"这家工厂在八年前就荒废了，"说话的是一个戴眼镜的男人，显然他做过一些调查，"但是从内部装饰来看，似乎最近被改造过。"

"应该就是为了这次'游戏'专门改造的吧。"一个穿西服的男人说道。

"这场'游戏'的主办者……露面了吗？"兰小云试探着问。

左手边的中年女士摇了摇头。兰小云缄口不语了。室内陷入一片沉寂。兰小云默数了一下，此刻在座的包括自己在内，有十三个人，还剩一把椅子空着，可见参加这场游戏的人，一共有十四个。

几分钟后，穿西服的中年男人看了看表，说道："已经过了三点了，怎么还有一个人没到？这人不会是迷路了吧？"

"或者是中途退缩，不打算参加了？"有人猜测。

西服男闷哼了一声："不管怎样，既然没来就用不着等他了。要做什么游戏，赶快开始吧！"

"你在跟谁说话？"一个面容瘦削的男人说道，"主办者都没到，怎么开始？"

"主办者不会非得等到十四个人都到齐才现身吧？"戴眼镜的男人说。

"那要是有人不来，我们就一直无休止地等下去？"

就在这时，伴随着"吱呀"一声，沉重的铁门再次被推开。众人的目光聚集在来者身上——最后一个"参与者"终于抵达了。

"哟，都来了这么多人了。"迟到的人没有丝毫抱歉的神色，说话的表情也是皮笑肉不笑，态度令人颇为不爽。

"就差你一个了。"西服男没好气地说。

迟到者一边环顾周围，一边朝圆桌走过来。他大剌剌地坐到最后一把椅子上，跷起二郎腿。扫视众人一番后，他口无遮拦地问道："你们都是跟我一样，欠下了巨款？"

在座每一个人的面部肌肉都不自觉地颤动了一下。之前，他们都对彼此保留着基本的尊重。现在伤疤被毫无保留地撕开，自然引发了心底的一阵抽痛。

"怎么，该不会你们还羞于承认这一点吧？"不知趣的男人咧嘴一笑，"咱们要不是一路人，会聚集在这里吗？"

"别把我跟你混为一谈。"西服男对其怒目而视，"我就算身负巨债，也跟你这种人有本质区别。"

"哈哈哈哈！"迟到者发出一阵肆意的狂笑，"都走到这步田地了，还要装出一副社会精英的样子。你跟我的区别，不就是你更虚伪吗？"

西服男倏地站了起来，握紧拳头，怒不可遏，看样子想要一拳朝这家伙挥过去。旁边的人赶紧劝住。中年女人说道："大家都少说两句吧，主办者迟迟未露面，情况尚不明了，现在可不是吵架的时候。"

西服男强忍怒火，坐了下来。他习惯性地整理了一下笔挺的西装，说道："现在人都到齐了，主办者为什么还不现身？该不会是要我们吧？"

"这是不可能的。"一个年轻英俊的男人说道，"不管主办者是谁，这人煞费苦心地把我们十四个人'请'到这个地方来，此处又经过明显的布置，显然他已经策划这个游戏很久了。"

众人纷纷点头。兰小云注意到了说话的这个男人，他有着鹰隼般五官鲜明的面庞，脸部轮廓分明，目光尤其锐利，年纪跟自己相仿，二十三四岁。如果这是在一家咖啡厅，她或许会被这位帅气的男人吸引，可惜此情此景实在令她无法产生任何幻想。

"既然如此，主办者为什么还不出现？故意吊我们胃口吗？"西服男说。

"我猜，他会不会故意给我们留时间来熟悉彼此？"一个穿灰色上衣的男人说道。

"有这个必要吗？"西服男反问。

"我不知道。反正现在闲着没事，不如我们各自做一个自我介绍？"灰上衣男人提议。

众人面面相觑，似乎没有异议。

灰上衣男人说："那就从我开始吧。我叫扬羽，今年三十七岁。"

"这就完了？"迟到的男人望着他。

"还要说什么？"扬羽问。

"刚才都把话挑明了，不如我们就坦诚一点，说说自己是怎么欠下巨款的吧。"迟到的男人挑起一边眉毛，看来他对这件事颇感兴趣。

扬羽迟疑片刻，说道："好吧，我是因为加杠杆炒股而欠下巨债的。"

"亏了多少钱？"迟到的男人打破砂锅问到底。

"没有必要说得这么详细吧？反正不是小数目。"扬羽拉下脸来，面露不悦。

迟到的男人不再纠缠了。他望向了扬羽旁边的年轻女孩。

"我叫桃子，十九岁，是一个大学生。因为校园贷而欠下了一笔巨款，完全无力偿还……"年轻女孩怯生生地说，声音越来越小，显得十分羞愧。

接下来，众人按照逆时针的顺序，纷纷进行自我介绍。

"我叫真琴，三十五岁，因为一对儿女都患上了白血病，所以现在负债累累。"说话的是中年女士，面容和善，此刻却一脸愁苦。

"我叫雾岛，三十六岁，因投资房地产失败而负债，还因此患上了抑郁症……身心都受到摧残。"真琴旁边的大叔有气无力地说道。

"我叫王喜，二十八岁，之前是做餐饮的，开了一家几千平方米的火锅城，亏得血本无归。哈哈，这就是好高骛远的结果。"这个男人跟雾岛形成鲜明的对比，嘴里说着"亏得血本无归"，腔调却嘻嘻哈哈。

"我叫宋伦，四十二岁，也是因为错误的投资而负债。"长相儒雅的男人简短地介绍了自己的过往。

"我叫陈念，二十四岁，在新加坡留学时，被高档豪华的赌场所吸引，本想小玩几把，没想到越陷越深，难以自拔……最后欠下巨款。"穿格子衬衣的男人不无懊恼地说。

"我叫双叶，二十五岁，负债的原因是被前男友诈骗。"女孩冷冷地说，脸上看不到一丝表情，似乎遭受了难以磨灭的伤害。

"我叫流风，二十六岁，之前因挥霍无度而负债累累。如果上天能再给我一次机会，我一定痛改前非，重新做人。"叫流风的男人诚恳地说。

"我叫贺亚军，今年四十岁，因公司破产而负债。"西装男带着几分不情愿的口吻说道。

"我叫刘云飞，三十一岁。"戴眼镜的男人苦笑了一下，"我的人生就是一场悲剧。从二十岁起，我开始买彩票，但是一直没中过大奖。终于有一次，我中了一次头奖，欣喜若狂。结果，这张彩票却被老婆丢进洗衣机搅成了碎片……之后，我便发了疯似的买彩票，每天买上千元。但直到负债累累，也再没有中过一次大奖……"

众人同情地望着他，大厅里沉默了一小会儿。

"好了，轮到我了。"迟到的男人说，"我叫乌鸦，当然这不是真名，只是一个绰号，今年三十八岁。我之前一直没找到工作，后来也就懒得找了，通过各种方式借钱度日，最后被高利贷给坑了。现在到底欠了多少钱，我自己都不清楚。到这鬼地方来玩玩游戏，顺便还能躲债，哈哈！"

这家伙果然是个游手好闲、玩世不恭的混子。众人懒得理他，贺亚军对这种人更是嗤之以鼻，望都懒得再望他一眼。

现在，只剩下兰小云和那个年轻英俊的男人两个人了。前者说："我叫兰小云，今年二十二岁，刚刚大学毕业。我没有欠下任何债务。"

"没有欠债？"乌鸦瞪大眼睛问，"那你到这儿来干什么？"

"我没有说完……我虽然没有欠债，但我的父母，却因为生意经营不善而欠下了一大笔钱，母亲因此而病倒了。所以，当我收到那条神秘短信的时候，我就想来试试，看能不能……"

"能不能赢得一亿元的巨额奖金？"乌鸦冷笑着说，"在座的每个人，都跟你打着同样的算盘。"

众人沉默不语，纷纷移开目光。

最后只剩下那年轻英俊的男人一个人了。他说："我叫柏雷，二十四岁，至于我欠债的原因，无可奉告。"

"什么'无可奉告'！我们大家都说了，你凭什么不说？"乌鸦叫嚷道。

柏雷漠然道："因为这是我自己的事，跟你们没有关系。"

乌鸦为之气结。他不愿意说，自然也没人能强迫，众人只好作罢，只是每个人心中都升起一片疑云。

每个人都介绍完毕后，大厅内突然响起一个响亮的声音，把所有人都吓了一跳。

"欢迎光临，客人们。"

围坐在一起的十四个人左顾右盼，寻找着声音的来源。陈念最先有所发现，指着斜上方叫道："在那里！"

众人抬起头，望向上方，这才发现厂房顶端的四个角落都安装着一个小音箱，声音就是从这些音箱中发出来的。音色听起来有些怪异，估计是使用了变声器的效果。

"很高兴各位准时来到指定地点，参加由我主办的这场游戏。我猜，你们相互之间已经进行了一些交流，所以各位的名字和经历，就不用我来一一介绍了。不避讳地说，你们都身负巨额债务，有些人甚至因此丧失了活下去的信心。你们都需要一个翻盘的机会。而这个游戏，就为你们提供了这样的机会。一亿元的奖金，相信对任何人都是有吸引力的。为了表达诚意，现在请各位起身，来到房间的东北角。"

十四个人面面相觑，似乎都在等别人先做出反应。乌鸦率先站了起来："都到这里了，怕什么，照他说的做呗。"

说着，他一个人朝房间东北角走去。另外十三个人也陆续起身，跟着他来到厂房的角落。他们注意到，墙上镶嵌着一块木板，木板的右侧有一个把手。主办者的意图十分明显。贺亚军握住把手，木板被轻松地拉开了。

展现在他们面前的是一个镶入墙体的金属保险柜。

主办者的声音再次响起："密码是六个6。你们将保险柜打开，看看里面的东西吧。"

贺亚军在保险柜的数字键盘上输入六个6，"咔嚓"一声脆响，保险柜的铁门打开了。他缓缓将门拉开，看到里面的东西后，眼睛倏然睁大了。身边的人也发出一阵惊呼。

满满一柜子的钱，码放得整整齐齐。

"柜子里面，是一亿元整——也就是这次游戏的奖金。获胜的人，可以将这些钱全部带走。不过这是获胜之后的事，现在，请你们将门关好，重新坐回圆桌旁，听我讲述游戏规则。"

贺亚军正要照做，乌鸦一把抓住他的手，瞪着一双贪婪的眼睛说道："喂，这些钱，现在就在我们眼前……"

"你想做什么？不参加游戏，直接将奖金带走吗？"贺亚军冷冷地问。

乌鸦咽了口唾沫，没有说话，但谁都知道，他就是这样想的。

"这样……不太好吧？"雾岛迟疑地说，"这不等于是抢钱了吗？"

"这种时候，就别装什么正人君子了。"乌鸦低声道，"大门打开着，一亿元现金就在我们面前……"

"你确定现在厂房的大门，还是打开着的吗？"一个冷静的声音从乌鸦身后响起。乌鸦回头一看，说话的是柏雷。

"你什么意思？难道……我们已经被关在这里了？"乌鸦瞪大眼睛说。

"你可以确认一下。"柏雷说。

乌鸦眼珠一转，快速朝大门的方向走去。他双手握住两扇铁门的拉手，用力往前推，又使劲向后拉，铁门纹丝不动。

"我们真的被锁在里面了？！"乌鸦不禁大声叫道。

众人都紧张起来。兰小云问："你怎么知道大门已经锁上了？"

柏雷摇了摇头，冷笑道："这个主办者神通广大，调查我们每个人的背景，抓住我们的软肋，然后诱惑我们到这里来参加他精心设计的游戏，再将一亿元现金大大方方地展现在我们面前——拥有如此胆色的人，会愚蠢到让我们直接把钱带走吗？如果我没猜错，从乌鸦进来之后，厂房大门就已经从外面被锁上了。"

众人不得不承认，柏雷分析得极有道理。陈念说："既然如此，我们就坐下来，听听游戏规则是什么吧。"

大家回到各自的座位上。落座的那一刻，主办者的声音再次响彻整个大厅："下面说明游戏规则。首先请你们检查一下这张圆桌的下方，应该能发现一个小箱子，对吧？"

听到这番话，每个人都不由自主地俯下身，朝桌子下方望去，果然看到了一个木质的小箱子，刘云飞钻到桌下将箱子拿了出来，摆放在桌子中间。

"这个箱子里，装着十四块号牌，每块号牌上印着一个数字，分别是1到14。一会儿，请你们按照我说的去做——每个人从箱子里摸一块号牌出来，上面的数字就代表你的号码。确定后，游戏就开始了。

"游戏内容是这样的：从拿到号码'1'的那个人开始，每天晚上七点钟，**每人讲一个自己经历过或者听到过的最离奇的故事**。这个大厅内安装了监听设备，你们讲的故事，会由外面的人负责记录，之后以文字的形式发布在一家网站上，**由网友给每个故事打分**，100分为满分。之后，网站的人会进行统计，并计算出平均分——最后得出的分数就是这个故事的总分。分数次日会在大厅的屏幕上公布。十五天之后——最后一个讲故事的人需要等一天才能得知分数，得分最高的那个人就是这场游戏的获胜者，获胜者可以带走保险柜里的一亿元奖金。"

听到这里，在场的每个人都露出激动欣喜的表情。之前，他们都惴惴不安，不知道游戏形式是什么，有些人甚至想到了《电锯惊魂》《密室逃生》等电影中的残酷情节，担心遭遇同样的厄运。现在听完主办者介绍游戏方式，大家都松了一口气——只是每天晚上讲一个故事而已，这竞争方式真是太温和了。虽然最后获胜的人只有一个，但输了的人，至少没有什么损失。

然而，主办者接下来的一番话又令他们如同坠入冰窖，遍体生寒："不过，既然是游戏，总要刺激点才好玩，对吧？所以我制定了一个规则：**这场游戏进行到第五天、第十天和第十五天的时候，会分别进行一次'末位淘汰'，到时得分最低的那个人会'出局'。**也就是说，至少有三个人无法活着离开这个地方。"

"什么？'出局'的意思就是——死亡？"流风惊恐地瞪大了眼睛。其他的人也全都露出骇异的表情。

"另外，告诉你们一件事：这场游戏的主办者，也就是我，现在就跟你们坐在一起。没错，我本人也是这场游戏的参与者之一。之所以这样做，是因为我是一个喜欢冒险和挑战的人，想要跟你们进行一场绝对公平的竞赛。自然，我也会讲一个故事，等待网友的打分。如果最后胜出的那个人恰好是我——那么，听清楚——你们剩下的人一个也别想活着出去。"

众人惊恐万状，紧张地四处张望，显然有一个人在演戏——仿佛身边的人都具有嫌疑。而音箱里的声音还在继续：

"肯定有人想到了，如果末位淘汰的时候，恰好轮到我出局该怎么办？在此，我向你们保证，如果真的发生了这种情况，我绝对不会偏袒自己。到时候，我会承认我的主办者身份，并提前结束这场游戏。而剩下的活着的人，将每个人获得五千万元的奖金。

"总结一下，这场游戏的结果，无非三种情况：

"第一，你们中的某个人获胜，赢得一亿元奖金。剩下的人中，有三个人会因末位淘汰而死亡。其他人既不赢钱，也不丢命，在十五天后活着离开。

"第二，获胜者恰好是我，那么剩下的十三个人全部都会死。

"第三，特殊情况。我因为末位淘汰而出局，那时我会承认主办者身份并提前终止游戏，剩下的人每人获得五千万元奖金。"

说到这里，主办者有意停顿了一下。几秒之后，他强调道："会出现哪种结果，谁也无法预料，因为我们的命运，实际上掌握在'场外选手'——也就是网友们的手中。他们会喜欢怎样的故事，为哪个故事打高分，哪个故事打低分，全然不由我们控制。不过，好的故事自然会被大家欣赏，所以讲好自己的故事，是胜出乃至保命的关键。在座的每一位，都是我经过调查之后，从数千位负债者中精挑细选出来的，相信你们都有一些离奇的经历或者不同寻常的见闻可以作为故事素材。只要你们的故事足够精彩和吸引人，就有可能赢得这场游戏。而我，自然也会全力以赴，用最公平的方式挑战你们十三个人。

"好了，规则就是如此。最后提醒几点：第一，这里是一个旧厂房改造而成的，除了大门能出去，没有其他途径能够离开。厂房的周围，安装了手机信号屏蔽器，这意味着在这十五天内，你们无法跟外界取得任何联系，就不用枉费心机试图逃走了。

第二，大厅东南方向的柜子里，有充足的食物和水，只要不浪费，度过半个月完全没问题。第三，游戏从今天晚上七点开始，现在应该是下午四点左右，这意味着第一个讲故事的人，已经没有多少准备时间了。建议你们在我说完这番话之后，立刻进行号牌的抽取。祝各位好运。"

在这之后，音箱里就没有再发出声音了。众人神思惘然，面色惶恐。过了很久后，王喜摸出手机一看："果然没有信号了。"

"手机有紧急呼叫功能，试试拨打110。"兰小云说。

王喜和另外几个人赶紧照做，一分钟后，他们都露出沮丧的神情，看来紧急呼叫功能也已经受到限制了。手机现在形同玩具。

"这主办者不会是说真的吧？末位淘汰的人，真的会死？"雾岛担忧地说，"他会用什么方式下手呢？"

"主办者就在我们中间，在这种封闭空间内，应该能找到很多下手机会吧。"宋伦说道。

"那我们就这样坐以待毙吗？分数最低的三个人，就任由他杀死？我们又不是待宰羔羊？！"贺亚军怒道。

"那你觉得，我们应该怎么办？"双叶问贺亚军。

"设法找出隐藏在我们中间的主办者！"贺亚军扫视众人一圈，"我不相信，他会一点破绽都不露出来。"

"依我看，正在说这番话的你就很可疑。"双叶冷冷地说。

"什么，你怀疑我？"

"一般来说，越是义正词严的人就越可疑，不是吗？说什么'设法找出主办者是谁'，就是为了不让别人怀疑到自己吧？结果戏演得太过，反而引人怀疑。"双叶不客气地说。

贺亚军怒视着这个年轻女孩，一时无言以对。过了一会儿，他说道："如果这就是你判断主办者身份的方式，那真是太幼稚了。"

"真不知道是谁幼稚，明明四十岁的人了，却说些不着边际的话。主办者要是这么容易就被我们找出来，这场游戏未免也太无聊了吧？"双叶语气带着不屑。

"那照你的意思，我们都应该乖乖听从主办者的安排，进行游戏咯？这样看来，你也很可疑呀。"贺亚军反唇相讥。

"好了，你们就别互相怀疑了。这十几天，我们都被软禁在这里，不得离开。如果再发生内讧，情况将更加糟糕。"真琴劝解道。

"是啊，真琴姐说得对，现在一切都在主办者的掌控之中，我们还是按照他定下的游戏规则来办吧。啊，已经四点十分了，距离晚上七点，只有不到三个小时了。"大学生桃子说道。

"不管怎么说，先抽签吧，再浪费时间的话，对第一个讲故事的人太不利了。"兰小云说。

众人一齐点头，谁都怕自己是第一个人。柏雷把圆桌中间的木头箱子拉到自己面前，说道："我先来吧。"

这个箱子的顶端开了一个圆洞，刚好能让人把手伸进去。柏雷从里面摸出一块号牌，上面写着数字"12"，他把号牌展示给众人看，然后把木箱推到旁边的人面前。

真琴第二个伸手进去，她摸出的号牌是数字"7"。接下来，众人依次从木箱中摸出号牌。轮到刘云飞的时候，他面色一沉，露出复杂的神情，因为号码牌上的数字是"1"。

所有人都拿完之后，众人一齐将自己的号牌展示出来，排序一目了然：

1号：刘云飞

2号：陈念

3号：扬羽

4号：桃子

5号：王喜

6号：双叶

7号：真琴

8号：雾岛

9号：宋伦

10号：兰小云

11号：流风

12号：柏雷

13号：乌鸦

14号：贺亚军

"我可真够'幸运'的，第一个讲故事。"刘云飞苦笑道，"看来，我得抓紧时间准备了。"

"二楼左右两边，分别有七个房间。房门上分别贴着1至14的门牌号，显然是让我们每个人分别住到自己对应的那个房间去。"陈念说。

众人抬头望去，发现根本看不清二楼房门上的门牌号。扬羽问："你怎么知道房门上贴着数字？"

"因为我是第一个来到这里的人，之前就到二楼去检查过一遍了。"陈念答道。

"你是几点钟到这里的？"

"一点半吧。"

"约定的时间是三点钟，你提前这么多来？"

"我向来喜欢早到，有什么问题吗？"

扬羽眯着眼思索，缄口不语。

"那我就到1号房间去休息，构思我的故事了。"刘云飞起身，准备上楼。

"等一下，"柏雷忽然开口，"我想问各位一个问题——你们是以什么方式接到主办者邀请的？"

众人愣了一下。流风问："为什么要问这个问题？"

"先回答，可以吗？"

"短信。"流风答道，"一个星期前，我收到一个陌生号码发来的短信，这个神秘人对我的情况了如指掌，邀请我参加一个可以赢得一亿元奖金的游戏。"

柏雷望向其他人："你们也是吗？都是收到了陌生号码发来的短信？"

众人一齐点头。柏雷又问："每个人都是收到短信？没有一个人是接到电话吗？"

众人默默摇头。

"这么说，没有一个人听过主办者的声音，是吧？"柏雷问。

"你想通过这一点判断谁是主办者？恐怕没这么容易吧。就算主办者会给我们打电话，想必也会用变声器，或者让另一个人跟我们通话。他不会蠢到用自己的声音跟我们说话吧？"双叶说。

"是啊，之前音箱里发出的声音，就是使用过变声器的。"桃子说，"我做过主播，知道使用变声器的效果。"

"我知道主办者没这么蠢。"柏雷说，"我只是感到好奇，难道你们都没有试过回拨过去吗？"

"我拨打过那个号码。"王喜说，"但是无人接听，对方好像只愿意用短信跟我们沟通。"

"在这个诈骗横行的年代，你们就没怀疑过这可能是一场骗局吗？为什么全都愿意接受邀请，来如此偏僻的地方参加什么'游戏'呢？"柏雷问。

众人沉默了一刻。雾岛喃喃说道："我不知道其他人是怎么想的，但是我……"他苦笑了一下，"我已经是被债务逼到绝境的人了，对方也知道这一点，谁会诈骗我这种身无分文的人呢？所以，我抱着赌一赌的心态，来到了这里。"

有几个人附和着点头，看来他们也是出于同样的考虑。

桃子怯生生地说："除此之外，对方知道我和我家庭的一切情况，虽然没有明说，却暗含威胁的成分……我担心如果不照他说的做，家人会受到牵连……"

"没有想过报警吗？"柏雷问。

桃子说："那人发的短信滴水不漏，只是邀请我们参加一个游戏，并提供高额奖金，并没有违反任何法律呀。报警的话，警察也不一定会受理吧？况且短信中明确说了，如果将这件事透露给其他人，等于自动放弃这次机会。我不知道人生中还能遇到多少次这种获得一亿元的机会，所以就……"

"看来，这个主办者是一个心理学高手，摸透了我们每一个人的心理。"柏雷说。

"你为什么要问这些问题？难道你跟我们不一样吗？你不是收到了主办者发送的短信？"贺亚军问。

柏雷略微一顿，说："不，我跟你们是一样的。我只是确定一下，是否每个人都是如此罢了。"

真琴一直暗中观察每个人脸上的神情。柏雷说这句话的时候，她的眉毛微蹙了一下。

"现在确定了，又怎样呢？"贺亚军继续追问。

柏雷扫视众人一眼："希望大家配合我做一件事——把你们的手机，都拿出来放在桌面上，可以吗？"

"做什么？"兰小云问。

"先放在桌面上，然后我就告诉你们。"

众人露出狐疑的表情，但每个人还是都照做了。现在每个人的面前，都摆放着自己的手机。

"刚才我们已经确定过了，每个人都收到了主办者发来的短信。那么，我相信，这些短信，现在都还保存在各位的手机里，对吧？"柏雷说，然后露出一丝狡黠的笑容。

众人愣了几秒，王喜第一个反应过来，叫道："啊！主办者的手机里，也许没有这些短信。因为他不用自己发给自己！"

经他这么一说，每个人都明白柏雷的用意了，暗忖这真是一个妙招。但双叶说："也许主办者已经考虑到了这一点，用另一个号码给自己发送了这些短信呢？"

"当然也有这种可能，"柏雷说，"不过，万一他忽略了呢？"

"没错，我们马上检查看看就知道了！"贺亚军说完，询问众人，"没人有意见吧？"

"这个……"陈念的脸色突然变得尴尬起来，"我……我的手机上没有这些短信。"

所有人的目光像利剑一样射向了他,他的脸色变得更加苍白了,慌忙解释道:"我是一个星期前收到这些短信的,但是在三天前,我把手机弄丢了,就换了一部新手机,所以上面没有这些短信。"

"有这么巧的事吗?"扬羽眯着眼睛看他,眼神中充满怀疑,"既然你的'新手机'上没有这些短信,那你是怎么找到这个地方的?"

"我之前已经把这个地址记在一张纸上了,而且我的记忆力很好,地址看过一遍就能记住……"

"这个地址这么复杂,你看过一眼就能记住?"扬羽明显不信。

"是真的,不信的话,我可以把地址背给你们听。"陈念说。

"你当然能够背给我们听,主办者自己找的地点,怎么会记不得呢?"扬羽冷笑道。

"我不是主办者!真的……你们相信我!"陈念进行着苍白的辩解。

这时,陈念身边的流风拿起他的手机,说道:"你说这是你三天前才买的新手机,但是外壳边缘已经有磨损的痕迹了。仅仅三天,就能磨损成这样?"

陈念脸红道:"手机是新买的,但是是翻新机,也就是二手手机。我负债这么多,没钱买全新的手机了……"

流风询问众人:"你们相信他说的吗?"

柏雷说:"这样吧,我们先别忙着下结论,检查一下其他人的手机再说,怎么样?"

没人有意见。于是从柏雷开始,每个人都把自己手机上的短信内容展示给众人看。前面几个人,似乎都没有什么问题。

检查到双叶的手机时,柏雷发现了端倪:"等一下。"

"怎么了?"双叶略显不安地问。

"为什么你的手机上,只有主办者发给你的短信,没有你回复他的短信呢?"柏雷问。

"因为我本来就没有回复过他。"双叶说。

"是吗?你一条信息都没有回复,他凭什么认为你会来呢?"柏雷提出疑问。

"因为……我也没有说我不会来呀。"双叶说。

"不对吧。我们其他人都是回复了主办者，说愿意参加这场游戏，才收到最后一条地址短信的。你自始至终都未表态，主办者为什么会发送地址短信给你？难道他就不怕你带着一队警察来搅了这场好戏？"扬羽敏锐地指出问题所在。

众人略一思索，认为逻辑上确实说不通，他们的目光聚集在了双叶身上。怀疑的目标又增加了一个。

面对众人的质疑，双叶只有做出解释。她神色黯淡地说道："当初我被前男友诈骗，就是因为回复了不该回复的短信，自此之后，我便十分敏感，再也不愿回复任何短信了。主办者知道我的这段过去，所以他并没有要求我回复短信，而是用了另一种方式确定我愿意来参加。"

"什么方式？"兰小云问。

双叶犹豫了一下，说道："她跟我见过一面。"

"什么？！"众人大吃一惊，"你见过主办者？"

双叶微微颔首，说道："收到短信后的第三天，我在地铁上遇到了一个中年女人。当时她就坐在我的旁边，穿着打扮跟一般的职场女性无异。这女人一开始没说话，后来低声问了我一句：'你考虑得怎么样？'我吃了一惊，确定她是在跟我说话之后，我想起了那条短信，便询问她是不是发短信给我的人。她承认了，并希望我在下地铁之前做出答复。"

"然后呢？你回答她你愿意参加？"兰小云问。

"当时那女人给我的感觉是温柔而有气质，实在不像一个坏人。而那两天，我也一直在纠结此事。不管怎么说，我需要钱，一亿元奖金能够解决我当初和现在遇到的一切问题。所以，我点头答应了。那女人微笑着说：'好的，我会将地址发送到你的手机上，请准时前往。'然后就下车了。"

"听起来似乎解释了你没有回复短信的问题，不过更像一个现编的故事。"贺亚军不客气地说道，"你不回复就代表不愿参加，她有什么必要跟你当面确认？你很特别吗？主办者对你格外重视？更大的可能性是这个谎言你没编圆吧？"

"大叔,我发现你很伶牙俐齿。"双叶毫不示弱地反击道,"反正我说的都是实话,信不信由你吧。主办者为什么要跟我见面,我也不知道。有机会你问她去吧。"

"你才是巧舌如簧!"贺亚军再次被这个年轻女孩激怒了,"我现在有理由相信,你就是那个该死的主办者!"

"恭喜你,轻易得出如此简单粗暴的结论。我是主办者?那我既然都考虑到了用另一个号码给自己发短信,为什么会想不到回复一下?"

贺亚军一时哑然。兰小云示意他们别斗嘴了,问道:"双叶,既然你说自己见过主办者,那这个人现在在场吗?"

双叶摇头道:"当然不在,要不我早就指认她了。"

"你在地铁上见到的那个女人,只是承认是她给你发的短信,并没有说过她就是主办者吧?"柏雷说。

双叶想了想说道:"是的。"

"可见那女人不是真正的主办者,只是主办者的一个帮手罢了。我想,真正的主办者,是不会轻易出现在任何人面前的。"

"没错……"真琴说道,"实际上,自从收到那条短信后,我一直有一种感觉,好像自己受到了某种监视。一开始我以为是心理作用,现在想起来,也许那几天真的有人在暗中监视我。"

"我也有这种感觉。"流风说,"我敢说有一次我甚至看到了这个人,但是很显然,他也不是真正的主办者。"

"如果你们说的都是真的,那最大的可能性就是,我们十四——不,十三个人都在那段时间受到了别人的监视。那些人可能都是主办者的手下。其中的一个,还出现在了双叶的面前。"刘云飞说。

"如此看来,主办者势力不小呀。"雾岛说。

"当然,能拿出一亿元当奖金并诱惑十几个人进行这场游戏的人,会是普通角色吗?"流风说。

众人陷入了沉默,心情复杂。

刘云飞看了下手表："天哪，不知不觉都快五点了，我实在是不敢再耽搁时间了，我必须回房间去准备今晚要讲的故事了。我可不想第一个就出局！"

说着，他匆匆朝二楼走去，走进左侧的 1 号房间，将房门关上。

其他人纷纷对视了一下。柏雷说："我们也各自回房休息吧。现在还无法得出主办者是谁的结论，只能日后再说了。"

听到这话，起先遭到怀疑的陈念和双叶明显松了口气。众人纷纷通过两边的铁制楼梯走上二楼，进入各自号牌所对应的房间。

房间不大，只有七八平方米。房间里没有窗户，顶上有一盏日光灯，进门左侧摆了一张单人床，床单被褥倒是很干净。床的对面有一张单人沙发，右侧的角落有一个抽水马桶，这就是整个房间的布局了——就像监狱里的牢房。他们现在的处境，也的确跟坐牢无异。

真琴进入房间后，将门锁好。她走到布艺沙发前，轻轻摩挲沙发靠背，然后坐了下来，开始回想和思索某些重要的问题。

从进入这里，到刚才为止，她一直在暗中观察每一个人。

四个人。至少有四个人不同程度地撒了谎。

当然，撒谎的人不一定就是主办者。他们也许是因为别的原因而撒谎。但从概率上来讲，主办者很有可能就是这四个人之一。

其中最令她在意的一个人，是 12 号——柏雷。

表面上看，他似乎在竭力辨别主办者是谁，在众人中占据了明显的主导地位。但实际上，他撒的谎是最多的。甚至可以说，他自始至终几乎没讲过一句实话。

除此之外，就是兰小云。这个女孩，也不是看上去那么简单的。真琴几乎敢肯定，她一定有所隐瞒。

最关键的是，主办者清楚我的能力吗？真琴陷入了苦思。这个主办者调查过我们每一个人，按理说，他应该知道我曾经是一个微表情与身体语言的研究者。我的特长，就是判断一个人有没有撒谎，在什么情况下会撒谎。

如果他知道我的本事，为什么还会邀请我来参加这场游戏？难道是想玩得更刺激，进行自我挑战？又或者，他对我的调查不够深入，忽略了我曾经从事的工作？

如果是这样，在没有百分之百证据的情况下，我一定不能暴露自己的能力，否则只会打草惊蛇，惹祸上身。真琴暗忖，反正还有那么多天，只要我不露声色，一定会逮到那家伙的狐狸尾巴。

同样坐在房间的沙发上沉思的，还有一个人——兰小云。

她思考的是另一个问题：我刚才的表现，还算不错吧？

这些人有没有察觉到，我来参加这场游戏，还有另外一个目的呢？

应该是没有发觉的，我隐瞒得很好。而最关键的两条短信，我在来到这里之前，就已经删除了。

"那个人"，真的就在这些人之中吗？他会是谁呢？

看来，我要慢慢接近他们，进行试探了。

六点过后，众人纷纷从房间里出来，来到一楼大厅。装食物和水的橱柜很大，里面堆放着各种即食食品：午餐肉罐头、牛肉罐头、蔬菜罐头、火腿肠、袋装面包、饼干和豆制品等等。饮品则包含矿泉水和盒装果汁。也许是主办者自己也在其中的缘故，食品和水的质量不差。

每个人都默默地从橱柜里选取食物，开始进餐。吃完的人就在大厅里散步或闲聊。有人注意到，只有一个人迟迟没有下来，正是今天晚上讲故事的人——刘云飞。

六点五十分的时候，刘云飞才从房间里走出来。他之前都在争分夺秒地想故事。来到大厅后，在大家的提醒下，他才想起自己还没有进食。

刘云飞随便拿了一个面包，三下五除二就吃完了。看得出来，他的心思根本没在吃上面。作为第一个讲故事的人，他显然是有些忐忑不安的。

七点钟，游戏正式开始。所有人都围坐在圆桌旁，望向了当晚的主角。

刘云飞清了清嗓子，用低沉的声音说道："我接下来要讲的这个故事，跟我的亲身经历有关。如果不是身处现在这样的情况，也许我永远都不会把这件事讲出来。提醒一下，这个故事有可能让人产生心理和生理上的双重不适。希望你们听完之后，不会留下心理阴影。"

这番开场白之后，他开始了讲述。

第一夜的离奇故事
异变前夜

一

　　和绝大多数退休妇女不一样，宋秋玲从不跳广场舞，拒绝打麻将，更无法容忍举着飘扬的丝巾拍照和在景区门口跟红色大字合影这样的行为。中老年妇女的审美对她来说是一个谜，行为模式更是令她不堪忍受。要她跟一大群老头老太太挤在超市门口等着抢购打折的大米和非转基因大豆油，她宁可饿死在家。时刻保持知性和优雅，才是她永远的人生信条。

　　宋秋玲今年五十七岁，已经退休两年了。之前她是本地一所名牌大学的法学教授。丈夫在五年前去世了，唯一的儿子在外地工作。宋秋玲独自居住在一套一百四十平方米的跃层住宅里。由于拒绝了小区里其他老太太的邀约，她总是独来独往。但她并不觉得寂寞，甚至乐于享受寂寞。

　　早上她一般会睡到自然醒。起床后，她会用苏门答腊咖啡豆研磨一杯曼特宁咖啡，早餐以沙拉和水果为主，中午则是简餐。一天中最重要的是下午茶时光，英式红茶和蔓越莓饼干永远是绝配。音乐和图书的搭配也是门艺术，听戴安娜·克瑞尔或者诺拉·琼斯的歌时适合阅读《焚舟纪》，一首歌配一个短篇故事，体量正好；而如果阅读的是《马尔多罗之歌》这类长篇散文诗，则一定要播放纯音乐的钢琴曲，任何有歌词的音乐都会对书中的意境产生干扰。

　　退休后的独居生活如此安逸和惬意，足以让宋秋玲忽视夜晚来临后的些许伤感。之前的几十年，她和丈夫相濡以沫，举案齐眉。丈夫的突然离世，令她深受打击，一度低迷消沉。每个夜晚，她只要想起丈夫在身边陪伴自己的日子，便悲从中来，好几年后，才渐渐走出情绪的低谷，重拾生活的乐趣。

这个晚上，宋秋玲在一楼客厅看完了一部电视剧，关了电视和灯，来到二楼主卧的卫生间洗漱，之后躺在床上，敷着面膜看书——这是她多年的习惯。出于保养的考虑，她从不超过十一点睡觉。

半夜的时候，宋秋玲突然被某种细微的声音惊醒了。她有轻微的神经衰弱——工作时落下的毛病，必须在非常安静的环境下才能睡着，一点声响就能让她醒来。此刻，她睁开了眼，判断着声音的来源。

不是错觉，房子里的确有声音，是某种窸窸窣窣的杂音，具有持续性。宋秋玲倏然紧张起来，家里只有她一个人，这声音是从哪儿来的呢？

是耗子在啃东西吗？不，不像……况且这是二十二楼，老鼠应该到不了这么高的楼层。那这声音是……难道家里进贼了？

宋秋玲的心跳开始加速，神经绷紧。独居者最害怕的就是夜晚出现异常状况。她之前设想过这种情况，没想到真的发生了。

宋秋玲犹豫着是装睡还是报警。可她并不能确定家里是否进了贼，因为这声音一直持续着。一般来说，小偷不会发出这么明目张胆的声音吧？

思来想去，她打算壮着胆子去看个究竟。如果没有听错，这声音来自楼下的客厅。

宋秋玲翻身起床，穿上拖鞋。她没有开灯，怕暴露了自己。循着声音的方向，她蹑手蹑脚地扶着栏杆朝一楼走去。越接近客厅，声音越明显。声音似乎是说话声，但听不清说的是什么。

快到楼下的时候，宋秋玲看到了客厅里闪烁不定的亮光，定睛一看，之前关了的电视机此刻居然打开了，声音正是电视里发出来的，也不知道是哪个深夜频道的节目。她在楼梯上迟疑了一会儿，哑然失笑。

真是虚惊一场。电视机自动开机的情况，她以前也曾遇到过。出现这种情况并不奇怪：电视机处于待机状态的时候，由于它并没有彻底断开电源，当电源电压不稳时，就可能接通电源，从而使电视机自动开机。

宋秋玲走到电视柜前，拿起遥控器。这次她没有选择"待机"，而是按电源键三秒，将电视机彻底关机。如此一来，就不会再出现这样的状况了。

电视机关闭后，客厅陷入一片黑暗。宋秋玲不用开灯也能找到楼梯在哪儿，她在这个家住了十一年，家里的每一个地方都刻在她的脑海里。

她转身，打算在黑暗中摸索着上楼。然而只走了两步，她就停了下来。

因为她眼角的余光，瞥到了沙发上的某样"东西"。

这不是真的。她对自己说。我一定是看错了。

可即便这样想，她还是下意识地、缓缓地扭过了头，望向了客厅的真皮沙发。

眼睛已经适应了黑暗。宋秋玲清清楚楚地看见，沙发上坐着一个人。她看不清这个人的样子，却可以看到他的身体轮廓。这个人端坐在沙发上，一动不动地盯着对面墙上的电视机。

宋秋玲的脑子"嗡"的一声响了，浑身汗毛直立。她捂住嘴，不让自己惊叫出来。她想马上跑到门口，打开门逃出去，但问题是这样就必须从这个恐怖的人面前经过。她甚至怀疑自己是否能活着出门。所以，她只能假装什么都没有看见，回过头，朝楼梯走去。

每走一步，她都感觉心脏快从嗓子眼里跳出来了。她尽量不让自己看起来像在逃跑，距离二楼还有几级楼梯的时候，她才加快脚步，飞奔进卧室，用颤抖的双手将房门紧锁，然后抓起床头柜上的手机，拨通了报警电话。

电话很快就被接了起来，值班民警问道："您好，请问有什么可以帮您？"

"我的家里……进了一个贼。"宋秋玲竭力克制心中的恐惧，压低声音说道，"他现在就在客厅里。"

"您住在哪个小区？几栋几单元几号？"警察迅速问道。

"天祥国际社区，一栋一单元2201。"

"小偷知道您发现了他吗？"

"我……不确定。"

"您现在的处境安全吗？"

"我把自己锁在了房间里，小偷暂时应该进不来。"

"好的，请您保持冷静，待在房间里别动，我们马上就到！"警察果断地挂断了电话。

宋秋玲握着手机，身体不住地发抖。几秒之后，她想起了什么，又拨打了物业的电话，把家里进贼的事告知保安。保安表示会立刻赶到她家。

几分钟后，宋秋玲听到了门口传来敲门的声音，她猜想是保安或者警察，或者是他们一起赶到了。但问题是，她不敢去开门，她怕刚下楼就被歹徒劫持。情急之中，她突然想起自己家用的是密码锁，便立即拨通了保安留下的电话号码，将开门的密码告诉了他。

宋秋玲把耳朵贴在卧室门上，听到了大门打开的声音，还有一群人的脚步声。她知道警察和保安已经进屋了，一颗悬着的心终于放了下来。

有人大踏步上了楼，敲响了卧室的门。一个浑厚的男声说道："你好，我们是警察，接到报案后，就立即赶来了。"

宋秋玲打开房门，看到了站在门口的两个穿着制服、身材高大的警察。她感叹道："谢天谢地，你们来了就好了。"

"小偷现在还在家里吗？"警察问道。

"我不知道，你们进来的时候，没有看到他吗？"宋秋玲问。

两个警察对视了一眼，其中一个说："我们看到楼下有一个人，但是……他就是你说的小偷吗？"

"没错，就是他，沙发上的那个人，他之前就坐在那里！"

"你是说，你之前发现他的时候，他就坐在沙发上？"

"是的。"

两个警察再次交换眼色，方脸警察说："那就怪了。"

"什么'怪了'？"宋秋玲不明白。

"你跟我们下去看看吧。"另一个浓眉警察说。

宋秋玲面露迟疑。

"没关系，有我们警察在，一定会保证你的安全。"

"好的。"宋秋玲点头，跟着两个警察朝楼下走去。

客厅的灯已经全部打开了，屋里现在灯火通明。楼下还有一个警察，以及两个小区保安。警察一只手放在腰间的枪套上，却没有把手枪摸出来。两个保安手里分别握着一根电击棒，他们目光一致，全都注视着沙发的方向。

宋秋玲在两个警察的保护下走了下来，她一眼就看到了沙发上坐着的男人。他穿着熨烫整齐的西裤和衬衣，脚上皮鞋锃亮，身材匀称，发型规整，四十多岁。令人吃惊的是，这人居然还保持着之前的姿态，一动不动，一双眼睛直愣愣地盯着电视机，就像一尊雕塑。

"他是谁？"浓眉警察问。

"我不知道，他不是我们家的人，我根本就不认识他！"宋秋玲说。

"那他怎么会出现在你家里？"

"我怎么知道？"

"他就是你说的小偷？"

"……应该是吧。"

"可他只是坐在沙发上发呆，什么都没做。"

"他出现在我家里，这一点本身就很不寻常了！"宋秋玲瞪大眼睛说，"不管他有没有偷东西，或者他现在在干吗，私闯民宅就是犯罪！"

浓眉警察点了点头，转身问保安："这个人是怎么进小区的？"

保安之一说："他是在门口做了访客登记的，我们看他衣冠楚楚，样子还颇有些气派，就让他进来了，谁知道会发生这种事情……"

这时，客厅里的另一个警察对浓眉警察说："头儿，我盯着这人看半天了，发现他眼睛几乎都没眨过一下，好像有些不对劲。"

浓眉警察捏着下巴说："嗯，我也很好奇——这人究竟在干什么？"

二

　　三个警察谨慎地走到这个男人面前，方脸警察伸出手在他眼前晃了晃，发现这个男人连眼珠都没有转动一下。

　　方脸警察疑惑地望向两位同事，似乎在问：这是怎么回事？

　　浓眉警察是三个人中年龄最大的，办案经验相对丰富，他略一沉思，说道："这人不会是在**梦游**吧？"

　　"梦游？"在场的人都吃了一惊。宋秋玲更是感到匪夷所思："如果是梦游，怎么会梦游到我家来了？"

　　浓眉警察问："昨天晚上，你关好屋门了吗？"

　　"关了的，我每天晚上都会将大门反锁。"宋秋玲说。

　　"你确定昨天晚上锁好了大门？"

　　这样一问，宋秋玲就有几分不确定了："应该……是吧。"

　　方脸警察征询浓眉警察的意见："头儿，如果这人真是梦游，要不要把他叫醒？"

　　"当然要。"

　　"可我听说，把梦游的人叫醒，会有一定的危险……"

　　"这是民间的说法，并不可信。将梦游的人唤醒并没有什么不妥，不把他叫醒才有危险。我以前遇到过梦游者独自走到河中的案例，如果不是警察及时相救，那人就溺水身亡了。"

　　方脸警察点头称是。浓眉警察说："不过唤醒梦游者的方式不能太激烈，这倒是真的。"

一边说,他一边走到这男人身旁坐下,一只手轻拍男人的肩膀,温和地叫道:"喂,醒醒。"

对方没有反应,仍是一副呆滞模样。浓眉警察轻轻摇晃他的身体,提高音量,又连续叫了几声。

突然,这男人猛地打了个激灵,眼神中注入活力。惊醒过来之后,他神色惊惶地打量身边的每一个人,仿佛穿越到了另一个时空。

"这……这是什么地方?"

浓眉警察问:"你不记得自己是怎么来到这儿的了?"

男人茫然地摇头。

"那我来问你吧。你叫什么名字?"

男人迟疑了一下,说:"陈柏亮。"

听到这个名字,浓眉警察微微一怔。顿了几秒后,他继续问道:"你家住哪里?"

"玛斯兰德海岸花园。"

宋秋玲吃了一惊。这地方她听说过,是本市最高档的别墅区之一,里面最便宜的一栋别墅,都价值几千万。住在那种地方的人,非富即贵。

"玛斯兰德海岸花园距离这里,至少有四五公里吧?"浓眉警察说。

"这是哪里?"陈柏亮问。

"天祥国际社区。"保安说。

陈柏亮显得很吃惊:"我……怎么会到这里来?"

"那就要问你自己了。"浓眉警察不悦。

"我真的不知道!"

"那我帮你回忆一下。"浓眉警察说,"昨天晚上,你在做什么?"

陈柏亮想了想:"昨晚我跟几个合作伙伴在会所吃了饭,九点刚过,司机就开车把我送回家了。"

"然后呢?你又出来过吗?"

"没有。"陈柏亮十分笃定地说,"回家后我泡了个热水澡,就上床睡觉了。"

"家里除了你，还有些什么人？"

"我老婆和儿子。但我儿子在美国读高中，老婆在苏黎世出差，所以家里只有我一个人。"

浓眉警察凝视着他："你有没有梦游史？"

"梦游？"陈柏亮眉头一皱，"我从来不知道自己会梦游，也没有听我老婆或任何人说过我梦游。况且……就算我梦游，怎么会梦游到别人家中？难道——这位女士应该是房主——您晚上睡觉不关门的吗？"

"我当然关了门。"宋秋玲说，"我不知道你是怎么进来的。"

"我就更不知道了。"这男人一脸无奈地说，"您发现我的时候，我在干什么？我……没有做什么出格的事吧？"他担忧地问。

"……这倒没有。"宋秋玲说，"我发现你的时候，你就坐在这里，沙发上，直愣愣地盯着电视看。"

"电视当时是开着的吗？"方脸警察问。

"是的。我就是听到电视里发出的声音，才从楼上下来的，然后就看到他坐在沙发上看电视。"宋秋玲说。

"天哪……我梦游到别人家中，还打开电视来看？这简直太荒唐了！这位女士，不管怎么说，我感到万分抱歉。我恳请您检查一下家里有没有什么东西损坏和遗失，如果有，我会双倍赔偿给您。"陈柏亮充满歉意地说。

三位警察不约而同地望向了房主。宋秋玲一时不知该如何是好。

"女士，可以借一步说话吗？"浓眉警察说。

"当然。"

浓眉警察和宋秋玲来到二楼的一个房间。警察说："你看，有必要检查一下家里是否失窃吗？"

宋秋玲想了想，摇头道："算了吧，我这家里也没什么好偷的。而且我看他那样，也不像是小偷。"

浓眉警察笑了一下："要说他是来行窃的，估计说出去都没人信。你知道他是谁吗？"

宋秋玲料想这人定是有些来头，便问："谁？"

"你平常不怎么看本地新闻吧？陈柏亮是星量集团的董事长，本市的纳税大户，身价至少几十亿。你说像他这样的人，会是小偷吗？"

宋秋玲感到震惊，片刻后，她说道："这么说，他真是不小心梦游到我家来的？"

"只能这样认为了。只有梦游的人，才会做出这种无意识且荒诞的事。你想想，如果是小偷，会打开你家电视机看吗？"

宋秋玲默默颔首，但有一点，她还是想不通："可问题是，他是怎么进我家的呢？就算我昨晚真的忘了关门，他也不可能知道呀，怎么会偏偏就梦游到我家来了？要说是巧合，未免也太巧了点吧？"

浓眉警察点头："对，这的确是一个疑点，我们还会继续调查。但就目前来说，你的人身安全和财产都没有受到损失，我们也无法对他进行处理，只能让他先做个笔录，然后就让他回去了。"

宋秋玲对此没有异议。陈柏亮看起来的确是无辜的，态度也十分诚恳，似乎并没有理由将其定罪。

两人从楼上下来，浓眉警察对陈柏亮说："麻烦你跟我们到派出所做一份笔录吧。"

"可以的。"陈柏亮十分配合，从沙发上站起来。

"如果没有别的事，我们就不打扰您休息了。"两个保安对宋秋玲说。

离开之前，陈柏亮再次向宋秋玲道歉。宋秋玲对这个男人没有半点反感，反倒觉得他彬彬有礼，气度不凡。今晚的事，看来只是个误会。

警察等人离开后，细心的宋秋玲便将密码锁的密码更改了，然后将防盗门锁好，并反复检查了几遍，才上楼睡觉。

躺在床上，宋秋玲看了一眼手机，已经凌晨四点十分了。她不禁想，陈柏亮是什么时候到自己家的呢？他是进屋之后就打开了电视，还是做了些其他事之后，才打开电视的？他到底在这个家里待了多久？

不管怎样，家里莫名其妙多出来一个陌生男人，这样的事情，对任何独居的女人来说都是一个噩梦。宋秋玲直到现在都感到心悸胆寒。

她很想立刻给自己远在上海的儿子打电话，把这件诡异的事情告诉他，但最后还是忍住了，儿子明天要上班，还是别打扰他休息吧。

宋秋玲将卧室的灯全部打开，这个晚上对她来说，注定是一个不眠之夜了。

三

清晨，宋秋玲带着黑眼圈起床了。多年的生物钟作用让她即便再疲倦也睡不着了。她现在需要的是一杯两倍浓度的咖啡。

喝了咖啡，又简单吃了些早点，宋秋玲精神好了一些。现在的时间是早上七点五十分，儿子李思海应该在早高峰的地铁上吧。宋秋玲犹豫着该不该现在给儿子打电话。工作时间是不方便聊私事的，那就只能等他下班后了。可宋秋玲等不了这么久。

电话拨通了，响了很多声才被接起来，听筒里传出的，是一个含混不清的倦怠嗓音："喂……妈？"

"思海，你怎么还在睡觉？今天不上班吗？"

电话那头沉寂了一会儿："妈，我上个月辞职了，这段时间暂时没有去找工作。"

"为什么辞职？这事你怎么没跟我说？"

"现在不就说了嘛。没事，就想换个工作而已，没什么大不了的。妈，你这么早打电话给我有什么事吗？"

宋秋玲叹了口气："昨天晚上，家里发生了一件怪事，把我吓坏了。"

"啊？什么怪事？"李思海赶忙问道。

宋秋玲把整件事的过程详详细细地告诉了儿子。电话那头的李思海睡意全无，听完之后，他担心地责怪道："妈，你也太不小心了吧！一个人住，怎么不把房门关好？"

"我记得我是关好的呀。"

"关好那人怎么可能进得来？"

"……"

"妈，你不会是……提前得老年性痴呆了吧？"

"我才没有！再说就算是我忘了关门，那人怎么恰好就梦游到我们家来了？他又不是这个小区的人，住的地方离这里好几公里呢。"

"这倒是……警察怎么说？"

"警察说会继续调查，但我觉得他们调查不出什么。"

沉默几秒后，李思海说："妈，这样，反正我现在也没上班，干脆回去陪你住一阵子得了。"

宋秋玲自然求之不得，她早就想儿子了。"好啊，你回来休息一段时间，合适的话，就在本地找份工作吧。"

"我回去再说吧，那我订机票了啊，拜拜！"

挂了电话，宋秋玲满心欢喜，马上开始筹划给儿子做点什么好吃的。她精神百倍地出门，到附近的生鲜超市购买食材去了。

下午五点，李思海到家了，一进门就闻到熟悉的饭菜香。他高兴地喊道："妈，你做红焖大虾了？"

"儿子回来了？"宋秋玲走出厨房，笑盈盈地说，"知道你要回来，我做的全是你爱吃的菜，除了红焖大虾，还有清蒸鲈鱼呢！"

"太好了！"李思海放下背包和行李箱，给了母亲一个大大的拥抱。

宋秋玲做的晚餐丰盛而精致，色香味形一点都不比大饭店里的差，就连摆盘都学习了法式大餐，讲究空间感。李思海最喜欢吃母亲做的菜，也喜欢这种仪式感。他拿出高脚杯，给母亲和自己各倒了一杯红酒。母子俩边吃边聊，说的主要是李思海上一份工作的情况，暂时没有提昨晚的怪事。

晚餐过后，李思海刷完碗，宋秋玲招呼他过来吃水果。李思海坐到沙发上，吃了几颗葡萄，然后若有所思地望着沙发，问道："妈，昨天夜里那人，就是坐在这儿？"

宋秋玲回想起那场景，心里又有些发怵。她低沉地应了一声："嗯。"

"你说，他当时是在看电视？"

宋秋玲点头。

"你发现他的时候，是夜里几点呢？"

宋秋玲想了想："应该是凌晨三点半左右吧。"

"那个时候，电视台还有节目吗？"

"我不知道，有些电视台的节目，应该是通宵播出的。"

李思海沉吟一会儿，问道："那你记不记得，这人当时在看什么电视节目？"

宋秋玲摇头："不知道，我注意力没放在电视节目上。"

"多少瞄到了几眼吧？"

"我没有戴眼镜，看不清电视屏幕上的画面。"

"真是伤脑筋……那，总听到了一些声音吧？通过声音也可以辨别，电视里播放的究竟是电影、新闻，还是纪录片之类的。"

"我真没注意这些。"宋秋玲好奇地问道，"怎么了，这件事很重要吗？"

"我主要是觉得奇怪。"李思海思忖着说，"照你所说，你在二楼的时候，就已经听到楼下的声音了——现在看来，显然就是电视发出的声音。然后你慢慢走下楼，来到客厅，关闭电视——这个过程，怎么也得有一两分钟吧。这么长的时间，你居然没听清电视里说的任何一句话，这不是很奇怪吗？"

如此一说，宋秋玲也迷惘起来。她回忆了一下，说道："我当时的心思全放在楼下为什么会有声音这一点上，没有仔细听声音的内容……不过现在回想起来，电视里发出的应该是人说话的声音。"

"说的是汉语吗？"

"不是吧……如果是汉语，我不至于一句都没听清。"

"那是什么语种？英语、日语、法语、西班牙语？"

"都不像。"宋秋玲酷爱音乐,这些语种的歌曲她都有涉猎,可此刻她却找不到任何相似之感。

"这么说,是一种你从未听过的语种?"

"可以这么说吧。"

李思海歪着脑袋,摩挲下巴,露出玩味的表情。良久,他说道:"这件事,真是太不寻常了。"

"怎么了?"

"一个陌生男人,半夜三更梦游到咱们家来,打开电视看某种听不懂语言的电视节目——你不觉得这太匪夷所思了吗?"李思海说。

宋秋玲不安地扭动了一下身体:"也许是巧合吧。"

"妈,我不想吓你,可如果非说是巧合,实在是自欺欺人。你想想看,哪有这么巧的事?你是不是忘了关门暂且不说,这男人住在几公里之外,沿途起码会经过几百户人家吧,怎么偏偏就梦游到咱们家来了?难道他算准你忘了关门?而他进来之后,行为模式也很古怪,居然坐在沙发上看某个特殊语种的电视节目——哪个电视台会播出这样的节目呢?"

"有些电视台的深夜档,会播出小语种电影,这也不是什么特别奇怪的事吧?"宋秋玲说。

李思海突然猛地一拍大腿:"妈,你今天打开过电视吗?"

"还没有,怎么了?"

"太好了!你马上打开电视,不就知道昨天那个男人看的是哪个电视台的节目了吗?"

宋秋玲这才反应过来,赶紧点头,她找到遥控器,打开了电视。画面开启,左上角的台标显示,是某省级卫视。此刻正在播放广告——如今人们常戏谑电视台老爱在广告中插播电视节目。

"电视有回看功能,看看凌晨三点时,播放的是什么节目!"李思海从母亲手中拿过遥控器,按下"回看"键。

电视屏幕的画面被分割成左右两半，左边按日期显示了这个频道昨日从早到晚的电视节目。李思海和母亲试图查看凌晨三点左右的节目。

然而，母子俩一起愣住了。

回看功能显示：那频道的节目到凌晨一点结束——不只是昨日，天天如此。

也就是说，今天凌晨三点多的时候，这个频道什么都没有播放。

可是，宋秋玲却清楚地听到了电视里传出的"说话声"，还看到了一些模糊的画面，正是陈柏亮在看的内容。

他究竟在看什么呢？宋秋玲突然感到不寒而栗。

李思海全然没感觉到母亲已陷入恐惧状态，他自顾自地说道："我就说嘛，电视现在白天都没什么人看，怎么会播放到凌晨三点多？给鬼看呀！"

这话本来只是随便说说，却让宋秋玲打了个寒噤，脸色都变白了。李思海这才察觉到母亲的惊恐神情，赶紧改口："我是说……凌晨三点多的时候，电视台已经停播了。"

"那我昨晚看到和听到的是什么？"宋秋玲骇然道，"总不会是幻听或幻视吧？"

"这当然不可能……"李思海挠挠头，"我也不知道了。"

母子俩缄默了一阵。李思海说："那个叫陈柏亮的人，记不记得他看过的内容呢？"

宋秋玲摇头："我不知道。梦游的人，会记得梦游中见过的东西吗？"

李思海也不清楚，喃喃道："这事，得找个医生问问才知道。或者，问陈柏亮本人……"

"怎么问？"

李思海突然想起了什么："警察跟你说，陈柏亮是星量集团的董事长，对吧？"

"嗯。"

"那不就好办了！这种有头有脸的人物，要查询联系方式，一点都不难。"

"你真打算问他？"

李思海点头："试试看吧。"

宋秋玲不置可否。李思海说:"妈,你昨晚就没休息好,今天早点睡吧。我在家,你就放心地睡好了。"

李思海一米八二的个子,虽然体形偏瘦,但也身强力壮。有儿子在,宋秋玲安全感倍增。她点点头说:"行,那我就上楼去休息了,你也早点睡。你房间的床单、被套,我下午就换好了。"

"好的,我再吃点水果就睡觉。"

宋秋玲走上二楼之后,李思海盯着电视机出神。不一会儿,他关掉了电视,深吸一口气,再缓缓吐出来。

有些话,他忍住没有说出来,怕吓到母亲。母亲认为这只是巧合,但他想的,却正好相反。

如果这一切都不是巧合呢?

母亲根本就不是忘了锁门,陈柏亮也不是恰好走进这个家。电视台,更不可能恰好播放一档不存在的电视节目。

发生这一系列看似巧合的事件,其实是有某个"原因"的。只是,李思海暂时想不到这个原因是什么。

现在看来,唯一有可能知道答案的,就只有陈柏亮一个人了。李思海暗忖,明天一定要找到陈柏亮问个清楚。

四

第二天上午,李思海在电脑上登录星量集团的官网,点击最下方的"联系我们",查询到了星量集团的地址和电话。

李思海拨打这个号码，接电话的是一个声音甜美的女士，她询问李思海打电话有什么事。

"我想找一下你们董事长陈柏亮，方便告知电话号码吗？"

"对不起，董事长的手机号码我不知道，您如果有事找陈董，请联系董事长助理，提前预约。"

"行，那就麻烦你告诉我董事长助理的电话吧。"

女士报出一串数字，李思海用笔记录下来。随后，他立刻拨打了这个手机号，接电话的是一个男人。助理得知李思海想找陈董，便问他有什么事。

李思海早就准备好了台词："请您转告陈董，我是天祥国际社区的住户，找他是因为前天夜里发生的事。"

"前天夜里？什么事？"助理狐疑地问道，显然陈柏亮没有把这件事告诉他。

"您把原话转告陈董就行了，谢谢。"

助理迟疑了几秒，说了声"好吧"，挂断电话。

几分钟后，李思海的手机响了起来，他微微一笑，接起电话。

"你好，我是陈柏亮。"电话那头传出浑厚的男声。

"您好，陈董，我叫李思海，是天祥国际社区一栋一单元2201的住户，您前天夜里到过我们家，相信您还记得吧。"

一阵尴尬的沉默后，电话那头说："那家的住户，不是一位上年纪的女士吗？"

"是的，她是我妈妈，叫宋秋玲。发生这件事后，她很害怕，就把我从上海叫过来陪她一起住了。"

对方"哦"了一声，问："你找我有什么事？"

"我希望能跟您面谈，可以吗？"

几秒过后，对方应允了："可以，你到我家来吧。玛斯兰德海岸花园，六号别墅。"

"好的，我现在就过去。"

李思海挂断电话，走出房间。宋秋玲正在客厅看书，李思海告诉母亲，自己好久没回家了，想去见见以前的几个朋友。

"行，中午回来吃饭吗？"宋秋玲问。

"估计不回来，您自己吃吧。"李思海走出家门。

他隐瞒了自己去找陈柏亮的事实，因为昨天晚上，他想到了一个主意——这件事一定不能让母亲知道。

李思海打了辆车，前往玛斯兰德海岸花园。距离并不远，十分钟后就到了别墅区的大门口。

在门岗处，李思海做了访客登记，然后走到六号别墅的前面，按响门铃。

大门开启，开门的正是陈柏亮本人。

"陈董您好，我是刚才跟您电话联系的李思海。"

陈柏亮点了点头："请进吧。"

门厅有高端智能的全自动鞋覆膜机。李思海将脚分别踩上去，自动生成的薄膜覆盖他的皮鞋，将鞋子完美地包裹。陈柏亮示意他到客厅坐下聊。

有钱人的家令人叹为观止，整套别墅的风格是典型的美式大宅，宽敞，豪华，光线充足，落地窗外是设计精致的欧式庭院，美得宛如油画。李思海默默观察着这一切，盘算着心里的计划。

在客厅的沙发上落座后，陈柏亮问："你找我什么事，现在可以说了吧？"

李思海颔首："是这样，陈董，我想跟您聊一下那天晚上发生的事……"

没等李思海说完，陈柏亮就打断道："那天的事，我已经跟警察和令堂解释过了，相信令堂也把情况对你进行了说明，你还有什么不清楚的吗？"

李思海说："事情我的确了解过了。但我今天来找陈董，是想告知您事后的一些情况。"

"什么情况？"

"呃……"李思海做出一副为难的样子，"这事说起来，真是有些尴尬，希望陈董不要生气。"

"你就直说吧，到底什么事？"

"是这样，我母亲有一对翡翠手镯，是我外婆传给她的，算是个传家宝吧，据说是清朝年间的东西。这对手镯平时放在一个隐蔽的地方，我都不知道在哪儿。昨天早上，我母亲发现手镯不见了……"

说到这里，李思海停了下来，瞄了陈柏亮一眼，发现这位董事长正直视着他。

"说下去，手镯不见了，然后呢？"

李思海耸了下肩膀："我们没有马上报警，因为这事让人感到难堪。您半夜进了我们家，第二天早上手镯就不见了……"

"所以你们怀疑是我拿了那对手镯？"陈柏亮挑起一边的眉毛问道，一只手挠着另一边的手臂。

"当然不是，陈董这种身份显贵的人，怎么会做这种事？我们只是猜想，您当时处于梦游状态，会不会在无意识的状态下，做了一些您自己都不知道的事情。"

"那如果我跟你说，我不管在梦游还是清醒状态下，都从没见过什么手镯，你相信吗？"

"我当然相信。但谁能保证，您在梦游的时候没有做一些出人意料的事呢？比如把手镯从阳台上扔出去之类的。"

陈柏亮是聪明人，此刻已经猜到李思海的目的是什么了，但他不想让这种人得逞："当时当着警察的面，我可是问了你母亲家里有没有丢失什么东西的，她说并没有。"

"没错，我母亲以为手镯放在隐秘的地方，根本不可能丢，所以当时也没有去检查。第二天早上，她才想要确认一下，没想到手镯真的不见了。"

"所以你就想赖在我头上？"陈柏亮轻蔑地说，"那你完全可以报警，看看警察会不会相信你的话。清朝年间的手镯？哼，你怎么不说你家还有秦始皇用过的杯子，或者武则天戴过的发钗，在我去过之后，这些东西都一并消失了。"

李思海淡然一笑，似乎早有准备："是啊，警察未必会相信我的话。但不管怎么说，您半夜三更摸到一个陌生单身女人的家，这总是事实吧？这件事如果传出去，不知道对陈董的名誉和集团的声誉，是否会造成影响呢？"

陈柏亮明白了，这才是李思海真正的撒手锏。他懒得跟这种卑鄙小人多费唇舌了，厌恶地说道："够了，你就直说吧，想要多少钱？"

李思海早就想好了，却故意做出思索的样子："我想想，清朝年间的翡翠手镯，怎么着也得值个三四百万吧？"

"三百万，多一分都没有了。你把银行账号留下，我会让我的秘书去办。"

李思海不傻，他可不想留下任何凭据，让陈柏亮有机会抓到把柄。他连忙说道："现金。三百万，全部要现金。"

"那就抱歉了，我家没有这么多现金。"

"没关系，不急，您明天凑齐给我也行。"

"我后面三天都有事，"陈柏亮挠着大腿说，"你非得要现金，那就三天之后再来找我吧。"

李思海不知道陈柏亮为什么一直在挠胳膊和大腿，有时还会挠挠身子。他很痒吗？不过，这不是自己该关心的事，陈柏亮已经答应了支付三百万，这才是最关键的。他已经在心里兴奋地呐喊了。三天就三天吧，等等也无妨。

"好吧，那三天后的上午十一点，我再到您家来。"

陈柏亮懒得跟他客气："你可以走了。"

"别急着下逐客令嘛。陈董，除这件事之外，还有一件事，我想问问您。"李思海说。

陈柏亮耐着性子问："你还有什么事？"

"放心，这回不是跟钱有关了，我只是想问一下，那天夜里，您梦游到我家看电视，是否记得电视节目的内容是什么？"

此话一出，陈柏亮脸色骤变，之前泰然自若的神情荡然无存，浑身抽筋般地痉挛了一下，一张脸面如土色，仿佛见到恶鬼一般。

这反应把李思海吓了一跳，他本来只是出于好奇随便问问，没想到居然令陈柏亮如临大敌，变貌失色。看来此事必有蹊跷。

"陈董，您这是……怎么了？"

陈柏亮双手都开始抓挠起来：脖子、胸口、肩膀、手臂……似乎全身都开始瘙痒了。李思海这时才注意到，陈柏亮穿得严严实实，衬衣领口和袖口都是扣好的，全身上下除了头部和双手暴露在外，其他地方都被衣服裤子遮住了。一开始他以为这是个人的穿衣习惯，没有在意，现在观察到陈柏亮的反常举动，才觉得不对劲。

"您哪里不舒服吗？"李思海再次询问。

"没有……"陈柏亮强撑着说，"你快走吧，那天夜里的事，不要再提了。"

越是这样说，李思海越感到好奇，忍不住问："到底怎么回事？那天晚上……您究竟看到了什么？"

"我叫你别再提了——"陈柏亮青筋暴露，厉声呵斥，"你再说一个字，三百万一分钱都别想拿到！"

李思海不敢再问下去了，他从沙发上站起来，正要离开，客厅的右侧——估计是卫生间的方向——走出来一个一脸茫然的男人。这人穿着浴衣和短裤，趿拉着拖鞋，像是一名搓澡工，看见陈柏亮一脸痛苦的样子，问道："先生，您怎么了？"

李思海没想到这家里居然还有其他人，而且是从浴室里走出来的。他愣住了，呆呆地望着那人。

陈柏亮控制住情绪，竭力让自己平静下来，对穿浴衣的男人说："没事。"

"洗澡水已经放好了，您是现在洗浴，还是……"

"我这就来。"陈柏亮还在不断挠着痒，看样子已经有些忍耐不住了。

"那我就告辞了，陈董。"李思海识趣地离开了。

走出这栋豪华的别墅，李思海又下意识地回头看了一眼，伫立了一阵，才若有所思地朝外面走去。

这件事果然有古怪，他暗忖。疑点太多了。

陈柏亮为什么一提到那天晚上的事，就谈虎色变？他究竟在电视里看到了什么，会惊恐成这样？他全身瘙痒，跟这事有关系吗？

现在刚过上午十一点，大白天的，为什么要洗澡？洗也就罢了，还要人来帮他洗？这到底是富人的特殊嗜好，还是另有原因？

说到洗澡，李思海想起另一件古怪的事——自从进入这栋别墅后，他就隐隐闻到一股**臭味**，仿佛是某种肉类腐败后发出的臭味。而这种臭味——他实在不愿这样想——似乎是从陈柏亮身上发出的。

一家大集团的董事长，身份显赫，衣冠楚楚，身上怎么会有这样一股难闻的臭味呢？难道这就是他必须随时洗澡的原因？也许陈柏亮有着某种难言之隐。可他那天夜里进入家中，母亲并未提到他身上有什么异味呀……

李思海无法想通这一系列的疑团，关键是这事也没法告诉母亲。如果让母亲知道自己瞒着她来敲诈陈柏亮，以他对母亲的了解，这事百分之百要泡汤。

算了，管那么多呢。反正陈柏亮已经答应了三天之后支付三百万现金，只要能拿到钱就好了。其他的怪事，不追究也罢。

三百万，足够我少奋斗十年了。母亲遭遇的这件怪事，居然为我带来了如此契机。想到这里，李思海哼着小曲，轻快地离开了。

五

许久没回家乡了，李思海坐车来到老街，品尝了几样久违的小吃，拍照发了个朋友圈。除了确实想吃美食，这样做的目的，也是让母亲以为他真的在跟朋友逛街吃喝。

下午三点多，李思海返回家中。他用钥匙打开门，看到母亲正站在客厅外的阳台上，背对着他，不知是在眺望风景，还是在思考什么。李思海喊了一声："妈，我回来了。"

换好拖鞋，李思海发现母亲一点反应都没有，仍是背对着自己。他感到好奇，走了过去，靠近的时候，拍了母亲肩膀一下："妈，您在……"

"啊！"宋秋玲浑身一哆嗦，惊恐地转过身来，把李思海吓了一跳。

"干吗呀，这么一惊一乍的？"李思海捂着心口说。

宋秋玲舒了口气："是你回来了……进屋怎么不吭声呀？"

"我怎么没吭声呀，叫了您一声，您没反应，我才走到您跟前来的。"

"哦……我没听到。"

"您想什么呢，这么入神？"

"没……没什么。"

李思海盯着母亲看了一阵。"不对吧？我是您儿子，我太了解您了，您这一看就是有心事。"

宋秋玲朝屋内走去，遮掩自己的不自在："真没什么事，我就是想你爸了。"

"真没事？"

"嗯……"

"那我回房休息去了。"

"呃……等一下，有件事我想跟你商量一下。"

"我就说嘛，这还是有事。"

母子俩坐到沙发上，宋秋玲沉吟片刻，说："我在考虑，要不要搬家。"

"搬家？往哪儿搬？您不是只有这一套房子吗？"

"可以再买一套，小户型就行。反正你爸走了之后，也用不着住这么大一套房子了。这些年我多多少少攒了些钱，刚才算了一下，只要不是太贵的房子，首付个五六成，应该是没问题的。"

"等一下，您先告诉我，为什么突然想要搬家？"

"……这套房子住了十几年了，想换套新房子和新环境。"

李思海盯着母亲："妈，您能说实话吗？"

"这就是实话呀！"

李思海一撇嘴："您蒙谁呢？您以前念叨过多少次，说这个小区安静，环境好，家里的家具和装饰又是您亲自搭配的，早就住惯了。更重要的是，这个家里有您和我爸的共同回忆——这都是您亲口说的,忘了吗？"

宋秋玲埋着头,缄口不语。

李思海略一寻思:"妈,您想搬家的真实原因,是不是因为那天夜里发生的事？"

宋秋玲没有说话,等于是默认了。李思海说:"我都回来陪您了,您还害怕呀？"

"唉,不是这个问题……"宋秋玲缄默良久,也没说出究竟是什么问题,"总之,我就是不太想在这里住了。"

李思海转动眼珠,打算进一步试探:"可就算要买新房子,也不可能马上就搬家,总得好好挑选一下。"

"我们可以先租房子住,然后慢慢挑选新房。"宋秋玲说。

李思海脖子一昂:"妈,我算是听出来了,现在这套房子,您是一天都不想再住了。您跟我说实话,这到底是怎么回事？"

"那天夜里的事,让我产生心理阴影了。"

"那前两天您也没说要搬家,怎么今天突然想搬家了？"李思海脑子一转,"是不是您今天发现什么了？或者知道了什么？"

"不是。"宋秋玲把脸扭过去,一口否决了。

李思海非常了解母亲,她每次不敢正视自己,就代表没有说实话。由此可见,她说的"不是",恰好就是"是"。自己可能一语中的了。

"妈,今天上午发生什么事了？您为什么不跟我说实话？"

"算了,不说这事了。"宋秋玲不想继续这个话题,她站起来,朝二楼走去,"买房的事,从长计议吧。"

李思海望着母亲的背影,感到纳闷。他敢肯定,母亲一定洞悉了某些事情。但他不明白,这事为什么不能让自己知道？事情越来越神秘了,每个人都好像隐藏着秘密,这到底是怎么回事？

六

接下来的两天，李思海是兴奋而焦急的。时间每过一分钟，他就距离三百万更近一步。李思海之前在上海的一家公司上班，工资每月只有七千元，就上海的消费水平来说，算是比较低的。三百万对他来说，是一个可以扬眉吐气的人生转折。他甚至已经开始规划这笔钱的用途了，当然这事一定得瞒着母亲，不能让她知道自己获得了这笔不义之财。

宋秋玲也没有再提搬家的事，看得出来，她十分矛盾。每当李思海提起这个话题，她就立刻岔开了，李思海知道母亲有所隐瞒，却无法试探出任何信息。

终于，跟陈柏亮"三天之约"的时间到了。上午十点半，李思海再次谎称出去会友。出门之后，他立刻打车前往玛斯兰德海岸花园。

跟上次一样，李思海在门岗处做了访客登记，写明自己来拜访陈柏亮，然后怀着激动的心情朝六号别墅走去。

他站在门口，按响门铃，等了很久都没人来开门。李思海持续按铃，足足等了五分钟还是无人应答。

难道陈柏亮没在家？李思海突然有种被耍弄的感觉。他站在门口思量了一阵，掏出手机拨打陈柏亮的电话。

电话打通了，却无人接听。李思海心中愤懑，忽然听到六号别墅内传出一阵手机铃声。他挂断电话，铃声也随之停止；再次拨打，铃声又再次响起。

毫无疑问，陈柏亮就在家中。那他为什么不开门，也不接电话？故意躲着我吗？李思海气愤地想。

是否有其他可能呢？李思海想起了上次去陈柏亮家时他打算洗澡。他会不会正在浴室泡澡，所以才暂时没有接听电话？

为了验证这种可能性，李思海站在门口等候。他每隔十分钟就按一次门铃，或者拨打一次电话。足足等了一个小时，对方仍是不理不睬。

李思海简直气炸了肺！这算怎么回事？故意耍我？！难道陈柏亮这家伙从一开始就没打算支付三百万，而是故意让我到他家门口来羞辱我？想到这里李思海气愤至极。

如果不是怕招来保安，李思海真想一边破口大骂，一边怒踹大门。但他不可能真的这么做，只能将一肚子火强压心头。

好吧，既然你不愿出钱，我就让你身败名裂！李思海生出报复心理，咬牙切齿地离开了别墅区。

他随便找了一家小饭馆吃午饭，心里始终气不过，再次拨打陈柏亮的手机，还是无人接听。

我就不相信你一直不出门！李思海心中发了狠，再次来到玛斯兰德海岸花园。门卫都认识他了，问道："你又来找六号别墅的陈柏亮先生？"

"是的。"

"你一天要找陈先生几次？"

"怎么，你们这里还规定了来访次数吗？"

"这倒没有，不过，如果是主人不愿见客，我们就不能让来访者进入。"

李思海一听这话，更是气不打一处来："陈柏亮跟你们说了他今天不愿见客？"

"这倒没有，陈柏亮先生今天好像还没有出过家门。"

李思海瞪了他一眼："那你凭什么说主人不愿见客？"

门卫无奈，只能让李思海进去。

李思海再次来到六号别墅前面，一边按门铃，一边重重地敲门，里面仍是死水一潭，毫无动静。

李思海趴在防盗门上说："陈董，我知道你在里面。不管你是否愿意履行约定，好歹给我个明白话吧。男子汉大丈夫，这样躲着不见人算怎么回事？"

回应他的，依然是无声无息的沉默。李思海从这份沉默中感受到一丝嘲弄的意味。他恼羞成怒，干脆一屁股坐在地上，打算跟陈柏亮死磕到底。

在别墅门口坐了一阵之后，李思海突然又嗅到了那股难以言喻的腐臭味——跟他上次来拜访陈柏亮时闻到的味道一模一样。这一次，臭味似乎比上一回更浓了。李思海实在是想不通，这么漂亮的一栋房子里，怎么会散发出如此倒胃口的臭味？如果这股臭味真的是从陈柏亮身上发出来的，更证明了他此刻就在家中。但对方无论如何都不开门，李思海也只能望洋兴叹，一筹莫展。

就在这时，一个巡逻的保安走到了六号别墅前面，看到李思海坐在门口，问道："你怎么在这儿坐着？"

李思海想，如果我说主人在家，就是不愿开门见客，肯定会被保安赶走，便说："我在这里等陈先生回来。"

"对不起，我们这里有规定，如果主人不在家，客人不能在别墅区内逗留和等候，请你联系房主，等他在家时再过来拜访。"

李思海没想到这样回答还是不行。也罢，他也不愿再这样毫无尊严地等下去了，简直跟要钱的叫花子没有区别。他站起来，拍拍屁股，悻悻然地走了。

回到家中，已经是下午三点。李思海白折腾了一天，一无所获不说，还憋了一肚子气，情绪烦闷到了极点。他进了自己的房间，把门关上，倒头大睡。

五点多的时候，宋秋玲敲儿子房间的门，问他晚上想吃什么。李思海迷迷糊糊说了声"随便"，宋秋玲也就没多问了，按自己的安排准备晚餐。

六点半，母子俩吃完晚饭，宋秋玲问李思海想不想出去走走。李思海没什么心情，就回绝了。

他走进自己的房间，打开笔记本电脑，在心里盘算着，既然陈柏亮摆明态度不理不睬，也就用不着跟他客气了，直接在网上曝出他的黑料！

李思海在桌面上新建了一个文档，开始编辑文字。他把陈柏亮夜闯单身女人住所的事情添油加醋，尽情描绘。写完之后，他读了一遍，发出一声冷笑。他相信此事一经曝光，必将成为热搜头条。

就在他考虑将这个猛料放在哪个网站的时候，家里的门铃响了起来。李思海知道母亲向来孤傲，没有结交太多朋友，这个时候，会是谁来拜访呢？

他坐在房间里没动，等待母亲去开门。

一分钟后，李思海听到母亲在楼下喊："思海，你下来一下。"

"找我的？"李思海为之一愣，"会是谁呢？"

他将笔记本电脑合拢，走出房间，来到楼下。

站在客厅里的，除了母亲，还有两个身着制服的警察。李思海不明白，警察为什么会找上门来。他注意到，母亲用茫然而担忧的眼神望着自己。

"你就是李思海吗？"其中一个警察问。

"是的。"

"我们来找你了解一些情况。"

"什么事？"

"坐下来说吧。"宋秋玲招呼两位警察。四个人一起坐到沙发上。

"这是我们第二次到这个家来了。"方脸警察说。

"是啊……"宋秋玲也认出来了，他们就是几天前来过家里的两个警察。

浓眉警察望着李思海："你是最近几天才回来的吧？"

"是的，发生那件事情之后，我妈妈害怕，我就回来陪她一起住了。"

"你今天做了些什么事情，可以告诉我们吗？"

李思海心里"咯噔"一下。他猜想，警察一定是有备而来的，他不敢撒谎，只好如实说道："我……去了玛斯兰德海岸花园。"

"去了几次？"

"两次，上午一次，下午一次。"

"去干什么？"

"找陈柏亮。"

"你知道陈柏亮就是几天前梦游到你家的人，是吧？"

"是的。"

"你找他做什么？"

李思海当然不敢提敲诈陈柏亮的事，避重就轻地说："就是想找他了解一下那天夜里发生的事。"

"你见到他了吗？"

"没有。"

"他不在家？"

"我不知道……按门铃，没有人开门。但是我打他的电话，听到里面传出手机铃声。所以我认为他是在家的。"

两个警察默默对视了一眼。浓眉警察盯视着李思海，一字一顿地说："我再问你一遍，你找他做什么？"

李思海正想说"我已经说过了"，浓眉警察抢在他回答之前提醒道："我劝你说实话，隐瞒事实只会加重你的嫌疑。"

"嫌疑？"李思海一愣，"什么意思？"

浓眉警察凝视着他："今天下午，我们接到报案，前往玛斯兰德海岸花园六号别墅，发现陈柏亮已经在家中暴毙。而且，死法十分恐怖。"

七

李思海和宋秋玲同时愣住了，整个房间的温度仿佛下降了十摄氏度。宋秋玲惊恐地捂住了嘴。

好一阵之后，李思海才结巴着问道："这是……怎么回事？他是……怎么死的？"

"由我来提问，不是你。"浓眉警察说，"你先回答我刚才提出的问题——你三番五次去找陈柏亮，究竟是做什么？"

李思海的额头浸出了一层细密的汗珠："我……确实是去找他了解那晚的情况……"

"根据保安提供的信息和监控显示：你在三天前就去见过陈柏亮一次，当时你在他家大概待了半个小时。三天后的上午，也就是今天，你又去了，但没有见到陈柏亮。你似乎不死心，下午又去了一趟，而且在他家门口坐着等了接近一个小时。由此可见，你必定是有十分重要的事情，非见到陈柏亮不可。你还想说，你只是找他随便聊聊吗？"

李思海无言以对了，他眼睑低垂，迅速思考着该如何回答。宋秋玲疑惑地望着儿子，神情焦虑不安。

警察应该不知道我敲诈陈柏亮的事吧？况且也没有敲诈成功。再说了，这事跟他离奇暴毙也应该没有关系……问题是现在当着妈的面，总不能如实交代……李思海暗忖。

就在李思海不知该如何是好的时候，浓眉警察说："我们在陈柏亮家的客厅里，发现了一个皮箱。你知道里面装着什么东西吗？"

李思海的心脏仿佛被重击了一下，其实他已经想到了，但只能装作不知："我……怎么会知道？"

"你不知道？这么说，那三百万跟你没有关系？"

李思海感到气短头晕："……什么三百万？"

浓眉警察盯着他看了一阵，从沙发上站起来："我们想到你的房间去看看，可以吧？"

"啊……啊？"

两个警察不等李思海做出反应，已经朝二楼走去了。他们来过一次，知道宋秋玲的卧室是哪一间，而另一个房间，显然就是李思海的卧室了。

警察推开门，李思海和宋秋玲紧跟其后。李思海猛然想起自己电脑上写的东西，但现在已经来不及处理了。他只能祈祷警察不要打开电脑。

然而事与愿违。方脸警察在房间里转了一圈之后，目光落在了书桌上的笔记本电脑上，他上前掀开电脑的盖子。李思海绝望地闭上了眼睛。

之前编辑的文字呈现在警察眼前——李思海忘了将页面最小化。两个警察快速浏览内容之后，回过头望着李思海。

"原来是这样。你找陈柏亮，是为了就此事敲诈他三百万，而他显然也答应了，准备好了现金等你来拿。结果你并没有如约见到他，你恼羞成怒，便打算将此事公之于众。"方脸警察冷冷地说。

警察已经推理出了全过程，李思海无法再强辩了。承认敲诈总比被怀疑杀人好，他面红耳赤道："是的……但是正如你所说，我根本就没有见到他。"

见儿子承认了敲诈的事实，宋秋玲又急又恼："思海，你……怎么能做这种事？"

浓眉警察示意宋秋玲暂时不要责怪李思海，他脑袋一偏："我们还是下去说吧。"

四个人再度回到客厅，坐下后，浓眉警察问李思海："你三天前见到陈柏亮，他有没有什么异常的表现？"

李思海回忆当时的场景，点头道："有，他穿得严严实实，把身体都包裹了起来，然后一直在挠痒，好像全身上下都很痒。"

方脸警察掏出一个小本子，记录下来："还有呢？"

"我从他身上，闻到了一股臭味。"

"什么样的臭味？"

"像是某种肉变质后的腐臭味。"

方脸警察跟浓眉警察对视一眼，继续记录。

"当时他家里还有没有其他人？"

"有，一个……看起来像搓澡工一样的男人。"

"搓澡工？"

"我猜的。因为那人穿着一套浴服，从浴室里走出来，对陈柏亮说洗澡水放好了，所以我猜他可能是一个搓澡工。"

"然后呢，你就走了吗？"

"是的,因为当时陈柏亮看起来似乎全身瘙痒,急切地想去洗澡,所以我就没有再打扰他了。"

"你今天在他家门口的时候,有没有闻到那股臭味?"

"闻到了,跟那天的臭味完全一样。"

"除了这些,还有没有什么异常的地方?"

"还有……"李思海望了母亲一眼,有些犹豫。

"把你知道的全部告诉我们,不要有任何隐瞒!"浓眉警察严肃地说。

"好吧……"李思海说,"那天,我问了陈柏亮一个问题,他听到之后,露出非常恐惧的表情,然后大声吼叫起来,让我不准再提起此事。"

"你问的是什么?"

"我问他,那天夜里他梦游到我家看电视,是否记得电视节目的内容。"

方脸警察停止记录,望着李思海问:"他十分避讳这个问题?"

"是的,我当时的感觉是,这个问题勾起了他某段恐怖的回忆,他害怕得全身发抖,情绪失控。"

方脸警察立即进行记录,浓眉警察则陷入了沉思。须臾,浓眉警察问道:"那个搓澡工长什么样,你记得吗?"

李思海竭力思索,说道:"就是普通人长相吧,没什么特别的……四十岁上下,身材一般,他就说了两句话,我当时注意力都在陈柏亮身上,没怎么关注他。"

"这人说话带什么口音吗?"

李思海摇头道:"不带。"

浓眉警察思忖一阵,从沙发上站起来,说道:"好吧,今天我就先暂时了解这些情况,后面想起了什么,再来找你。"

李思海忐忑不安地点头,宋秋玲起身送客。

两位警察走出小区,上了一辆警车。方脸警察摸出一包烟,点燃两支,递了一支给浓眉警察,两人都深吸了一口,吐出烟雾。

"头儿,上面不是叫我们别管这个案子,由专案组负责调查吗?你为什么还要来了解情况?"方脸警察问。

浓眉警察眉头紧锁道:"这个案子太奇怪了,我当警察二十多年,从来没有遇到过这样的怪事。陈柏亮神秘梦游到这个家里来,四天之后就离奇死亡了,而且他的死法……"

"头儿,别说了,我有点想吐。"方脸警察打开车窗,脸色看起来很不舒服。

浓眉警察想起下午在别墅中看到的场景,也有点作呕。隔了一会儿,他说道:"我有种感觉,陈柏亮的死跟他梦游到这个家,一定有关系。"

方脸警察微微点头,问道:"那这个案子,我们还要查下去吗?"

浓眉警察不置可否,发动汽车。警车朝前方驶去,消失在夜色之中。

八

警察走后,母子俩陷入了长久的沉默。

李思海不敢望母亲的眼睛。他太了解母亲了,小时候他去同学家玩,把同学的玩具偷偷带回了家,母亲知道后大发雷霆,不但揍了他一顿,还立刻带着他去同学家归还和道歉。这件事情,直到现在想起来仍历历在目。现在他竟然敲诈陈柏亮三百万,难怪母亲会气得说不出话来。

但一直不吭声是不行的,李思海瞄了母亲一眼,低声道:"妈,我错了……"

宋秋玲没有看儿子,只是悲哀地说:"你怎么能做这种事情?去敲诈人家三百万?"

"您别说得这么难听,这也不算是敲诈。陈柏亮对于夜闯我们家的事,自己也感到愧疚，想要弥补一下。对他这种有钱人来说，三百万不算什么……"

没等李思海说完，宋秋玲就怒喝道："人家再有钱那都是人家的，轮不到你去算计！他要真想弥补，自然会主动上门来，怎么会让你去找他？再说他又没对咱家犯下滔天大罪，用得着弥补三百万吗？你写在电脑上的那些内容又算怎么回事？直到现在，你还想骗我！"

李思海无话可说了，一张脸因羞愧而涨得通红。

"我从小就教育你要做个正直的人，君子爱财，取之有道。结果呢，你居然逮到个机会就去敲诈！这是犯罪，你知道吗？《中华人民共和国刑法》第二百七十四条规定，敲诈勒索公私财物，数额较大或者多次敲诈勒索的，处三年以下有期徒刑、拘役或者管制；数额巨大或者有其他严重情节的，处三年以上十年以下有期徒刑。"

宋秋玲是法学教授，《刑法》条款张口就来。李思海不敢再反驳，只能任由母亲斥责。

"这次要不是陈柏亮死了，那笔钱还没来得及给你，你这敲诈的罪名就成立了。如果陈柏亮收集确凿的证据，向警方检举，你想过后果吗？"

"妈，陈柏亮已经死了，我也没得到一分钱，您就别再怪我了！还是想想更重要的事吧——陈柏亮到底是怎么死的？警察说他死状恐怖，您不觉得这事很蹊跷吗？陈柏亮为什么在来我们家几天之后就离奇暴毙？他的死会不会跟那天夜里的事有关系？"

提到这个话题，宋秋玲将脸扭转过去，默不作声。

李思海说："妈，您说我瞒着您去找陈柏亮，那您呢，难道对我就没有什么隐瞒吗？两天前，您突然提出想要搬家，我问您原因，您不肯说实话。结果两天后，陈柏亮就死了。您是不是知道了什么，之前就猜到了这个结果？"

"你别瞎说！"宋秋玲回过头来，瞪着儿子，"我怎么会猜到这种事情？陈柏亮的死，跟我一点关系都没有！"

李思海一愣："我没有说跟您有关系呀，您干吗……要为自己辩解？"

"好了，别再说这件事了。我决定了，明天就去看房子，最近几天就搬家。而你，太让我失望了，你明天就给我回上海，重新找工作！"

"妈，您要赶我走？"

"对，你别再跟我住在一起了，免得给我惹来麻烦！"

李思海虽然知道这次的事情是自己不对，但母亲说的话未免太伤人了。他倏地站起来，愤然道："您在心里，已经把我当成诈骗犯，要跟我划清界限了是吧？好，我现在就走！"

说着就怒气冲冲地上了楼，不一会儿，拎着行李箱走了下来。宋秋玲也不阻拦，任由李思海摔门而去。

好几分钟后，宋秋玲难过地坐了下来，双手掩面，长叹一口气。

思海，对不起，妈是故意把你赶走的。我不知道该怎么对你解释，但是，这个家已经不安全了，甚至可以说，危险到了极点。我必须保护你，儿子。

第二天一早，宋秋玲就出门了。她来到附近的房产中介公司，咨询有没有合适的二手房出售。

房产经纪人是一个小伙子，分外热情，带宋秋玲去看了好几套房子，有的有些小问题，各方面都好的价格又贵得离谱，看了一上午也没选到合适的。中午，小伙子自掏腰包请宋秋玲吃了顿便饭，为的是下午接着看房。

功夫不负有心人，看到第八套房子的时候，宋秋玲总算比较满意了。这套房子的面积、布局、朝向、楼层等各方面都挺合适，价格也算公道。小伙子看出宋秋玲心动了，便极力劝说她买下。

宋秋玲提出想见见房主，跟房主面谈。小伙子拨通房主的手机号，房主说这几天正好在国外休假，要下周才回来。小伙子建议宋秋玲先支付定金，宋秋玲没被忽悠，说也不急在这几天，等房主回来再说。

看了一天的房，宋秋玲腰酸腿疼。晚饭她找了家环境优雅的西餐厅，点了份牛排犒劳自己，吃完之后，散步回家。今天她着实累了，洗漱之后，便上床睡觉，不一会儿就进入了梦乡。

半夜的时候，宋秋玲再次被某种窸窸窣窣的声音吵醒了。

她竖着耳朵听了一阵——没错，声音是从楼下发出的，跟上次听到的声音十分相似。

天哪！又来了？宋秋玲惶恐不安，心力交瘁。她突然好后悔，早知道今晚就是去住酒店，也不该回来。

她拿起枕边的手机看了一眼，现在是凌晨三点四十分。

跟上回一样，她必须去确认情况。宋秋玲穿上衣服，揣上手机，趿着拖鞋朝楼下走去。

站在楼梯上便可以看到楼下闪烁的亮光，以及听到电视机发出的含混不清的说话声。毫无疑问，电视又打开了。宋秋玲想知道的是，这次又是谁坐在沙发上看电视。

她缓步走下去，有了上次的经验，这次她首先关注的，自然是客厅的沙发。

果不其然，又有一个陌生人坐在沙发正中间。这一次，是一个女人。她正襟危坐，一动不动地紧盯着电视，神情呆滞，仿佛着魔一般。

同样的状况，宋秋玲已经经历过一次了。她不再像上次那样恐惧，而是冷静了许多。此刻她站在楼梯的最后一级阶梯上，想走过去看看电视里究竟在播放什么，但终究还是忍住了。她想起了"死状恐怖"的陈柏亮，便只敢侧耳聆听。电视里发出的声音，是一种她从未听过的语言，发音方式不像地球上的任何一种语言。

犹豫片刻后，宋秋玲打开门廊的顶灯，快步上前，拿起茶几上的遥控器，将电视机关闭。

沙发上的女人仍然一动不动。如果没猜错，她也跟几天前的陈柏亮一样，处于梦游状态。

借着灯光，宋秋玲仔细观察这个女人：她看上去三十多岁，头发扎成马尾，样貌普通，身穿一件暗红色旧外套和一条黑色直筒裤，脚下是一双无任何款式可言的脏兮兮的运动鞋——这女人显然不是来自条件优渥的家庭，应该就是普通的打工者。

宋秋玲思考着现在应该怎么办。这一次，她不打算再报警了。几分钟后，她做出了一个大胆的决定。

上一次，陈柏亮被警察叫醒，从而结束了梦游状态。这一次，宋秋玲想看看如果不把这个女人叫醒，会发生怎样的事情。

她站在距离这女人几米远的地方，耐心等待。

大约过了十分钟，女人从沙发上站了起来。从她呆滞的神情来看，显然她还在梦游中。

宋秋玲悄悄摸出手机，点击相机，开启录像模式，对着女人进行拍摄。

女人像行尸走肉一样朝门口走去。她握住把手，往下一压，推门而出。宋秋玲不声不响地跟在她身后，将家门轻轻带上，继续拍摄。

女人按了电梯的向下键。宋秋玲家在顶楼，电梯很快就升了上来。女人进入电梯之后，宋秋玲等待电梯门关上，才按下了另一部电梯的向下键。同时，她收起了手机。

她不敢跟这个女人待在同一部电梯里。

宋秋玲乘坐的电梯到达一楼后，女人已经走出这栋楼了。宋秋玲赶紧跟了上去，跟她始终保持着几米远的距离。

出小区门是不需要登记或刷卡的，女人径直走了出去，宋秋玲也跟着出了小区，来到大街上。

凌晨四点钟的街道冷清而萧瑟，几乎见不到一个行人，只偶尔有汽车经过。宋秋玲和女人两个人行走在昏暗的街道上。

这一走，居然走了半个多小时，拐过了好几个街口，离繁华地段越来越远，渐渐来到一片破旧低矮的老居民区。宋秋玲以前坐车的时候曾经路过这地方，知道这是附近的一处城乡接合部，看来女人的住所就在这里了。

果然，女人走到其中一间平房前，从裤兜里掏出钥匙，打开门，进入其中。

这次跟踪并没有发生什么惊心动魄的事情，宋秋玲不可能跟着进屋，跟踪到此结束。她记下这条街道的名字，然后掏出手机，拍了几张周围环境的照片，特别是女人家的门牌号码。

随后，她拦下一辆出租车，返回自己的小区。

九

回家之后，宋秋玲也无法入睡了，几乎是闭着眼睛挨到了天亮。她心里乱七八糟地想了好多事情，最在意的，还是这个女人接下来会怎样。

早上八点，宋秋玲起了床，煮了碗糖水蛋当早餐。吃完之后，她连碗都没洗，就出了门。

宋秋玲走出小区拦了辆出租车，告诉司机街道的名字。十分钟后，她来到了凌晨到过的城乡接合部。

凌晨的记忆还十分清晰，宋秋玲根本不用比对照片，也记得那女人的家在哪里。她走了过去，用指关节叩了叩门。

不一会儿，门开了，一个浑身脏兮兮的小男孩站在门口，望着宋秋玲，用稚气的童声问道："你找谁？"

"小朋友，你妈妈在吗？"

小男孩点了点头。

"我是来找你妈妈的，能让我进屋吗？"

小男孩想了想，大概觉得宋秋玲不像坏人，点了下头，让她进了屋。

"妈妈，有人找你。"小男孩一边说，一边朝里面走去。宋秋玲跟在他后面，来到屋子的后院，眼前的一幕触目惊心，她人生的前几十年几乎没见过这么脏乱的场景：院子里摆着几个装满脏水的塑料盆，里面分别泡着卷心菜、胡萝卜、豆芽、洋葱等蔬菜，右侧的石桌上摆着一个案板，上面是刚切好的牛肉丝，一群苍蝇在肉丝上飞舞盘旋，降落其中。地上污水横流，一大块生猪肉居然就放在地上冲洗。而冲洗它的人，正是昨夜的那个女人。

"你是谁？"蹲在地上洗猪肉的女人抬起头问道。

"呃，我是……"宋秋玲不知道该怎么说，"我有点事想找你。"

"你是居委会的？"

宋秋玲缓缓点头，又摇了摇头。"不是。"

"那你是谁？找我干吗？"

"能借一步说话吗？"宋秋玲无法忍受这个苍蝇肆虐、污水横流的环境。虽然这女人的房间也好不到哪里去，但总比这个后院强。

女人摇头："我现在忙得很，中午就要赶到工地旁，卖快餐给那些工人吃，晚上还要卖炒饭。你有什么事就快说吧。"

宋秋玲正色道："我要跟你说的事情比提供快餐给工人吃重要一百倍，关系到你的性命，你最好能引起重视。"

说完，她转身朝屋内走去，来到狭窄的客厅，坐在一把木头椅子上。

蹲在地上洗猪肉的女人想了想，关掉水龙头，油腻腻的双手在胸前的围裙上擦了擦，走进屋来。小男孩跟在她身后。

女人来到客厅，态度发生了一百八十度的转变。她满脸讪笑地对宋秋玲说："大姐，是成哥叫你来的吧？你跟成哥说，请他再宽限几天，到了月底，我会还钱的。"

宋秋玲知道她误会了："我不是放高利贷的，也不认识什么成哥，我来找你，是因为别的事情。"

女人直起身子问："什么事？"

宋秋玲望了一眼站在她身边的小男孩说："这事不方便当着孩子的面说，让你儿子回避一下吧。"

女人犹豫了一下，不太情愿地对儿子说："小杰，你去后院，帮我把土豆洗了，然后削皮。"

小男孩懂事地"嗯"了一声，乖乖到后院干活去了。

女人拉了个塑料凳过来，坐在宋秋玲面前说："现在可以说了吧，到底什么事？"

宋秋玲说："我问你，你记不记得昨天夜里，自己做了什么事情？"

女人蹙眉道："昨天夜里……我在家里睡觉呀，什么事都没做。"

"几点钟睡的？"

"我收摊儿回来是晚上十一点，之后就睡了。"

"睡着之后的事，你还记得吗？"

"你什么意思？睡着后还能有什么事？"女人开始不耐烦了，"你有什么事就快说，别跟我打哑谜了，我忙着呢！"

宋秋玲一直盯着这女人的脸，看得出来，她是真的什么都不知道。

"昨天半夜，你到我家来过，这事你一点都不记得了吗？"

"你说什么？"女人露出惊诧的表情，"我昨天半夜去了你家？"

"没错。凌晨三点半的时候。"

女人盯着宋秋玲看了一阵，啼笑皆非："你脑子没病吧？我跟你认识吗？你家住哪儿呀？我去你家干吗？"

宋秋玲平静地说："我叫宋秋玲，家住离这里不远的天祥国际社区。昨天夜里你到我家来做的事情只有一样——坐在沙发上看电视。"

女人从凳子上站起来，冲宋秋玲摆摆手："你是不是才从精神病院出来？快回家吧，家里人找不到你该着急了。我也要做事了，中午还得出摊儿呢。"

宋秋玲之前猜到了这种结果，她不急不恼，从包里掏出手机，找到昨天夜里拍摄的视频，递给女人："我知道你不会相信的，还好我录了这段视频。你看看，这人是不是你。"

女人狐疑地接过手机，点击播放键。看到视频的第一秒，她的眼睛就直了，之后的几十秒，她一直保持着张口结舌的状态。视频播放完后，她整个人都僵住了。

宋秋玲从她手里拿过手机："现在你相信，我不是在瞎说了吧？"

女人呆了好一阵才回过神来，神色慌张地说："不是……你，你拍的这是谁呀，这人只是跟我长得像吧？我昨晚根本就没有离开过家，是挨着我儿子一起睡的，这一点，我儿子可以证明！"

不料，话音未落，小男孩突然冲进来说："妈妈，你昨晚确实出去了一趟，过了好久才回来的！"

女人和宋秋玲一起望向小男孩，看来他刚才并没有去削土豆，而是躲在门外偷听。女人听到儿子这么说，显得更加惶惑了，她把儿子拉过来，问道："你说的是真的，小杰？你看到我出门了？"

男孩认真地点头："我昨天半夜起来撒尿，发现你没在床上，也没在家里，我不知道你去哪儿了，很担心……后来就一直没睡着。大概过了一个多小时，你才回来。我问'妈妈你去哪儿了'，你也没回答我，躺下就睡着了。"

女人惊呆了，好一阵后，她喃喃道："这是怎么回事？我出过门，怎么自己都不知道？"

"这叫梦游。你应该明白梦游是什么意思吧？"宋秋玲说。

"梦游……可是我以前从来没有梦游过！"

陈柏亮也说过同样的话，宋秋玲暗忖。她对女人说："我相信这次的事情比较特殊，这也是我来找你的原因。"

女人脸色一变："你……不是来找我算账的吧？我可没拿你家什么东西，也没有……"

"别紧张，"宋秋玲安抚她的情绪，"我说了，你到我家只是看电视，别的事都没有做，也没有给我造成任何损失。"

女人稍微松了口气说："那你找我做什么？"

"我只想了解情况。"

"了解什么？我说了，我根本就不记得……"

"别忙着回答。你仔细想想，真的一点儿都不记得了吗？即便是做梦，也能留下一些依稀的印象吧？"

女人垂下头，陷入沉思，半晌后，她似乎被唤醒了某些记忆："这样一说，我确实想起来了一些……我昨晚做了个梦，梦到我独自行走在街上，然后来到一个陌生的家……"

宋秋玲默默颔首，没有打断她的话，等待她继续往下说。

"在梦里，好像有人在牵引着我似的，我做的每一件事都是理所当然，即便在一个陌生的家里，我也没感到不适。我好像很清楚我该做什么，于是我找到了……"

说到这里她停了下来。宋秋玲问："找到了什么？"

"遥控器。"

"电视机遥控器，对吧？"

"是的。"

"然后，你打开了电视。"

女人点头。

"接着，你坐到了沙发上，开始看电视。"

女人缓慢地、轻轻地点头。

"你看到了什么？"宋秋玲问出最关键的问题。

女人没有回答，一双眼睛直直地盯着前方，仿佛她此刻面对的，正是昨晚电视的内容。

几秒钟后，女人脸色大变，双手收缩起来，紧挨自己的脸颊，全身止不住地痉挛颤抖，口中发出撕心裂肺的尖叫："啊——！！！"

宋秋玲大惊失色。小男孩也吓坏了，他扑过去抱住母亲，大声喊着："妈妈，你怎么了？"

女人并没有停止尖叫，无穷无尽的恐惧正从她身上四溢而出。宋秋玲站起来，手足无措。小男孩则紧紧抱着母亲，不停地呼唤。一分多钟后，女人才逐渐恢复平静，但仍是脸色苍白，目光惊悚。

宋秋玲当然不敢再问了，她局促地站着，显得有些不知所措。女人怨恨地瞥了她一眼，虚弱地说道："现在……你可以走了吧？"

宋秋玲也觉得没理由再待在这里了，她朝门口走去，出门之前，她转身对女人说："我留一个手机号码给你吧，你如果遇到什么事情需要我帮忙，可以打电话给我。"

"不必了，"女人拒绝道，"只要你不再出现在我面前，就是帮我的大忙了。"

宋秋玲打开门，一言不发地走了出去。离开这个简陋的家后，她深吸了一口室外的新鲜空气。她瞄了一眼平房的旁边，看到一辆破旧的小吃车，招牌上写着"颜姐炒饭"，下方标明了各种口味炒饭的价格。这辆小吃车显然就是女人出摊儿时用的，宋秋玲由此得知，女人姓颜。

看着这辆小吃车，宋秋玲心情复杂。一个单身女人，带着几岁大的儿子，中午卖快餐，晚上卖炒饭，起早贪黑，也没有别的帮手……这份辛苦可想而知。但同情之余，这女人恶劣的态度又令她为之生气。宋秋玲平生最不愿跟这种摊贩打交道，她摇了摇头，打车返回家中。

宋秋玲一整天过得都有些心神不宁。儿子愤然离去之后，一个电话都没有打来，宋秋玲本想给他发条微信，想了想还是忍住了。等他冷静几天再说吧。

一个人没什么心思做饭，晚餐点的是外卖。吃完之后，宋秋玲下楼散步，走到附近的一条小街上，正好看到一对推着小吃车出摊儿的夫妇，卖的是砂锅面和米线。其实宋秋玲碰到过他们很多次，早就认识了，但她从来没有关注过这些小摊贩，更没有照顾过他们一次生意。但今天看到他们，宋秋玲心里却有些不一样的感觉，她想起了那个叫"颜姐"的女人。

这女人说，她晚上卖炒饭，但宋秋玲不知道她在哪里摆摊。不过细想起来，这女人的住处附近，有一个老街夜市，那里是允许摆摊的。她现在很有可能就在那里。

宋秋玲一边想，一边朝夜市的方向走去。半个小时后，她来到了那条又接地气又有人气的旧城老街。

现在的时间是晚上八点多，夜市已然十分热闹了，街道两边都被各种小吃摊占据。

空气中融合着烧烤的烟味、糖水的甜味、炸臭豆腐的臭味、鱼虾的腥味和饭菜的香味，当真是人间烟火气弥漫。宋秋玲平日不到这种地方来，今天漫步于此，倒也颇有几分新鲜感。

走在这条路上，不断有摊贩招呼宋秋玲吃这吃那。宋秋玲一一摆手拒绝，在摊贩中寻找着那个熟悉的身影。

走了大半条街之后，宋秋玲倏然驻足——"颜姐炒饭"的招牌出现在她的视野中，卖炒饭的，正是那对母子，此刻正忙得不亦乐乎。女人起锅倒油，翻炒鸡蛋，再将客人选好的蔬菜统统倒入锅中，男孩从木桶中舀出热饭，递给母亲。女人把米饭倒入锅中，颠勺翻锅，大火猛炒，火焰沿着锅边蹿进锅内，燃起半米高，如表演杂技一般，令人叹为观止。一份炒饭很快就出锅了，女人把炒饭倒入一次性饭盒中，由男孩递给顾客。女人则接着炒下一份饭，重复步骤，一气呵成。

宋秋玲站在远处观望，居然看入神了。她仅仅是站在旁边看，都有些腿脚发酸，这对母子却忙个不停，平均五分钟炒一份饭，中间没有一秒钟的停顿和休息。宋秋玲不禁感慨，对于他们来说，生活着实不易。

一连炒了十多份饭后，终于有了一个空当让母子俩可以稍做休息。女人坐在塑料凳上，儿子则蹲在一旁玩手机。

这时，女人的动作引起了宋秋玲的注意——她开始用双手**挠痒**。手臂、腰间、腿部、后背……似乎全身每一个地方都很痒。由此看来，她在炒饭的时候，是强忍着的，一旦空闲下来，便不住地挠抓，缓解全身的奇痒。

宋秋玲想起了李思海说过的话。他去找陈柏亮的时候，就发现对方不住地挠痒。看来，同样的状况，也发生在了这个女人身上。

而这个女人显然没有意识到，等待她的，是更可怕的结果。

宋秋玲思忖片刻后，朝炒饭摊走去。

见来了客人，女人马上起身招呼："吃炒饭吗？蔬菜可以自……"话还没说完，她已经认出了宋秋玲，脸色一变说："怎么是你？"

"我想跟你谈谈。"

"早上已经谈过了。"

"是更重要的事。"

"不必了，我现在忙着呢。"

正说着，两个年轻女孩来到摊子前。女人不再搭理宋秋玲，利落地递了两个塑料篮子过去："妹妹，吃什么炒饭？蔬菜自选啊。"

两个女孩正要拿起夹子夹菜，宋秋玲对她俩说："不好意思，今天提前打烊了，麻烦两位到别处吃。"

"你……！别听她瞎说，没打烊，我要做的！"女人望向宋秋玲，正要发作，却见她掏出手机，对准招牌旁的付款码扫了一下。不一会儿，小男孩拿着的手机发出语音到账提醒："微信收款，五百元。"

"今晚的炒饭，我全包了。"宋秋玲说。

女人呆住了，两个女孩也愣了，她们搞不懂这是什么状况，嘀咕两句之后，放下篮子离开了。

蹲在一旁的小男孩走过来，把手机递给他妈妈，语调夸张地说："五百块钱……我们要连续炒五十份炒饭呀！"

女人问："你真要我炒五十份给你？"

宋秋玲淡然一笑："你觉得呢？我吃得了这么多吗？"

"那你究竟想干吗？"

"我刚才说了，想跟你谈谈。"

"那你说吧，谈什么？"

宋秋玲望了望喧闹嘈杂的四周："这里不是说话的地儿，到你家去说吧。"

女人想了想，大概是觉得宋秋玲支付的五百元已经足够今晚的营业额了，对男孩说："走，小杰，今天咱们提前收摊。"

"好嘞！"男孩乖巧地应了一声，开始帮着妈妈收拾摆在后面的折叠桌椅等物什。不一会儿，所有东西都放上了小吃车，母子俩一起推车往家的方向走。宋秋玲跟随其后。

十一

夜市距离母子俩的家不算太远，十多分钟后就到了。女人把小吃车停放在家门口，用钥匙打开门，三个人一起走了进去。

进屋之后，宋秋玲对男孩说："小杰，你就在这儿玩，好吗？我跟你妈妈说点事情。"

男孩望向妈妈，女人对他点了点头，男孩问："我可以玩会儿游戏吗？"

"可以。"女人把手机掏出来递给儿子，男孩开心地接过来，点开一个游戏玩起来。

女人偏了偏脑袋，示意宋秋玲跟她到里屋说话。两人走进一间简陋的卧室，女人打开昏黄的吊灯，坐到床边，宋秋玲坐在一个凳子上。

"说吧。"女人刚一坐下来，又开始挠痒了。

"我问你，你是什么时候开始全身发痒的？"

女人一愣，随即答道："今天下午。"

"除了发痒，还有其他不适吗？"

"没有。"

宋秋玲想了想，说："把你袖子卷起来我看看。"

女人犹豫了一下，卷起左边袖子。宋秋玲看到，她的手臂上长满了红色的小点，显然就是这些小红点引起的瘙痒。

宋秋玲又说："你把上衣脱了，我看看你的后背。"

"算了吧……"

"什么算了，咱们都是女人，你还不好意思呀？"

女人撇了下嘴，脱掉外套和衬衣，转过身去，将整个裸露的脊背展现在宋秋玲面前。

宋秋玲盯着她的后背看了一阵，说："你转过来，我看看前面。"

女人转过身来，宋秋玲倒吸一口凉气——她的整个上半身，全都长满了小红点。不用看，腿部肯定也是。这些红点看上去很像酒精过敏之后出现的反应，只是颜色更深，而且分布均匀，跟通常的过敏症状又有着本质区别。

"你身体出现异样，自己不在乎吗？还去卖炒饭！"宋秋玲说。

女人穿起衣服，不以为然地说："我觉得没什么大不了的吧，可能就是皮肤过敏。"

"你有过敏史吗？"

"什么意思？"

"就是你以前有没有出现过这样的情况。"

"没有。"

宋秋玲叹了一口气，没有说话了。

女人观察到宋秋玲神色不对，又想起自己没什么文化，便猜想身上的红点不是那么简单，她略显不安地问道："怎么了，你是医生吗？知道这些红点是怎么回事？"

宋秋玲缓缓摇头："我不是医生，但是我知道，长这种红点……不是什么好事……"

女人愣了几秒，神情紧张起来："什么意思？这是什么病呀？很严重吗？你告诉我呀！"

宋秋玲站起来，走到卧室门口朝外面望了一眼，见男孩仍然玩着手机，并没偷听她们谈话。她悄悄将卧室门带拢，然后坐了回来，对女人说："我接下来要告诉你一些事情，希望你做好心理准备，不要大声喊叫，以免被你儿子听到。"

听她这么说，女人更加忧虑不安了，她吞了口唾沫，点了点头。

宋秋玲说："首先你要知道，发生在你身上的事情，不是首例。在此之前，就有人遭遇了一模一样的事件。"

"你说的是身上长红点这件事？"

宋秋玲摇头："不只是这个，还包括你之前梦游到我家的事。"

"之前也有人梦游到过你家？"

"没错，而且你的行为模式也跟他一样，在毫无意识的状态下梦游到我家，然后打开电视来看。"

提到"电视"，女人打了个寒噤，她竭力不去回忆那恐怖的画面，问道："结果那人回去之后，也跟我一样，身上长出这种让人发痒的小红点？"

"嗯。"

"那那个人……现在怎么样？"

宋秋玲考虑片刻，认为只能实话实说："他……**已经死了**。"

女人的脸色瞬间变白了，她惊恐地睁大了眼睛，颤抖着问道："这是什么时候的事情？"

宋秋玲说："他大概是一个星期前梦游到我家的，四天之后，就死了。"

"怎么死的？"

宋秋玲不知该如何回答，她不想让这个女人受到更多的惊吓，但是又必须让她引起足够的重视，犹豫了好一阵，她才说道："他的死状……十分恐怖，我想你最好不要询问细节。"

毫无疑问，女人被彻底吓蒙了，皮肤也似乎因此而变得更加瘙痒难耐。她不住地挠抓着自己的手臂和身体。宋秋玲注意到，她手臂上被指甲抓过的皮肤，已经出现了破皮的迹象。她有些看不下去，说道："你别再挠了，或者，轻点吧……"

女人急切地问道："为什么会这样？为什么看过这个电视的人，全都会死？"

"我不知道。"宋秋玲说，"并不是电视机的原因，因为这台电视机我和家人已经看了很多年了，都没事。问题的关键，是那天深夜你们看到的那个**神秘的电视节目**。"

"不要提，求你，不要提……"女人畏惧万分，赶快用别的话题来岔开脑中即将浮现出的画面，"今天晚上的菜没有卖完，土豆丝、豆腐干……这些菜明天可以做成快餐，卖给工人……"

好一阵之后，她终于恢复了平静，茫然无措地问宋秋玲："那我现在该怎么办？"

"这正是我在思考的问题。"宋秋玲说。事实上她并没有想到对策，但她没有说出来，怕给这个绝望的女人更大的打击。

"我不能死，"女人流下泪来，"我绝对不能死。小杰已经没有爸爸了，如果我再死了，他该怎么办？"

宋秋玲问："小杰的爸爸呢？"

女人悲哀地说："半年前死了，肝癌。为了给他治病，我们花光了家里所有的钱，把老家的房子卖了，还欠下一屁股债。为了还钱，我跟小杰来到大城市，租了这套便宜的房子，靠卖快餐和炒饭赚钱。"

其实宋秋玲之前已经猜到这母子俩是相依为命的，他们的命运令人扼腕，她问道："小杰现在几岁了？"

"七岁半。"

"这是该上小学的年龄了，你怎么没让他去读书？"

"我们没有本地户口，我又没有正式工作，连暂住证都办不下来，哪所学校肯收他呢？只能留他在我身边当个帮手了。"

"这可不是长久之计，孩子不能一直不去上学。"

"我知道，但我有什么办法？如果不出来赚钱，要债的人不会放过我们的。"女人说到这里，想起了更严重的问题，眼泪再次夺眶而出，"小杰现在只有我一个亲人了，我要是死了，他可怎么办呀？"

宋秋玲也是一个母亲，而且她也跟这女人一样，失去了丈夫。此刻，她完全能够感同身受，深刻理解女人的担忧和牵挂。她很想帮帮她，但她不知道该怎么帮。有什么办法，能够让她逃过一死？

女人问出了宋秋玲正在思考的问题，她声泪俱下地哀求道："你能救救我吗？有没有什么办法能让我活下来？只要能活命，怎样都行……我不在乎变丑，也不在乎缺胳膊少腿，只要能让我留在这个世界上，陪伴我的儿子……"

"你别说了，我明白。"宋秋玲心里也十分难受。她闭上眼睛思索良久，睁开眼睛望着女人，问道，"你叫什么名字？"

"颜慧。"

"好，颜慧。我答应你，会尽最大努力来帮你，条件只有一个。"

"是什么？"

"从现在起，你要听从我的安排，并完全、绝对地信任我。我接下来做的一切，都是为了你和你儿子好，你必须相信这一点。"

颜慧不住地点头："我相信你，宋姐。其实我早就看出来，你是一个好人，否则，你根本用不着管我的死活。"

宋秋玲颔首："那好，你现在收拾一下行李，跟我走。"

"去哪儿？"

"我家。从今天开始，你就住我家。"

"啊……那小杰怎么办？"

"我这样做，就是在为小杰考虑。"宋秋玲说，"我不知道你这种特殊的皮肤病会不会传染，但是你家只有一个卧室、一张床，你显然不适合再挨着小杰睡了。你肯定不希望小杰也染上同样的病，对吧？"

颜慧意识到了这个问题，赶紧点头道："对……千万不能传染给小杰。但是我去你家，你就不怕……"

"我会注意的。一般情况下，皮肤病只要不进行身体接触，就不会传染。"

颜慧点头表示明白了。宋秋玲继续道："小杰这孩子很乖，通过对他的观察，我觉得他应该具备独立生活的能力。你可以给他一些钱，让他照顾自己。而我也会不定期地到这里来看他，确保他的安全和健康。"

颜慧感动不已，竟然"扑通"一声跪了下来，感激涕零道："宋姐，你真是我们的大恩人，我之前还对你那么凶……你千万别往心里去……"

宋秋玲下意识地想去扶她起来，颜慧却赶紧往后躲："宋姐，你别碰我，我这病……"

"那你就快起来，别说这些话了。我要是怪你，今天晚上还会来找你吗？"

颜慧抹着眼泪站了起来。宋秋玲说："别再哭了，把眼泪擦干，别让孩子看见。"

颜慧点头，转身开始收拾行李。

不一会儿，颜慧就把衣物和生活用品装进了一个大背包里。宋秋玲跟她一起走出房间。小杰看到母亲背着一个大包，赶紧问道："妈妈，你这是要去哪儿？"

宋秋玲示意由自己来跟小杰说，她蹲下来，摸着小杰像刺猬一样的脑袋说："小杰，妈妈到阿姨家去住一段时间，好吗？"

"为什么？"

"因为妈妈生病了，需要人照顾。"

"那我呢？"

"你是男子汉吗，小杰？"

"当然是！"男孩挺起胸膛说。

"那你可以暂时一个人住，照顾好自己吗？"

"我要照顾妈妈！"

"小杰，妈妈就是怕传染给你，才暂时出去住的。你如果想帮她，就照顾好自己，不要让她担心，好吗？"

小杰望向妈妈，颜慧努力控制住不让自己哭出来，她说："小杰，听阿姨的话。"

小杰踌躇片刻，懂事地点了点头。

临走前，颜慧交给小杰五百块钱，把手机也留给了儿子，又跟他交代了一些安全事项。出门之前，她好想跟儿子拥抱一下，亲亲他可爱的脸颊，但她知道不能这样做，只能忍住。出门后，眼泪像洪水一样倾泻而出。

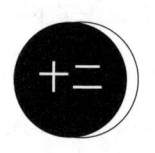

十二

来到宋秋玲的家，已经是晚上十点了。刚走进客厅，颜慧就止步了，眼睛盯着壁挂式的电视机，露出恐惧的神色。

宋秋玲回头看她，明白了颜慧的顾虑。她走到电视机前，把电源线拔掉了，并对颜慧说："这样就放心了吧。"

颜慧轻轻点头，宋秋玲领着她走进一楼的客房。这个家一共有三室，宋秋玲和李思海的卧室在二楼，一楼的房间是书房兼客房。颜慧自然就住这个房间。

放下行李后，宋秋玲注意到颜慧仍是不住地挠痒，她问："身上痒得厉害吗？"

"嗯……就像全身都被蚊子咬了一样。"颜慧说。

宋秋玲很难想象这种感受，她说："洗个澡会不会好一点？"

"我试试吧。"

宋秋玲把颜慧带到卫生间，教她使用淋浴花洒，对她说："以后你就用一楼的卫生间，我用二楼的卫生间。"

颜慧点头："好的。"

宋秋玲拿了一块新的薄荷精油香皂给颜慧："这个有止痒的功效，你用用看。"

颜慧道谢之后，宋秋玲走出卫生间，颜慧将门关上，开始洗澡。宋秋玲去楼上衣帽间找了一套自己的丝质睡衣，又来到一楼卫生间，把门推开，对颜慧说："我给你找了套睡衣，你洗完后就穿它吧，舒服些。"

"好的宋姐，谢谢。"

隔着淋浴房的玻璃，宋秋玲看到了颜慧布满密密麻麻小红点的身体。她心头一紧，将浴室门带拢，坐到客厅的沙发上，心情沉重。

十多分钟后，洗完澡的颜慧出来了，宋秋玲问："怎么样，好些了吗？"

"确实好多了，现在不那么痒了。"颜慧说。

宋秋玲松了口气："那就好，时间不早了，你休息吧，我也上楼了。有什么事你就叫我。"

"好的，呃……宋姐，我喝水用哪个杯子？"

宋秋玲找了一个印着图案的马克杯递给颜慧，然后告诉她，厨房的水是净水器净化过的，可以直接饮用，颜慧表示明白了。看得出来，她很拘谨，也很注意，似乎很担心自己的皮肤病会传染给恩人。

宋秋玲在二楼的卫生间洗漱之后，走进自己的卧室。这一天她也疲倦了，舍弃了临睡前看书的老习惯，直接关灯睡觉。

由于有诸多心事，宋秋玲并没有立即睡着。她思考着明天该做些什么，颜慧的病是否会继续恶化等问题。不多时，一楼的厨房里传出热水器打火的声音，她猜想，应该是颜慧又耐不住痒，去卫生间洗澡了。

唉，只要她能好过一些，就随她去吧。宋秋玲叹息一声，闭上眼睛，清空思绪，尽量让自己入眠。

早上八点，在生物钟的作用下，宋秋玲醒了。她穿好衣服，走到一楼，发现卫生间的门是关着的，热水器加热的声音一直在响，显然颜慧又在洗澡。

宋秋玲换鞋下楼，在小区门口的早餐店吃了一屉小笼包，又买了两个大鲜肉包和一杯豆浆打包带走。回到家中，颜慧正好洗完澡出来了。

"起来了？我出去买了早餐，趁热吃吧。"宋秋玲把包子和热豆浆放在餐桌上。

"谢谢宋姐，你呢？"颜慧问。

"我吃过了。"宋秋玲说。

颜慧猜到宋秋玲不愿跟她一起吃饭，没有多问，坐在餐桌旁，开始吃包子。

"你身上还痒吗？"宋秋玲问。

"洗完澡就好多了。"颜慧一边吃一边说。

宋秋玲想起李思海说的，陈柏亮染上这病之后，也是迫切地想要洗澡，甚至还专门找了一个搓澡工来服务。看来，洗澡的确可以有效遏制这种奇痒。但问题是，陈柏亮最后还是死了，可见洗澡是治标不治本的办法……

正思忖着，颜慧问道："宋姐，你给我的那块能止痒的香皂，还有吗？"

"那是薄荷精油香皂，"宋秋玲问，"这香皂果然有些用，对吧？"

"嗯，用了它，就没那么痒了。"

"那你继续用吧。"

颜慧有些不好意思地说："已经……用完了。"

宋秋玲一愣："一晚上就用完了？你洗了多少次澡？"

颜慧红着脸说："大概……二三十次吧。每次洗完澡，身上的痒就止住了些，但是只管二三十分钟，之后就又开始痒了。我只有不断地洗澡……"

宋秋玲呆住了。颜慧歉疚地说："宋姐，我知道，我洗这么多次澡，肯定会用掉大量的水和天然气，你看看气表和水表，用了多少，我最后一并给你……"

宋秋玲摆了摆手："我不是在乎这个。我是在想，洗澡只能缓解你的痒，不能根治，这样下去不是办法呀。"

"那……你说怎么办呢？"

宋秋玲想了想，说："我有一个朋友，正好是皮肤科的医生，我叫他到家里来给你看看，这病有没有什么办法可以控制。"

颜慧从来没享受过这种待遇，诚惶诚恐地说："这太麻烦你朋友了，还是我去医院吧。"

宋秋玲不同意："你的病很特殊，在没有确诊之前，最好不要去医院这种人多的地方，以免传染给更多的人。"

"哦，好吧……"

"你慢慢吃，我上楼去打个电话。"

宋秋玲走进二楼的卧室，将房门关上，用手机拨了一个号码，电话接通了。

"吴宏吗？"

"是的，宋教授，您有什么事？"

"有件事需要你帮忙。你帮我联系一位本市最权威的皮肤科专家，请他今天到我家里来一趟，有一位特殊的病人需要紧急诊治。"

"什么，今天？宋教授，您知道，即便是一位普通的专家，也没法立刻从医院抽身离开，现在的医院都是人满为患，病人都排着号等待看病……"

宋秋玲看了一眼手表："现在是上午八点半，我希望最迟十点钟，能见到这位专家。"

对方沉默了片刻，问道："宋教授，您现在是以……"

"没错，"宋秋玲阻止他继续说下去，"所以你明白了吧，立刻帮我安排。"

"我懂了，我这就去联系专家，让他尽快到您家。"

"听好了，吴宏，有三点需要你注意：第一，你联系好专家后，把他的资料发到我手机上，然后你跟这位专家交代一下，让他假装成我的老朋友；第二，**这件事情是绝密**，不能让任何人知道，也请这位专家不要将此事泄露出去，这件事请你务必跟他强调一下；第三，让他带两套隔离服来，一套他穿，一套给我备用。"

"我明白了。"

"快去办吧。"

宋秋玲挂断电话，深吸一口气，朝楼下走去。

颜慧已经吃完了早餐，她拿着装包子的塑料袋和空的一次性纸杯，问宋秋玲："宋姐，这些垃圾扔哪里呢？"

宋秋玲从阳台上拿了一个垃圾桶过来，套上垃圾袋，放在客房里，对颜慧说："以后你用过的垃圾都丢在这个垃圾桶里。"

"好的。"颜慧走到垃圾桶旁，用脚踩了一下踏板，盖子开启，她把垃圾丢了进去。然后，她又开始抓挠身体了。

"又开始痒了？"

"嗯……"

"那你再去洗个澡吧，我已经跟我朋友打过电话了，他今天正好休息，应该很快就能过来。"

"真是太感谢你了，宋姐。"

"别说客气话了，去洗吧。"

颜慧走进卫生间，宋秋玲坐在沙发上，不一会儿，她收到吴宏发来的一条信息："陆文进，男，四十八岁，市二医院皮肤科一级专家，大约四十分钟后到。"

宋秋玲回复了一个表情表示收到。然后，她迅速将这条信息删除了。

十三

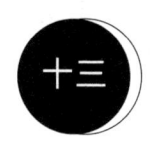

九点二十分，宋秋玲家的门铃响了。颜慧刚洗完澡出来一会儿。宋秋玲快步走到门口，把门打开。

站在她面前的，是一个穿着白大褂、戴着眼镜的中年男医生，看样子他是从医院直接过来的，衣服都没有换。他的手里提着一个医疗箱，还有一个大袋子，里面装的是两套隔离服。

"您好，宋教授，我是陆文进。"

"您好陆教授，劳烦您专程过来一趟。"

"不客气。病人在哪儿？"

"就在客厅，您请进吧。"

陆文进进屋后，宋秋玲把门关上，然后跟他一起走到客厅。颜慧从椅子上站了起来。

"这位就是病人吗？"陆文进问。

"是的。"宋秋玲回答，然后望向颜慧，"这就是我那位医生朋友，陆教授。"

"陆教授你好。"颜慧向陆文进微微鞠躬。

陆文进点了点头，把手里的东西放在桌子上。他打量颜慧一阵，注意到患者的双手长满红点，脸部和脖子的却不明显。他示意颜慧坐下来，自己则坐到她对面的一把椅子上。

宋秋玲提醒道："需要穿隔离服吗，陆教授？"

"暂时不需要，我先判断一下她的病是否有传染性。"陆文进戴上一副橡胶手套，问颜慧："你身上哪些地方长了这种小红点？"

"除了脸和脖子稍微少一些，其他地方都有。"颜慧说。

"能把衣服脱了让我看看吗？"

"这……"面对一个男医生，颜慧感到为难。

"颜慧，在医生面前不要避讳，听陆教授的。"宋秋玲说。

"嗯……"颜慧转过身，脱掉睡衣，裸露的后背展现出来。陆文进看到她整个脊背密密麻麻的小红点，显得有些吃惊。他扶了扶眼镜，凑近皮肤凝视良久。

"能转过来让我看一下吗？"

颜慧红着脸转过身来，双手遮住胸部。陆文进端视片刻，问："下身和腿部也是一样吗？"

"是的。"

"明白了，请把衣服穿上吧。"

颜慧穿好睡衣后，陆文进问："这种状况持续多久了？"

"昨天下午出现的，一开始红点没有这么大，也没有这么密。"

"就是说，红点呈逐渐增多和变大的趋势。"

"是的。"

"有哪些不适呢？"

"就是痒，非常痒，洗完澡之后会好一些，但是维持不了多久。"

"这种情况是如何引起的，你知道吗？"

颜慧望了一眼宋秋玲，犹豫是否该说出梦游和看电视的事。宋秋玲抢在她前面说道："原因不太清楚，就是突然出现的。"

颜慧不懂宋秋玲为什么要隐瞒看电视的事，也许是解释起来太过麻烦？她没有说话。陆文进没有注意到颜慧的困惑，他露出费解的神色，低头沉思。

这时离颜慧洗澡出来已经过去二十多分钟了，她全身又开始发痒，忍不住用手抓挠。陆文进看到后，说："你最好不要挠痒，否则皮肤很容易被抓破。"

"可是我忍不住，太痒了……"

"你不是说洗澡能缓解吗，那你去洗个澡吧。"

"可是……"

"没关系,我正好想跟宋教授聊一下。"

宋秋玲对颜慧点点头:"你去洗吧。"

"好的。"颜慧朝卫生间走去。

"宋教授,咱们借一步说话好吗?"

"当然。"

宋秋玲和陆文进走到阳台,宋秋玲问:"您知道这是什么皮肤病吗,陆教授?"

"绝对不是过敏。过敏引起的红点通常是片状的,不规则分布。她身上的红点,更像小血泡一样的血痣。"

"血痣?"

"对,但又不是真正的血痣,只是看起来像。血痣是皮肤或黏膜局部毛细血管持续扩张导致的皮肤病变,好发于肝胆病人。但血痣不会长满全身,也不会引起瘙痒。症状对不上。"

"那您觉得,她身上的红点属于哪种情况?"

陆文进皱眉道:"她的症状很特殊,我从医几十年,还是第一次遇到这种情况……"说到这里,他顿了一下,改口道,"不,不是第一次,二十多年前,我见过一个跟她类似的病人。"

"二十多年前?"

"对,那时我在国外医学院读博士,导师让我参与病人的诊治,见识了各种不同类型的病症。其中有一个特殊的病人,令我印象深刻,他的症状就跟这位……"

"颜慧。"

"嗯,跟颜慧的症状很像。"

"当时那位病人得的是什么病?"

陆文进沉默了片刻,说:"他并不是得了病。"

"什么?"

"那位病人是一家核燃料处理厂的员工,在一次制备浓缩铀的工作中,发生了意想不到的临界事故，让他遭遇了超过上限量一万倍以上的**核辐射**。而临界事故的特点是放射量大，但释放范围小。所以大部分的辐射只集中攻击了他一个人。"

"啊……"宋秋玲知道核辐射的可怕，不由为之心悸。

"刚开始的一两天，他看上去和正常人没有两样，但从第三天起，他全身开始出现红肿现象，皮肤冒出大量的红点，被送到我所在的医学院进行治疗。专家会诊之后发现，红点的产生是由于放射性物质破坏了他全身的血液系统，导致血管通透性发生改变。不仅如此，他细胞中的染色体也受到了辐射的攻击。"

"这意味着什么？"宋秋玲问。

"意味着会出现比唐氏综合征可怕得多的后果。您知道，染色体担任着遗传信息传递的重要使命。它出了问题，细胞增殖就无法进行了。也就是说，老细胞正常代谢死亡，却没有新细胞的补充。后果可想而知——当各种细胞数量减少到一定程度时，人体将会死去。而且，死状会十分恐怖。"

宋秋玲不安地望了卫生间一眼，颜慧还没有出来。她问道："有多可怕？"

"您确定要知道吗？"

"您说吧。"

陆文进犹豫片刻，说道："**活体腐烂**。也就是说，病人会在意识清醒的状态下，亲眼看着自己的身体日渐腐烂，器官机能逐渐衰退，而他只能忍受着极端的痛苦无能为力。"

宋秋玲的胃里一阵翻腾，她捂住嘴，不让自己呕吐出来。

看到宋秋玲如此反应，陆文进赶紧往回说："我说的是当年那个遭受核辐射的病人，颜慧的情况不一定如此……"

宋秋玲脸色十分难看："但您说，颜慧的情况跟他很相似。"

"目前看来如此，后面的状况，需要持续观察。"

"那这种病，会传染吗？"

"如果是辐射引起的，就不会传染。但我不能确定，所以您还是得注意，避免跟她进行身体接触。"

宋秋玲点头表示明白了。

"宋教授……"陆文进欲言又止。

"您想说什么，请直言。"

"您能告诉我，这个叫颜慧的女人之前经历过什么吗？恕我直言，如果她没有经历过某些特别的事情，是不会发生这种突然变异的。"

宋秋玲一怔问道："您把她的状况，称为变异？"

陆文进点头说："我刚才已经说了，她并非得了一般的皮肤病，而很像受到辐射后出现的状况。只有放射性物质才会迅速破坏血液系统，引起基因突变和染色体畸变。"

宋秋玲陷入了沉默，隔了好一会儿，她说："陆教授，我不想对您说假话。没错，她之前确实经历了一些特殊的事情，而且您已经猜到了，这事跟我有关。但出于某些原因，我暂时无法告诉您实情，请您理解，并务必保密。"

陆文进颔首表示明白了，他说："吴宏之前已经跟我交代过了。您放心吧，这事我不会说出去的。"

宋秋玲再次表示感谢，然后问："颜慧的病，有什么药物可以控制吗？"

"如果真是辐射引起的，我只能表示遗憾了——没有任何药物能修复和抑制辐射对细胞造成的伤害。"

"但她未必真的受到了辐射，"宋秋玲仍抱着一线希望，"对了，除了洗澡，她说我给她的薄荷精油香皂，也对止痒有效。"

陆文进摇头道："洗澡也好，薄荷香皂也好，都只能起到暂时缓解的作用，是无法抑制病情发展的。"

宋秋玲心一沉说："您的意思是，她的状况只会越来越糟？"

"以我的经验来判断，很有可能是这样。"

"难道完全无计可施吗？"

陆文进想了想："我只能给她开一些消炎止痒的喷雾，其效果跟洗澡类似。然后，最近几天我都会来，观察她的变化。"

"好的，太感谢您了。呃……抗过敏类的药，不尝试一下吗？"

陆文进浅笑一下："相信我，宋教授，她绝对不是过敏。盲目用药，只会适得其反。"

"我明白了。"

陆文进走到客厅，打开医疗箱，在随身携带的处方签上，写了一种外用喷雾剂的名字，交给宋秋玲："您给她买这种药就行了，这是非处方药，可以多买一些。"

"好的。"

"那我就先告辞了，如果病人出现什么紧急状况，您就给我打电话，我会立刻赶过来。"

"非常感谢，陆教授。"

宋秋玲把陆文进送到门口，出门之前，陆文进又想起了什么，说道："对了，还有件事，我要提醒您一下。"

"什么事？"

"除了皮肤病，您可能还要关注一下她的**精神状况**。"陆文进指了指自己的脑子。

"为什么？"

"因为——假如她的病跟辐射有关——放射性物质还会导致中枢神经系统被破坏。一旦如此，她的心理活动和行为活动，都会出现异常。"

宋秋玲凝重地吐了口气说："我知道了。"

陆文进点了下头，走出屋门，离开了。

十四

陆文进开的药是一种用艾草精制而成的纯天然皮肤消毒水，由于是非处方药，宋秋玲一次性买了十瓶。颜慧使用之后，说效果不错，不用频繁洗澡了。宋秋玲略感安慰。

晚饭，宋秋玲叫了外卖，她和颜慧自然是分餐而食。餐具是外卖用的塑料盒，这样就避免了洗碗，吃完之后直接将餐具丢弃即可。

然而吃饭的时候，发生了一件尴尬的事情。宋秋玲闻到了一股若有似无的臭味。毫无疑问，这股臭味是从颜慧身上散发出来的。

一开始，宋秋玲假装没有闻到，继续用餐。她和颜慧分别坐在餐桌两端，隔着大约两米的距离。宋秋玲的修养做不到立刻端着餐盒离开，只有忍耐。但是当臭味又一次钻进她鼻子的时候，她出现了生理性的不适，再也忍不住了，在呕吐出来之前，冲进了二楼卫生间。

颜慧当然也闻到了自身散发出的臭味，看到宋秋玲满脸不舒服地跑上楼，她意识到了原因，感到十分难堪。

几分钟后，宋秋玲从楼上下来，颜慧红着脸说："宋姐，真是对不起，我……"

宋秋玲不能因为尴尬而拒绝面对事实，她问道："这味道是从哪儿发出来的呢？"

"我手臂上的红色小血泡，被我不小心抓破了，流了些脓血出来。这些脓血，很臭……"

"让我看看。"宋秋玲说。

"不……还是算了吧，"颜慧捂着左臂，"看了会让你不舒服的……"

宋秋玲想了想，没有坚持。很明显，这顿饭她不可能吃得下去了。

颜慧说："我马上去洗个澡吧，洗完应该会好一些。"

"但是你的皮肤破了，洗澡不会感染吗？"

"没关系，只是破了一点皮而已，不是什么大伤口，不会感染的。"

宋秋玲微微点头。颜慧走进卫生间，冲水洗澡。这次她洗得很久，几十分钟后才出来。

宋秋玲发现颜慧穿的不是那件睡衣，而是外出的衣服，她问道："怎么不穿睡衣呢？"

颜慧说："宋姐，有件事我想跟你商量一下。"

"什么事？"

"我想回家去看看小杰。"

"才离开一天,就想儿子了?"

颜慧点头:"虽说只有一天,但我儿子从小就跟我生活在一起,从来没分开这么久过……"

宋秋玲能理解这份母亲对儿子的牵挂,但她有点不放心:"你现在的情况,适合外出吗?"

"没事的,用了陆教授开的那种药之后,我觉得好多了,没有那么痒了。我刚才洗完澡后,已经全身都喷上药了。"

宋秋玲还是有顾虑:"非得见面不可吗?你们可以打视频电话。其实下午我已经给小杰打过电话了,这孩子很乖,你不必担心。"

"宋姐,我求你了,让我见一次儿子吧。就这一次。以后,我不会再提这种要求了。"颜慧祈求道。

她这样说,宋秋玲就没法拒绝了。但她心里有些犯疑——为什么颜慧说得像要跟儿子见最后一面似的?

"宋姐,可以吗?"颜慧可怜巴巴地望着宋秋玲。

"行吧。但你要控制自己的情绪,另外记住,千万不要跟小杰进行任何肢体接触。"

"我知道,我不会的。"

"那走吧,咱们快去快回,别耽搁太久。"宋秋玲始终担心颜慧会在外面发病。

两人出了门,乘坐电梯下楼,在小区门口,宋秋玲招手拦了一辆出租车,前往颜慧的家,十五分钟后就到了。颜慧思念儿子心切,快步走到门口,拍打着家门,喊道:"小杰,妈妈回来了!"

但屋里没有人回应,颜慧愣了几秒,从裤兜里摸出钥匙,将房门打开。走进门,她发现屋内一片漆黑,每个房间都没有开灯,颜慧大声喊道:"小杰!小杰!"

两人把后院和厕所找了一圈,还是没见着人。颜慧急了:"小杰呢?这孩子跑哪儿去了?"

"别着急,我马上给他打电话。"宋秋玲掏出手机,拨通号码。几秒之后,卧室里传出手机铃声。两人同时一愣,走进卧室,在床上发现了颜慧留给小杰的手机。

"他没有带手机出门。他会去哪儿呢？现在几点？"颜慧焦急地问。

宋秋玲看了一眼手表："七点五十分。"

外面天色已经彻底暗下来了，城市的繁华地段，灯红酒绿，热闹非凡，但这片低矮的贫民区，连路灯都忽明忽暗，闪烁不定；街道上行人寥寥，冷清幽静。颜慧心中的不安自然更甚了。

"别着急，小杰也许去吃饭了。"宋秋玲安慰道。

"吃饭怎么不带上手机呢？"

"也许是忘了，小孩子嘛。"

颜慧略一思量："不行，我得找他去。"

宋秋玲问："你去哪儿找？"

颜慧说："这周围只有一两家餐馆，我去看看小杰在不在！"说着就朝右边的一条僻静小街走去，宋秋玲紧跟其后。

两人一路小跑来到一家卖豆花饭的小餐馆，颜慧往里打量，没看到小杰的身影，她问老板："请问刚才有一个七岁小男孩到这儿吃过饭吗？"

"没有。"老板忙着上菜，应了一声就走开了。

两人又穿过一条小巷，来到另一家小面馆，询问之后，得到的还是否定的答案。颜慧愈发焦急了，宋秋玲完全能体会颜慧这种丢了儿子的心情，但她要冷静些，问道："小杰平常有没有什么喜欢去的地方？"

颜慧摇着头说："他平时都跟我在一起，去的地方无非就是菜市场、夜市，别的地方他都没去过！"

宋秋玲说："菜市场现在肯定没人了，他会不会去夜市了？"

颜慧说："可是我又没去摆摊，他一个人去夜市干吗呢？"

宋秋玲想到一种可能性，说道："夜市是他熟悉的地方，那里也有很多美食和小吃，他会不会去那儿吃东西了？"

颜慧想了想，觉得有可能："对了，上次他跟我说过，想吃一份臭豆腐……也许他真的在夜市！"

"那我们去找找吧。"

两个人又火速来到了夜市。这里熙来攘往，人头攒动，要找一个孩子可不容易。颜慧一家一家地挨着去这些小吃摊打听，可没人见过一个独自出来吃东西的小男孩。一个小时过去了，仍旧一无所获。颜慧急得都快发疯了，宋秋玲心里也忐忑不安起来。

最后，宋秋玲对颜慧说："会不会咱们在外面找的时候，小杰已经回家了？我们回去看看吧。"

颜慧没有别的主意了，只好同意。两人朝出租屋的方向走去，沿途继续打听和寻找。

十几分钟后，两人回到家一看，屋里仍是黑灯瞎火的，根本没有小杰的影子。现在已经是晚上九点多了，颜慧心急如焚，心态接近崩溃，一屁股坐到地上，号啕大哭。

宋秋玲也不知道该怎么劝了，这种时候安慰没有任何意义。她竭力思索小杰究竟会去哪儿，突然之间，她想到了一种之前完全没有考虑过的可能性。

"颜慧，你别急，我打个电话给我以前的学生，让他过来帮忙一起找。"

"宋姐，可以报警吗？"

"不行，失踪时间不到二十四小时，警方不会立案的。"

"那怎么办……"

"只能多叫几个人一起找了，你别急，小杰不会有事的。"

颜慧勉强点了点头，从地上站起来，坐到椅子上，小声啜泣。

宋秋玲走出门，来到前方的街口，回头望了一眼，然后摸出手机，拨了一个电话。

"喂，吴宏。"

"什么事，宋教授？"

"我问你，是不是你们把小杰弄走了？"

"小杰是谁？"

宋秋玲顿了一下："你真的不知道？"

"宋教授，您连我都信不过吗？"

"不是信不过，我是怕你迫于形势，不敢跟我说实话。"

"那我可以明确告诉您，绝对不是这样。我对于您说的小杰的事，完全不知情。"

"好的，我明白了，对不起。"

"没关系，有什么需要我帮忙的吗？"

"暂时没有，需要的时候我会跟你说。"

"好的。"

宋秋玲挂断电话，望着对面的街灯有些愣神儿，然后打算回颜慧家。转身的刹那，她吓了一跳，"啊"地叫了出来。

她没有想到，颜慧就站在自己身后，此刻正盯着自己。

"颜慧，你……"

"宋姐，你在跟谁打电话？"

"我的一个学生。"

"你跟他说什么？"

"我想叫他……帮我们一起找小杰。"

"你为什么走这么远打电话？"

"你为什么要这样质问我？"宋秋玲反问。

颜慧呆了一刻，突然一步上前，双手抓住宋秋玲的手臂，厉声问道："是不是你把小杰弄走了？"

宋秋玲大惊失色，赶紧挣脱她的手，退后两步，说道："你疯了？你怎么会认为是我带走了小杰？"

"因为，只有你知道他住在这里！"

"可我全天都跟你在一起，而且我下午才跟小杰通了电话，他好好的！"

"这都是你说的，我怎么知道你是不是跟他通了电话？而且，就算你跟我在一起，你也可以叫别人……"

话说一半，身后突然传来一声稚嫩的童音："妈妈！"

颜慧迅速回头，看到了站在身后的儿子小杰。她喜极而泣，瞬间忘了一切，想要上前将儿子紧紧抱住。宋秋玲大喊一声："不要！"

颜慧这才想起自己的病，她止住身形，望着儿子，急切地问道："小杰，你去哪儿了？"

"我……"小杰欲言又止。

这时颜慧注意到，小杰手里拎着一个大袋子，里面鼓鼓囊囊地装着不少物品，她问道："这是什么？"

小杰低声说："这是我去附近的垃圾站捡的饮料瓶，上次你不是说饮料瓶都可以卖钱吗，我就想去捡些瓶子卖钱，给你治病……"

没等小杰说完，颜慧已经泪如泉涌。宋秋玲的眼眶也湿了，这么懂事的好孩子，却无法拥有正常的生活，怎能不叫人为之叹息。

"小杰，小杰……我的乖儿子，妈妈让你受苦了……"

"妈妈，你别哭……"

小杰伸出手，想要帮妈妈拭去泪水，宋秋玲赶紧上前，阻止了小杰的动作，说道："小杰，妈妈生病了，你现在不能摸妈妈。"

"对，小杰，听宋阿姨的话……"

宋秋玲对颜慧说："你也别哭了，有什么话我们回家去说吧。"

颜慧愧疚地说："宋姐，真对不起，我刚才错怪你了，居然以为是你……"

说着，她就要扇自己耳光。宋秋玲赶紧劝阻："别这样！你只是急昏了头，我不怪你！"

颜慧掩面哭泣。宋秋玲又劝说了一阵，颜慧擦干眼泪，三个人一起朝家中走去。

十五

回到家，颜慧问儿子一天是怎么过的。小杰说，他上午自己做了饭，下午在家看妈妈给他买的唯一一本图画书，晚上吃过饭之后，才到垃圾站去捡空瓶子。因为怕手机遗失，所以没有带出去。至于妈妈给他的五百块钱，他一分钱都没用，只想跟卖废品的钱一起攒起来，留给妈妈治病。

这番话说得让人颇为心酸。颜慧说："小杰，你以后再也不准去捡瓶子了。妈妈的病好多了，不用担心。"

"真的吗？"小杰露出欣喜的神情。

"真的。而且你也不准这么晚一个人出去，要是遇到人贩子或者坏人怎么办？你要是出了什么事，妈妈就活不下去了。"

小男孩懂事地点头："我知道了，妈妈，我以后再也不会让你担心了。"

颜慧跟儿子说话的时候，宋秋玲注意到，她又在挠痒了，动作虽然不明显，但她连续挠了手臂、肚子和大腿很多次。宋秋玲这才想起，距离她们出门，已经过了两个多小时，想必那艾草喷雾的药效早就过去了。与此同时，她又闻到了从颜慧身上散发出来的那股恶臭味。

不能再耽搁下去了！必须让她马上回去洗澡，然后喷药。但是，看到他们母子情深的样子，宋秋玲又说不出催促的话。

这时，不明就里的小杰捏着鼻子说道："妈妈，你闻到一股臭味没有？家里怎么这么臭呀？"

颜慧尴尬地跟宋秋玲对视一眼，两人都不知该如何解释。过了一会儿，宋秋玲对小杰说："小杰，妈妈该回去换药了，你乖乖睡觉，我们改天再来看你，好吗？"

"好的。"小杰懂事地点头。

离别之前，颜慧再次泪湿眼眶，眼神中流露出无限不舍。她蹲下来，对儿子说："小杰，妈妈爱你，不管妈妈变成什么样子，都会永远爱你……你一定要记住。"

即便只有七岁，小杰也听出了妈妈的话中有种诀别的意味。他的眼泪也唰地流了下来："妈妈，我也爱你……你不要离开我，好吗？"

宋秋玲也蹲了下来，说道："小杰，妈妈当然不会离开你了。她只是太爱你了才这么说的，对吧，颜慧？"

颜慧赶紧点头，同时拭擦着泪水。宋秋玲说："小杰，记住阿姨跟你说过的话，照顾好你自己，就是帮妈妈最大的忙，知道吗？"

"嗯，我知道了。"男孩努力控制情绪，不让眼泪再掉下来。

宋秋玲对颜慧说："我们走吧。"

颜慧点点头，打开门走出了这个她可能再也回不来的家。

她今晚来，就是跟儿子道别的。 她的身体状况已经开始恶化了，她不知道自己接下来会变成多么可怕的模样。在此之前，她想跟儿子见最后一面。

这件事，宋秋玲并没有察觉到。她以为颜慧的状况真的有所好转——起码是没有继续恶化。但事实恰好相反。

两人走到大街上，正准备打车回去，颜慧再也控制不住了，她发了疯似的拼命抓挠，双手抓遍了全身的每一个部位，并发出痛苦的呻吟："好痒啊……我受不了了，好痒……"

宋秋玲大吃一惊，这才意识到颜慧之前都是在强忍。她的皮包里带了一瓶艾草喷雾，她从包里掏出来对颜慧说："你马上喷点药吧！"

"不必了，这药起不了什么作用……"

宋秋玲愣了几秒，忽然明白了。她说："你是为了让我同意你出来见儿子，才骗我说这药有用？"

"对不起，宋姐……"

宋秋玲现在也顾不上怪她了，看到她如此痛苦的模样，她能做的只有将她尽快带回家。然而，即便在空气流通的大街上，她也闻到了比刚才更甚数倍的恶臭，再借着路灯的灯光定睛一看，她当即吓得失声尖叫："啊——你！"

刚才那阵猛烈的抓挠，让颜慧全身多处小血泡破裂。现在，她的面部、脖子、双手——裸露出来的部分全都流出了脓血，身体的其他部位也被血浸透了衣衫，看上去就像一个"血人"，十分恐怖，而且恶臭扑鼻。

宋秋玲胆战心惊，对颜慧说："你忍着点，我马上打车带你回家！"

正好一辆出租车经过，宋秋玲赶紧招手。司机停在她们面前，看了一眼全身是血的颜慧,吓得赶紧开走了。宋秋玲又接连招了好几辆车,这些车连停都不敢停。

这个过程中,颜慧仍在不断抓挠着,破裂的小血泡越来越多,而她为了解痒,也浑然不顾了。街道上的行人看到这个血人,全都发出惊叫,以为她是出了车祸,全身受伤。

宋秋玲心急如焚,知道不可能再打出租车了。这时,她想起了陆文进,赶紧拨通他的手机。对方很快就接起了电话。宋秋玲把颜慧出现的紧急情况告知了陆文进。

"你们现在在哪条街?"陆文进问。

宋秋玲告诉了陆文进地址,对方说:"你们等着我,我马上就到!"

宋秋玲不知道陆文进说的"马上"具体是多久,现在颜慧身边已经围了一圈人,有人甚至拿出手机开始拨打报警电话或者急救电话。

就在宋秋玲不知所措的时候,天上淅淅沥沥地下起了雨。雨点越来越大,短短一分钟内就演变成了滂沱大雨。围观的人纷纷散去,而雨水的冲刷,似乎起到了止痒的作用,颜慧停止挠痒,蹲了下来,任由雨水清洗她污秽不堪的身体。

宋秋玲左右环顾,发现附近有一家小超市,她冲进超市,买了两件雨衣,回到颜慧身边,让她穿上雨衣。

宋秋玲自己也披上雨衣,两人站在街边等待陆文进。在这期间,一辆警车经过,但车上的警察似乎并没看到"伤者",停留片刻后,便开走了。

二十多分钟后,一辆黑色轿车开到两人面前,驾驶者正是陆文进,他在车上喊道:"快上车!"

宋秋玲仿佛看到了救星,拉着颜慧的手臂,跟她一起上了陆文进的车。轿车一路疾驰,很快就来到天祥国际社区,宋秋玲让陆文进直接开进小区的地下停车场。

停好车后,三个人从车上下来,走到电梯间。所幸颜慧一直披着雨衣和帽子,才没有引起旁人和监控的注意,否则保安看到她一身血污,必定会报警。

进入家门,宋秋玲将廊灯打开,陆文进看清了颜慧脖子和手上破裂的小血泡,雨水混合着脓血,实在是惨不忍睹。而来到室内后,这些脓血发出的恶臭味,更是叫人难以忍受。

宋秋玲问："陆教授，现在怎么办？"

"让她先洗个澡吧。"陆文进说。

"她现在浑身都是伤口……"

"她已经被雨水淋过了，自来水冲洗总好过雨水——但是，不要使用任何沐浴露或香皂。"陆文进对颜慧说。

颜慧虚弱地点了点头，朝卫生间走去。

"宋教授，病人现在这种情况，可不适合外出呀。"陆文进说。

"我知道，但是……"宋秋玲把事情的缘由告诉了陆文进。

"原来她还有个儿子……唉，可怜哪。"陆文进摇头叹息。

"您说谁可怜？"宋秋玲问。

"母子俩都可怜。"陆文进说，"颜慧这种情况，估计是活不了多久了。全身性的皮肤溃烂、流脓、出血，感染是百分之百的。别说是在家里治疗，就算是在医疗条件好的医院，也只是拖延时日而已。"

"真的一点办法都没有了吗？"

陆文进沉吟良久，说："我现在只能用碘伏消毒，然后清除脓液，用抗菌药膏进行包扎。同时让她口服抗生素，控制感染。另外，我想把她的脓血取样带去医院化验一下，分析成分，看能不能找到对应的特效药。"

"太感谢您了，陆教授。"

"我车上有医疗箱，我下去取。"

几分钟后，陆文进带着医疗箱回来了。宋秋玲拿出上次放在家里的隔离服，陆文进穿上其中一套。

"宋教授，您跟颜慧说一声，让她洗完澡之后不要穿衣服，也不要出来，我就在卫生间帮她治疗。"陆文进说。

"好的。"宋秋玲走到卫生间门口，隔着门把陆文进的话转述给颜慧听。颜慧迟疑许久，还是答应了。

穿上隔离服的陆文进宛如太空人，他拎着医疗箱走进卫生间，没有将门关上。宋秋玲再次闻到那股恶臭味,她不敢看颜慧的身体,只有走到阳台上,呼吸室外的空气。

一个多小时后,陆文进才从卫生间出来。他脱掉隔离服,显得十分疲惫,对宋秋玲说:"我试着帮她清除脓血,但无法清除干净。另外,我也不敢用纱布包扎她的身体,只能让她口服抗生素了。"

"为什么不能包扎?"宋秋玲问。

"因为她全身的奇痒,已经到了无法抑制的程度。只有通过不断洗澡,才能起到止痒的作用。我刚才给她治疗的过程中,她又洗了两次澡,如果我给她包扎上,她就没法洗了。"

"我明白了……"

"我建议她暂时不要出来,就待在卫生间里,只要身上痒就洗澡。"

"但是,她总不能整晚都待在卫生间里呀……"

陆文进叹息道:"我实在想不出来更好的办法了。目前看来,只有用大量的水冲刷身体,才能解她全身的奇痒。否则,她又会像之前那样不顾一切地抓挠,让全身的皮肤进一步地溃烂。而且……"

"而且什么?"

"我建议她不要出卫生间,还有一个原因——您最好不要看到她现在的样子——就连我这个见过各种恶心的皮肤病的医生,也有些受不了,刚才差点呕吐了出来……"

宋秋玲下意识地望了一眼卫生间,即便只是想象,她也感到浑身不适。

"我已经把她身上的脓血取样了,现在就去医院进行化验,出结果后,我会立刻跟您联系,商讨下一步诊治的方案。"陆文进当然知道,让病人一直洗澡,不是解决问题的根本办法。

"好的,辛苦您了,陆教授。"

"这是医生的职责,应该的。"说完这句话,陆文进就拎着医疗箱离开了。

家里现在只剩她们两个人,宋秋玲有些瘆得慌。她坐立不安,在屋子里来回踱步。卫生间里的颜慧也不出声,不知道她在干什么,只有通过热水器的打火声才能得知,她几乎每隔半小时就要洗一次澡。

十一点半的时候，宋秋玲忍不住了，她走到卫生间前，隔着门问道："颜慧，你怎么样，没事吧？"

里面传出颜慧虚弱的声音："没事，宋姐，我只要洗澡就好多了。您睡吧，我会照顾自己的。"

"你确定吗？"

"嗯，您也累了，早点休息吧。"

经历了今天晚上这一切，宋秋玲确实是疲惫不堪了。她说："那好吧，你要是有什么事，就大声叫我。"

"好的。"

宋秋玲走上二楼，在主卧卫生间简单冲了个澡。出来之后，几乎倒在床上就睡着了。

不知过了多久，在宋秋玲睡得正酣的时候，手机响了起来。她拿起床头柜上的手机一看，是陆文进打来的。她看了一眼时间，现在是凌晨两点多。

"陆教授？"宋秋玲问。

陆文进的声音急促而焦虑："宋教授，颜慧还在卫生间吗？"

"应该是吧，怎么了？"

"化验结果出来了……我犯了一个大错！您现在马上告诉她，让她绝对不要再洗澡了！"

十六

宋秋玲瞬间睡意全无，她从床上坐起来，问道："怎么了？"

"我用医院的仪器化验了颜慧身上流出的脓血，结果发现这些脓血带有剧毒，而

且毒性极大！澳大利亚北部有一种叫太攀蛇的毒蛇，它攻击猎物时咬一口所释放出的烈性毒素约为110毫克，可以杀死一百人左右。这些脓血的毒性就接近太攀蛇的毒液，但释出量是毒蛇的几百甚至上千倍！

"这些剧毒脓血会随着洗澡水一起冲入下水道。而城市下水道是分两路的，厨房下水和卫生间下水只会进入下水管道，不会进入粪便管道。也就是说，这部分水不会进入污水处理中心，会直接合并到城市下水主管道，经过简单过滤就排进附近的江河里，对江河的生态乃至沿河的人类造成极大的危害！"

宋秋玲听得胆战心惊，脑子里嗡嗡作响："人体内又没有毒腺，脓血中怎么会产生毒素呢？"

"我不知道，这显然不是一种正常现象。我只能猜测，**颜慧的身体已经开始变异了**。"

"这些脓血进入下水主管道后，应该会被稀释很多倍吧……还会有这么大的危害吗？"

"如果量少，应该危害不大，但是您想想看，颜慧已经洗了多少次澡了？"

宋秋玲倒吸一口凉气："我马上叫她不要再洗澡了！"

"对，我现在就到您家来，实施别的治疗方案了。"

"好的，辛苦您了。"

宋秋玲挂了电话，立刻穿上衣服来到楼下。颜慧果然还在卫生间里，宋秋玲敲了敲门，喊道："颜慧，你还在洗澡吗？"

"是的，宋姐。"

"这次洗完你就别洗了，陆教授马上过来，有新的治疗方案了。"

"好的。"

宋秋玲坐在客厅沙发上，焦急地等待陆文进。半个小时后，这位医学教授终于赶到了。

"颜慧还在卫生间吧？"陆文进进门就问。

"在，我已经叫她不要再洗澡了。"宋秋玲说。

"好，我现在就进去，给她涂抹抗菌药膏并进行包扎。"陆文进这次带了一个更大的医疗箱。

"您之前不是说，不能为她包扎吗？"宋秋玲问。

陆文进叹了口气说道："没有别的选择了，如果不让她洗澡，她又会忍不住抓挠皮肤，造成进一步的破损和感染。我只有把她全身都用医用纱布缠起来，这样她即便挠痒，也是隔着一层纱布，多少会好一些。"

宋秋玲点头表示明白了。陆文进拿出自带的一套隔离服，迅速穿上，走到卫生间门口，敲了敲门。

"颜慧，我是陆医生，我现在进来帮你治疗，好吗？"

"陆教授，我很痒，让我再洗一次澡，可以吗？"颜慧在里面说。

"不行，你不能再洗澡了！"

"为什么？"

陆文进无奈，只有把脓血带有剧毒的化验结果告知颜慧。颜慧沉默数秒，说道："好的，我明白了，那我不洗了。您进来吧。"

"好的。"陆文进推开卫生间的门，进入其中。一股恶臭瞬间散发出来，宋秋玲掩住鼻子，退避三舍。出乎意料的是，陆文进竟然也在半分钟内出来了——按理说，他穿上隔离服后，是闻不到臭味的。看来令他受到刺激的，只能是视觉冲击了。

"陆教授，您怎么了？"

宋秋玲正要走过去询问，陆文进趴在洗手池前，伸出手制止了她："没事，您不要靠近卫生间！我缓缓就好……"

宋秋玲吓到了，不知道卫生间内颜慧的模样，究竟是多么可怕和恶心。

陆文进调整了两分钟后，再度走进卫生间，将门关上。

接下来，是漫长的等待。

凌晨四点，卫生间的门打开了，陆文进疲惫不堪地从里面走出来。躺在沙发上半睡半醒的宋秋玲倏然站起，迎了上去。

"陆教授，处理好了吗？"

"嗯。"陆文进点了点头，对里面的颜慧说，"你出来吧。"

宋秋玲不安地望向卫生间。片刻后，一个像木乃伊一样的人走了出来。她全身缠满了白色的医用纱布，这些纱布缠得很厚，使她看起来体态臃肿。浑身上下只剩五官露在外面。

宋秋玲呆呆地望着这个"木乃伊"，几乎已经认不出她是谁了。直到这人幽幽地喊了一声："宋姐……"

"颜慧，你现在感觉好些了吗？"宋秋玲问。

"我还是很痒……"

"只能请你多忍耐了，"陆文进说，"如果实在痒，就隔着纱布轻轻挠一下吧。"

颜慧微微点了点头。

宋秋玲对颜慧说："你这一夜都没有睡，去房间好好休息一下吧。"

"好的。"颜慧应了一声，朝一楼的房间走去。宋秋玲和陆文进跟在其后，看着她上床，平躺下来，才走出房间，将房门虚掩。

宋秋玲小声问道："陆教授，这个办法管用吗？要是颜慧……"

陆文进示意宋秋玲不用说下去了："从现在开始，我会一直待在这里，随时观察病人的变化，及时为她换药，您不用担心。"

宋秋玲感激地说："真是太谢谢您了。您也劳累整晚了，请到我儿子的房间休息一下吧。"

陆文进点了点头，跟宋秋玲走上二楼，进入李思海的房间。

"麻烦您盯着点颜慧，如果她出现什么状况，您立刻叫醒我。"陆文进说。

"我知道，您放心睡吧。"

陆文进关上房门之后，宋秋玲回到了一楼。她斜躺在沙发上，随时注意颜慧房间的动静。

过了很久，房间里并没有传出呻吟或是辗转反侧的响动，宋秋玲猜想颜慧已经睡着了，看来情况已经得到了控制。她稍微松了口气，闭上眼睛小憩。

这一睡，就睡到了早晨八点。之所以醒来，是因为陆文进在一旁唤醒了她。宋秋玲一看窗外明亮的天色，就知道已经是早上了。她揉揉眼睛坐起来，说道："真是不好意思，我本来只想眯一下，没想到睡着了。"

"没关系，我也是睡到了现在。"陆文进说，"这几个小时，颜慧没有怎样吧？"

"我一直在客厅，没有听到什么声响。"

陆文进点头："看来这个'隔靴搔痒'的办法，还是奏效的。我本来还以为她会痒得睡不着觉呢。"

"真是多亏您了，陆教授。"

"别客气，我去看看颜慧怎么样了。"

"我跟您一起去。"

两人走到颜慧的房间门口，宋秋玲敲了敲门，喊道："颜慧，还在睡吗？"

里面没人应答。宋秋玲和陆文进对视了一眼，后者说："睡熟了？"

"她昨晚也折腾够呛，就让她多睡会儿吧。"宋秋玲说。

陆文进点了点头，两人正要离开，陆文进突然驻足，靠近房门仔细嗅了嗅，然后他蹲下来，闻到了从门缝里飘出的一丝臭味。

宋秋玲也闻到了，皱起了眉头。陆文进站起来，有些惶惑地说道："她全身都裹满了纱布，按理说不该再发出臭味了。"

"那这是……"

陆文进略一思量，喃喃自语道："不对。"他推开了房门。

一股血腥味和腐尸般的臭味扑面而来，熏人欲吐。但嗅觉跟视觉冲击力比较起来，根本不值一提。展现在他们眼前的是地狱一般的恐怖场面，宋秋玲两眼发黑，差点昏厥过去。

颜慧坐在床上，已经撕开了裹在手臂和上身的医用纱布。恐怖的是，她的皮肤也跟纱布一起剥落下来，看上去骇人至极。而她本人似乎毫不在意，还在继续撕扯着腿部的纱布。

"啊——！！！"宋秋玲发出惊骇欲绝的尖叫，五脏六腑一阵翻腾。她捂住嘴，冲到洗手池前，狂吐不已。

身为皮肤科专家的陆文进也从没见过这样的场面,他努力支撑着不让身体瘫软下去,喊道:"天哪,你……你在干什么?!"

相比起来,颜慧的冷静态度简直令人胆寒。她一边撕扯纱布,将腿部的皮肤和纱布像剥橘子皮一样剥落下来,一边平静地说道:"陆教授,您别怪我,我太痒了,痒得受不了……但我发现,只要把这层皮剥掉,就一点都不痒了。我现在好舒服,从来没有这么舒服过。"

陆文进感到一阵眩晕,他怀疑颜慧已经疯了:"人没有皮肤的保护,很快就会死的……"

"那种全身奇痒的感觉,比死难受一百倍。"颜慧说,"请您不要阻止我,好吗?"

事实上,陆文进也没有办法阻止和拯救她了——任何医生都不可能。由她去吧。他对自己说,这女人已经没救了。

"请您帮我把门带上好吗,陆教授?谢谢。"颜慧礼貌地说。

陆文进本来就无法忍受在这个房间再待一秒。他照做了,神情木讷地走出这间屋子,将门带上,然后瘫坐在饭厅的椅子上。

宋秋玲呕吐了足有五分钟。她没有进食,吐出来的全是胃液和酸水。一番狂吐之后,她脸色苍白,浑身乏力,精神和身体都遭受了重创。

陆文进关上房间门后,臭味和血腥味被阻绝,宋秋玲感觉稍好了一些。她用清水漱了几遍口,走到陆文进面前,战栗地问道:"陆教授,现在该怎么办?"

陆文进无力地摇着头:"没有任何办法了。人失去了皮肤的保护,分布全身的血管会不停地流血,并且任何细菌都可以随意侵入,外界刺激也会对机体造成感染、循环代谢紊乱,出现感染性心律失常、休克、心脏骤停……然后死亡。"

宋秋玲闭上了眼睛,许久之后,她说:"难道我就只能等着她在我家的房间里死去,然后为她收尸吗?"

陆文进问:"您为什么不考虑把她送进医院呢?"

"送进医院也治不好吧?"

"但至少她不会死在您家里……"

宋秋玲叹息道:"那还是算了吧,这件事因我而起,后果也应该由我来承担。"

陆文进张了张嘴,似乎想说什么,最后还是忍住了。两人相对无言,默默等候着一个死亡时刻的来临。

十七

房间里充盈着令人压抑的沉闷空气,宋秋玲思考很久,对陆文进说:"陆教授,您走吧。这几天,真是辛苦您了。"

"我在这种时候走,恐怕不合适吧?"

"但您留下来也没有多大的意义了,您刚才说了,颜慧的情况已无回天之力。"

"作为医生而言,是的。但是作为一个有感情的人,我希望在这样的时候,能留下来陪陪您。"

宋秋玲心里淌过一股暖流,向陆文进投去感激的一瞥。

"陆教授,一个全身剥了皮的人,还能活多久呢?"宋秋玲问。

"如果不是在无菌状态下,一般只能存活几小时吧。"陆文进说。他顿了一下,补充道:"对普通人而言。"

"您觉得颜慧不是普通人吗?"

"嗯……我甚至怀疑,她还是不是人类。"

宋秋玲为之一愣。陆文进解释道:"您不是也说过吗,人类身上是没有毒腺的,不可能分泌出毒液。但她……另外,人类也不会在剥掉自己皮肤的时候,产生'舒服'的感觉。这些都是违背人性的。"

"那么,按照这样的逻辑,颜慧会不会在全身皮肤脱落之后,仍能存活呢?"宋秋玲突发奇想。

"除非她具有蛇的属性。您知道，蛇生长发育到一定阶段，就会蜕皮，然后长出新皮。除蛇之外，蜘蛛、蝉和蝎子等动物也会蜕皮，或者称为'换壳'。"陆文进说。

宋秋玲眉头紧皱，缄口不语。

"难道您认为，真有这种可能性？"陆文进试探着问。

"不是，我……"宋秋玲欲言又止。

"宋教授，我可以肯定，颜慧在出现这些状况之前，一定遭遇了某些特殊的事情。而您是知道这件事的。但我不知道出于什么原因，您始终不愿意告诉我。恕我直言，您对我的隐瞒，将严重影响我对她病情的判断。"陆文进说。

宋秋玲思忖良久，说道："陆教授，通过这几天跟您相处，我能感受到您绝对是一个值得信任的人。如果您能保证不说出去，我可以把这件事告诉您。"

"我保证。"陆文进毫不犹豫地说。他对这件事的好奇心已经达到极点了。

"好吧，我接下来要讲的事情，可能会让您觉得十分诡异。但是请您相信，这就是事实。我既然下定决心告诉您，就不会编一个荒谬的故事来欺骗您。"

陆文进点头表示明白了。

接下来，宋秋玲把颜慧如何梦游到自己家，看完电视后又如何梦游回去，自己则跟踪了她，后来去找到她等一系列的事情详细地告诉了陆文进。对方听得全神贯注，瞠目结舌。

出于某些考虑，宋秋玲没有告诉陆文进这样的事情其实发生过不止一次。她不想让陆文进知道，陈柏亮的死也跟此事有关。

毫无疑问，陆文进一生中从未听说过如此匪夷所思的事，他惊呆了，许久之后才缓过神来说道："这么说，颜慧会出现这样的状况，跟她梦游到您家里来有直接的关系？"

"准确地说，是跟她看过的电视节目有关系。"

"那天夜里播放的是什么电视节目？"

"我后来查证过了，她看的那个电视台，在凌晨一点就停播了，半夜三点多的时候，根本就没有任何电视节目。"

"那她看的是……？"

"我不知道。这就是神秘的地方。"

"实在是太奇怪了……"陆文进不由自主地望向了墙上的壁挂式液晶电视，问道，"这台电视机您是什么时候买的？"

"六七年前吧。是我丈夫在世的时候买的，所以我一直舍不得换。"

"您平时看电视的时候，它都正常吧？"

"当然，否则颜慧的状况，早就发生在我身上了。"

"您已经把电视机的插头拔掉了？"

"是的。"宋秋玲说，"陆教授，您对此事有什么看法？"

陆文进思索许久，说道："从颜慧的病情和我的经验来看，我始终认为，她是遭受了某种辐射才会出现这样的状况。宋教授，您知道，电视机是有辐射的。"

"当然，不只电视机，手机、电脑、微波炉、路由器都有辐射，但这些辐射都是微量的，对人体不会造成任何伤害，可以忽略不计。"

"没错，所以正如您所说，问题不是出在电视机上，那个神秘的电视节目才是导致颜慧变异的元凶。"

"是的，所以重点是那个电视节目究竟是什么。"

"关于这一点，您没有问过颜慧吗？"

"问过，但她只要一想起那个电视画面，就惊恐万状，失声尖叫，我便不敢再问下去了，也不敢再提起。"

陆文进又想了一会儿，问道："当时颜慧看的是哪个频道？"

"就是××卫视。"

"不是本地的电视台，对吧？"

"嗯。"

陆文进微微张开嘴，似乎想到了一些不可思议的事。宋秋玲问道："您想到什么了吗？"

"宋教授，您知道卫星电视的原理吧？它是利用地球同步卫星将数字编码压缩成电视信号传输到用户端的一种广播电视形式。通常是将数字电视信号传送到有线电视前端，再由电视台转换成模拟信号传送到用户家中。"

"没错，怎么了？"

"也就是说，正常的电视节目，是从某个地面站发往通信卫星，再转发到其他地面站，地面站收到信号后传送到当地电视台播放。"陆文进说，"那么，我们可不可以做一个大胆的假设——假如某个特殊的信号，并不是地面发出的，而是从宇宙的另一处传来的呢？"

宋秋玲愣住了："您说的是，地外文明？"

"这只是我的猜想。"

宋秋玲思索了一会儿，说："如果是这样，为什么只有我家的电视机能收到这个信号呢？又为何单单会吸引颜慧到我家来看这个电视节目？"

"这我就不知道了。"

两人沉默了，谁都想不出答案。

宋秋玲看了一下墙上的时钟，现在已经是早上九点半了。她望向一楼的房间，惶惑地说道："颜慧现在……是什么状况？"

"不出意外，她已经把全身的皮肤都剥掉了吧……"

宋秋玲不敢去看，甚至不敢想象这个恐怖的画面。陆文进说："我进去看看。"

他再次穿上了隔离服，走到房间门口，轻轻敲了敲门，喊道："颜慧？"

无人应答。陆文进回头看了一眼宋秋玲，两人眼中透露出的信息是一致的——她会不会已经死了？

陆文进轻轻推开房门，朝屋内张望。

地上是一堆令人作呕的跟纱布附着在一起的皮肤。从纱布的数量来看，颜慧已经全身"蜕皮"了。

而床上，是一个拱起的"棉被帐篷"，从形状来看，是有人抱膝坐在床上，用被子盖住了全身。

陆文进猜想，颜慧此刻的模样必然是十分骇人的，但他必须判断她是否还活着，他鼓起勇气问道："颜慧，你还活着吗？"

几秒钟后，被子轻轻动了一下，从里面传出一个沉闷的声音："嗯。"

"你干吗用被子盖住身体？这样不利于呼吸。"陆文进说。

颜慧没有说话。陆文进等了一会儿，试着把手伸向那顶"帐篷"，并说道："至少把头露出来，好吗？"

"不要！"被子里突然传出一声尖利的叫喊，"别碰我！别看我！"

陆文进吓了一跳，不敢轻举妄动了。他呆呆地站了片刻，听到被子里的女人吼道："出去！"

不知为何，陆文进的直觉告诉他，**被子下面，已经不是一个人类了，而是另一种恐怖的生物**。他本能地后退两步，然后迅速离开了这个房间，将门带上。脱掉隔离服后，他发现自己的额头、后背，全是冷汗。

宋秋玲当然听到了颜慧的吼叫。她此刻已经无法理解这个女人的心理状态了。她望向陆文进，后者对她摇了摇头，眼神中的意思是：**不要靠近这个女人**。

十八

宋秋玲和陆文进在家里一直待到中午十二点，既不敢进入颜慧的房间，又不敢离开，只能守在门前，寸步不离。之前，他们因为目睹了极度恶心的画面，根本吃不下早饭。但一个通宵和上午的体力消耗，让他们此时饥肠辘辘，不管多没胃口，也必须进食了。

但是吃饭的场所，显然不可能在家里——颜慧的房间正对着餐桌，从门缝里仍然散发出挥之不去的恶臭。

商量之后,宋秋玲和陆文进一致认为他们不能在不告知颜慧的情况下离开这个家。首先他们必须确认颜慧是否还活着。宋秋玲鼓起勇气走到门前,问道:

"颜慧,你要吃饭和喝水吗?"

几秒之后,里面传出颜慧的声音:"我不吃,你们不用管我。"

听声音,她似乎尚有体力,且意识清楚。宋秋玲不知道她是怎样维持生命和能量的,也许真如陆文进所说,已经不能用人类的标准来衡量这个女人了。她只好说:"那我们出去一会儿,很快就回来。"

房间里瓮声瓮气地答了一声:"嗯。"

宋秋玲对陆文进说:"走吧,咱们快去快回。"

两人迅速乘电梯下楼,来到小区附近的一家餐馆。这顿饭速战速决,不到一个小时,他们就返回了家中。

回来之后的第一件事,自然是再次确认颜慧的状况。这次是陆文进敲门询问,等了许久,房间里也没传出颜慧的回应。

宋秋玲来到门前,问道:"颜慧,你没事吧?"还是没有回应。宋秋玲望向陆文进说道:"该不会……"

"之前不是还跟我们说了话吗?这才过去不到一个小时,她就……"陆文进没有继续说下去。

"推开门看看吧。"宋秋玲鼓起勇气说。

陆文进点了点头,握住门把手,试着推了下门,却发现门从里面锁上了。

"推不开?"宋秋玲问。

"嗯,她趁我们出去的时候,把房间门从里面反锁了。"

"说明她还活着……那她为什么不回应我们?"

陆文进耸了下肩膀,表示不得而知。

两人走到沙发旁坐下,宋秋玲问:"现在该怎么办?"

陆文进想了想,说:"静观其变吧,我也想不出什么主意了。"

于是，两人在房间里百无聊赖地坐着。一个小时过去了，两个小时过去了……下午三点的时候，他们听到颜慧的房间里传出一些声响，但是听不出是什么声音。

两人由此得知颜慧至少还活着，他们再次来到房间门口，轮流询问。可是跟之前一样，颜慧把自己锁在房间里，就是不吭声。他们把耳朵贴在门上，听到里面传出一阵若有似无的叫声，听不出是痛苦还是欢愉。

这就十分奇怪了。两人不禁生疑——颜慧究竟在房间里干什么？又或者，**她正在发生某种变化？**

陆文进悄悄拉了一下宋秋玲，两人来到阳台上，陆文进小声说："我觉得有点不对劲。她的心理状态和行为模式，已经让人捉摸不透了。这可不是什么好事。"

"您担心的是什么？"宋秋玲问。

"记得我之前跟您说过，放射性物质会破坏人的中枢神经系统吗？之前颜慧再痛苦，对我们都还是有礼有节。但是从今天早上开始，她就变得烦躁而恶劣，我怀疑她的大脑和神经已经不正常了。"陆文进顿了一下，"说得透彻点吧——**我担心她会攻击我们。**"

"她都这样了……还有攻击人的能力吗？"

"如果我没猜错，她已经变异了。"陆文进说，"正常人类，不可能在失去皮肤后，还能存活这么久。"

宋秋玲慎重地思考了很久，说道："如果真是这样，只能……"

"只能什么？"

"帮她解脱。"

"您想杀了她？"陆文进吃了一惊。宋秋玲做了一个示意他轻声的动作。

"我们俩有什么办法杀死她？"陆文进小声问。

"不是'我们俩'，是'我'。这事是我引起的，跟您没关系，不能把您卷进来。"宋秋玲说。

"我早就卷进来了。这种时候，我能独善其身吗？"

"陆教授，您是医生，这种事情，不该您来做。"

"那您想怎么做？"

"这您就别管了，我总能想到办法。"

"房间门是锁着的。"

"这是我家，我当然能找到钥匙把门打开。"

"但是您根本不知道她现在是什么状况！"陆文进压低声音说，"这样做太冒险了，而且……我也有点接受不了。"

"我知道，所以我说，这不是医生该做的事。"

"我也不希望您这样做。刚才说的那些，只是我的猜测，不一定真的如此。"

"如果不是您猜想的这样，那失去了全身皮肤的她，也不可能活多久。帮她解脱，难道不是一件善事吗？"

"可是……"

陆文进还想说什么，宋秋玲的手机响了起来，他们暂停谈论。宋秋玲看了一眼号码，是小杰打来的，她犹豫了一下，接起电话。

"小杰？"宋秋玲问道。

"嗯，宋阿姨，我是小杰。我妈妈在吗？"小杰说。

"在……在的。"

"那麻烦您让她接一下电话，好吗？"

宋秋玲望向陆文进，不知该如何是好。陆文进想了想，把脑袋往颜慧的房间偏了偏，宋秋玲立刻会意——这正是一个测试颜慧处于何种状态的机会。

"好的，小杰，你等等，我这就去叫你妈妈。"

宋秋玲拿着手机，跟陆文进一起来到颜慧的房间门口。她喊道："颜慧，小杰打来电话了。"

房里依旧没有反应。宋秋玲又加大音量问道："你想跟小杰通话吗？"

等了半分钟，房间里突然发出一声低低的呻吟，仿佛集快感和痛感于一身。宋秋玲听得心惊肉跳，同时意识到，颜慧根本无暇理睬自己。

无奈之下，她只有对电话那头的男孩说："小杰，你妈妈她……在睡午觉，我叫不醒她。"

小杰似乎有所怀疑，说道："我妈妈没有睡午觉的习惯。"

"她不是生病了吗，医生叫她多卧床休息。"

小杰停了几秒，说："好吧……那我一会儿再打过来。"

挂了电话，宋秋玲稍稍松了口气。她小声问陆文进："您听到刚才颜慧发出的声音了吗？"

陆文进皱着眉毛点头，说道："房间里面一定有古怪。"

"她到底在干什么？"宋秋玲费解地问。

"您不是有这个房间的钥匙吗？"

"是的……但是，只有您离开，我才会打开这个房间的门。"

陆文进十分不解："您为什么非要让我离开不可？难道，您还是想杀了她？"

宋秋玲缄口不语，显然是默认了。

陆文进把她拉到一旁说："我绝不会让您一个人以身犯险的。再说……如果您现在把她杀死，未免太可惜了。"

"可惜？什么意思？"

"宋教授，您是法学教授，大概很难理解我这种从事医学和生物研究的人的想法。不瞒您说，我认为颜慧现在和即将出现的状况，具有极高的研究价值。"

"您想把她当成研究对象？但是，您不是在二十多年前就遇到过这种遭受辐射的患者了吗？"

"不一样。那个核燃料处理厂的员工，遭受的是核辐射，辐射来源十分清楚。但颜慧遭遇的，有可能是某种来自外太空的特殊辐射，这种情况，是我从未遇到过的。"

"这只是您的猜测。"宋秋玲指出。

"但我的猜测正在一步步变成事实。宋教授，我几乎可以肯定，颜慧正在发生某种惊人的变异。而我们和事实，仅隔着一道木门。"

宋秋玲不由自主地望了一眼颜慧房间的门。

"把门打开吧，让我们一起面对现实。"陆文进游说道。

"如果情况失控怎么办？"宋秋玲问。

陆文进一时失语，显然并未思考过这样的结果。

"开门可以，但我们得先说好。一旦发现颜慧情况不对，真的变异成了什么怪物，我绝对不能让她再活下去了。陆教授，您别怪我不把她留给您做研究。这是普通住家，不是安保系统齐全的研究所，要是出了什么事，咱们谁也担当不起。"

"呃……那就算了吧。这门暂时别开了，还是静观其变吧。"陆文进见宋秋玲态度坚决，知道没有商量的余地，只好使用缓兵之计。

宋秋玲不希望颜慧变异，心中始终抱着一丝希望，期盼颜慧能在"脱胎换骨"之后重获新生。虽然她知道这种可能性极低，但想到小杰，她打算守候最后的希望。不到最后一刻，绝不放弃。

不管怎么说，两个人都没有再提起打开房门的事了。颜慧房间里偶尔传出的呻吟声萦绕耳边，令人产生无穷遐想，又惴惴不安。

直到凌晨一点，呻吟声戛然而止。房间内变得悄无声息了。

然而，这件事宋秋玲和陆文进都不知道。他们在客厅坚守到晚上十二点，终于挨不住疲倦，两人各自回房睡觉了。

十九

第二天清晨，宋秋玲被楼下的嘈杂声吵醒了。她下床走到窗边，往下俯瞰，发现小区中庭至少围了几十个人，这些人正大声讨论着什么，情绪激动。

宋秋玲略一思索，赶紧穿上衣服，脸都来不及洗就走出了门。

正巧，陆文进也从李思海的房间里出来了，他也听到了楼下的喧哗声。看到宋秋玲急匆匆地出来，他问道："出什么事了？"

"不知道，我正要下去看。"

"我也去。"

两人来到客厅的时候，看到颜慧的房间门仍然是关着的。他们顾不得多想，打开门乘坐电梯下楼。

小区中庭围观的人越来越多，几乎是里三层外三层。几个保安也聚集在此。宋秋玲的心怦怦乱跳，快步走到人群中，询问一个跟自己年纪相仿的女邻居："发生什么事了？"

"小区里的两只猫被什么动物吃掉了，惨不忍睹！"女邻居皱着眉头说。

宋秋玲悚然一惊。她在这个小区住了多年，知道小区里一直有几只野猫。准确地说是被主人遗弃后，放养在小区中庭的猫。这几只猫会自己抓老鼠，小区里的住户有时看到它们，也会投喂一些小鱼、肉干之类的。大家上下班都能看到它们，便多多少少有了些感情，今天早晨突然看到其中两只猫惨死在草丛中，自然是大为震惊。

宋秋玲和陆文进拨开人群，挤进内圈，一眼看到了草丛中残忍血腥的一幕：两只猫被吃得所剩无几。宋秋玲只看了一眼，便立刻转身，几乎要呕吐出来。

"调监控了吗？"人群中一个男人对保安说，"看看昨晚的监控，就知道是哪家的狗干的好事了！"

"我们领导正在看昨晚的监控录像，请大家少安毋躁。"保安说。

其中一个养狗的住户说："别这么早下结论，不一定就是狗干的吧。"

"不是狗还会是什么？这是城市里的小区，又不是原始森林，难道还会有野兽出没？"

"对，这小区里不是有一家养了条挺大的藏獒吗，会不会就是那藏獒干的？"

藏獒的主人正好在场："哎哎，没证据别乱说啊。我们家的狗每天晚上都关在家里，昨天晚上也一样，怎么会出来吃野猫？"

"反正看了监控视频，就真相大白了。"

这时，物业中心的领导过来了，对众人说道："业主们，我们刚才查看了昨晚的监控录像，证实确实是有某种动物在草丛里袭击了这两只猫。但由于有树木和草丛的遮挡，从视频中看不清是什么动物。"

"不是狗吗？"有人问。

"光线太暗，又有遮挡，真的看不清楚。"

"总得调查清楚是怎么回事呀，不然，我们住在这里能安心吗？"一位住户说，"这东西既然会袭击猫，谁能保证不会袭击人！"

"没错！"

"说得有道理。"

住户们纷纷附和。物业领导立即表态："我们会报警，由警察来负责调查，一定会给大家一个交代。"

这时，人群中一个年长的人说道："你们最好查一下小区门口的监控，看看是不是有什么危险的动物溜进来了。这两只猫，不是被本小区的狗吃掉的。"

大家都望向这位长者，有人问："为什么？"

长者说："我以前是部队的狼狗饲养员，跟狗打了一辈子的交道。我可以负责任地跟你们说，狗是不会吃猫的，即便是野性大的狗，最多也是咬猫，而不会将整只猫吃掉。况且，这两只猫的头盖骨都被咬掉了，我从来没见过哪种狗可以一口咬掉一只成年猫的半个脑袋。所以，袭击这两只猫的，不是狗，而是**某种更危险和大型的动物**。"

听了这番话，在场的人无一不露出惊恐的表情。宋秋玲和陆文进对视了一眼，更是感到遍体生寒。

"这么说，难道有野兽溜进了我们小区？"

"你们赶快查看大门口的监控视频呀！"

"对，不然人心惶惶的，还怎么住人呀。"

业主们纷纷施压。物业领导赶紧安抚大家："我们刚才已经查看过小区门口和地下停车场的监控视频了，并没有发现有什么动物溜进来。不过大家放心，我们还会配合警察在整个小区内进行仔细的排查……"

众人还在七嘴八舌之际，宋秋玲和陆文进已经从人群中抽离出来了。他们来到一个僻静之处，宋秋玲脸色苍白地说："陆教授，这件事……"

"你别说了。"陆文进打断宋秋玲的话，"我知道你想说什么。"

"'野兽'不是从小区大门进来的，那只能是原本就在小区里。"宋秋玲说。

"物业应该没有查看每栋楼的监控视频吧？"陆文进说。

宋秋玲立即会意，跟陆文进一起朝物业中心走去。在管理监控设备的办公室里，他们见到了值班的保安。

"麻烦你调一下昨晚一栋一单元的监控视频。"宋秋玲说。

"什么事？"保安问。

"我们想排查一下这个单元有没有什么动物出没。"

保安迟疑了一下，同意了，调出监控视频。宋秋玲说："重点看一下二十二楼。"

保安切换画面，屏幕上出现了宋秋玲所在的二十二楼的走廊。保安按下快进键。宋秋玲和陆文进紧张地屏住了呼吸，眼睛一眨不眨地盯着屏幕。

然而，从监控画面来看，昨天晚上直到今天早晨，宋秋玲家的大门根本没有打开过，说明颜慧没有离开过这个家。

宋秋玲稍微松了口气，对保安说了声"谢谢"，跟陆文进一起离开物业中心。

"会不会是我们想多了，这事只是个巧合。"陆文进说。

宋秋玲说道："回家看看吧。"

两人迅速返回家中。宋秋玲径直走到颜慧房间门口，敲门。跟昨天一样，房间里仍是一片死寂。

她略一思忖，对陆文进说："我去拿钥匙来开门。"陆文进点了点头。

宋秋玲走到二楼的卧室，从床头柜抽屉里找到楼下房间的钥匙，返回一楼。她跟陆文进一起走到门前，做好心理准备之后，用钥匙打开了房门。

"颜慧，我们进来了。"宋秋玲缓缓地推开房间门。恶臭味再次袭来。但经过这几天，她和陆文进对这股味道已经有些适应了。

屋子里的窗帘是拉着的，没有开灯，光线很暗。床上坐着一个人，仅仅露出头部，被子裹着身体。宋秋玲正要按下墙边的顶灯开关，床上的人突然发出一声怪叫，似乎是想阻止她开灯。

宋秋玲吓得停止动作，望向床上的颜慧，发现她脑袋低垂，散乱的头发遮挡住了脸部，看上去阴沉而恐怖。

"颜慧，你感觉怎么样？"宋秋玲试探着问。

床上的女人没有回应。

"你身上不痒了吗？"

女人点头。

"你要不要吃东西？"

女人摇头。

"你想跟小杰通话吗？"

颜慧居然没有反应，就像忘了自己还有一个儿子。

宋秋玲找不到话说了，她望向身旁的陆文进。

"颜慧，你现在感觉怎么样？"陆文进问。

沉默。

"我是医生，可以让我给你检查一下身体吗？"一边说，陆文进一边试图靠近颜慧。

不料，对方嘴里发出一阵"嘶嘶"声，然后用尖厉的声音说道："出去！"

陆文进浑身一抖，站在原地。颜慧突然伸出双手，捂住脑袋，再次厉声喝道："出去！！！"

她的声音尖锐刺耳，仿佛蕴含着多种情绪：恐惧、哀求、痛苦、纠结。陆文进和宋秋玲本能地感受到了危险，赶紧退出房间，将门锁上。

两人来到阳台上，宋秋玲问："陆教授，您觉得……她现在的情况怎么样？"

陆文进惶惑地摇了摇头："我不知道。但是，刚才您注意到了吗？"

"注意到什么？"

"她的双手。"

"我没有注意，怎么了？"

"她的手掌和手指，好像变得比以前细长了，颜色也变深了。"

"是吗？我没有戴眼镜，没看清楚。"

"我也不知道是不是错觉……但是，好像的确跟以前不一样了。从被子里伸出来的，就像……"

"像什么？"

陆文进咽了口唾沫说："像某种爬行动物的前肢。"

宋秋玲露出骇然的神情惊呼："您别吓我。"

陆文进叹了口气说："希望是我看错了。室内光线太暗了。"

两人沉默了一会儿，宋秋玲问道："您认为，她有重获新生的可能吗？"

陆文进说："我现在完全无法判断颜慧的状况。既没有先例，也无法靠近，您刚才也看到了，我刚试图接近她，她就表现出极度抗拒的反应。"

"她说她身上不痒了，也不流脓血了，这是不是好转的表现呢？"

"这不是她'说'的，"陆文进指出，"她只是摇头或点头，用嘴说出来的，只有'出去'两个字而已。看起来，她的认知能力和语言功能，都已经严重退化了。"

"但她的身体状况，好像有所好转……"

陆文进望向宋秋玲："我知道，您始终抱有一线希望，所以总往好的方面想。但是，我必须说出我的看法。"

"您说吧，陆教授。"

"人类是没有'换皮'这种能力的。但如果我刚才没看错，颜慧的身体——起码是双手——已经长出一层新的皮肤了。而且看上去，不像人类的皮肤。"

宋秋玲感觉后背发凉，她低声问："这说明什么？"

"说明我的猜测是对的，她正在变异。可能她现在还处于变异的过程中，但很快，就会像破壳而出的蝴蝶一样，彻底变异了。"

宋秋玲沉吟片刻问："如果真是如此，会有什么结果？"

"宋教授，这种事没有先例。"陆文进再次强调，"事到如今，我们只能拭目以待了。"顿了一下，他暗自低语："希望到时候，她不会彻底丧失人性吧。"

二十

距离最后一次见到妈妈，已经过去至少四十八小时了。独自在家的小杰非常想念自己的母亲。但这份思念之情，渐渐发展成了疑虑和担忧。

之前，他每天都会跟妈妈通话一次。可昨天连续打了好几次电话，都被宋阿姨以各种理由回绝了。最初是妈妈在睡觉，后来又是妈妈在洗澡和治疗……小杰虽然只有七岁，也猜到这些都是托词。但他不明白，宋阿姨为什么不让妈妈跟自己通话呢？

带着疑惑，小杰再次拨通号码。这一次，他不是打电话，而是使用微信的视频通话。

十几秒后，对方接听了。手机屏幕上出现了宋秋玲的脸。

"宋阿姨，我妈妈现在有空吗，我想跟她说话。"

"小杰，你妈妈她……还是在睡觉。"

"请您叫醒她一下好吗？"

"她刚睡下，我不好叫醒她。"

又是跟昨天一样的说辞。但小杰这次不想再被糊弄过去了："那这样吧，宋阿姨，您不用叫醒她，让我看看她的样子就行了，就用视频通话。"

"这……"

小杰明显看到，宋阿姨露出为难的神色。作为儿子，他本能地感觉到母亲出什么事了，他焦急地问道："宋阿姨，我妈妈她怎么了？"

"没有怎么呀……"

"那您为什么不能让我看她一眼？"

"不是不让你看，是确实……不太方便。"

"宋阿姨，您就让我看看妈妈吧，我求你了！"小杰哭了出来。

视频这边的宋秋玲看上去也很揪心："小杰，乖，等你妈妈好一些了，我一定让她跟你见面。"

"不，我现在就要见妈妈……"

话没说完，宋秋玲就挂断了电话。小杰再次拨打，宋秋玲拒绝接听。

孤独无助的小杰在家里放声大哭。一通发泄之后，他做了一个决定——今天无论如何，都要见到妈妈。

小杰是个聪明的孩子，之前他通过宋阿姨跟妈妈的对话，得知宋阿姨住在天祥国际社区。这个名字，他一直牢记在心。现在，他决定到这个小区去找妈妈。

男孩揣上手机和钱，走出了家门。现在是下午五点多，他来到马路上，打了一辆出租车，告诉司机目的地。十多分钟后，就到了天祥国际社区的大门口。

来自乡镇的小杰从未进过这种有保安的小区，自然不知道需要刷卡进入。他走到道闸机前，打算从下方钻进去，被门卫叫住了："小孩，你是这个小区的住户吗？"

小杰摇了摇头。

门卫问："那你进来干什么？"

"我找人。"

"找谁？"

"我妈妈。"

"你妈妈住在几栋几单元？"

小杰回答不出来了。

若是在平时，门卫并不会为难这样一个小孩子，直接放他进去就是了。但是昨天夜里发生了两只猫被吃掉的事，领导特意强调，一定要严格守门，不让任何不相干的人和物进入本小区。在警察调查清楚之前，避免再次发生类似事件。这孩子连自己妈妈住哪栋楼都说不出来，显然可疑，进去要是出点事怎么办？所以门卫坚决不准他进去。

小杰急了，死缠烂打要进去。可越是如此，门卫越是不准。无奈之下，他只有悻悻然离去。

都到了小区门口，却无法进入，小杰很不甘心。他绕着小区边缘走，想看看有没有别的门能混进去。结果转了一圈，发现大门只有一个。

但是，机灵的他，有了一个意外的发现。

这个小区的东南边，有一道矮墙，大约两米多高。旁边有一棵梧桐树，枝繁叶茂。住在乡下的时候，小杰经常爬树。他目测了一下，从这棵树爬上去，再顺着树枝翻墙进小区，一点都不难。

但问题是，这棵树长在路边，现在正好是下班和放学高峰期，很多人路过，况且天色尚明，他不可能这时候就爬树翻墙。

想了一会儿，小杰决定暂时离开这里。他来到附近的一条街上，在一家小饭馆点了一碗盖浇饭，慢慢地吃，等待夜幕降临。

晚上八点，天色基本上暗下来了。但这条路上散步、过路的人还是不少。为了确保不被抓住，小杰又蹲在路边耐心地等了两个小时。

晚上十点，马路上的行人逐渐稀少了。小杰瞅准时机来到树下，像只小猴子一样哧溜几下就爬上了树，然后吊着一根粗壮的树枝，轻松地翻过了矮墙。他身形灵活，体重又轻，从树上跳到小区的草丛中，只是摔了个屁股蹲儿，站起来拍拍屁股，不痛不痒。

这个时候，小区中庭几乎没有一个人。小杰以为是这里的住户睡得早，殊不知是昨夜发生的事件，让人们不大敢出门，尽量选择待在家中。

现在的问题是，如何得知宋阿姨住在哪一栋楼。小杰大致数了一下，这个小区至少有九栋楼。

挨着每栋楼找显然是不现实的，他连宋阿姨家的楼层都不知道。想了一下，只能找人打听。把宋阿姨的相貌描述一番，希望有人能知道宋阿姨住哪儿。

可小区的人行步道上，居然一个人都没有。无奈之下，小杰只有躲在树丛中等待。他不敢走出来，怕下午那个保安认出自己，把他给揪出去。

他丝毫没有意识到，在这个小区的中庭内，潜藏着让人难以想象的危险。

而这个极度危险的生物，此刻正不露声色地匍匐在草丛中，慢慢向他靠近。就像昨天夜里，接近那两只灵敏的猫一样。

小杰全神贯注地盯着小区内的步道，全然没有注意到身后正有某种大型动物靠近。但人天生具有感知危险的本能，不知为何，小杰突然觉得后背发凉，同时，他听到了草丛中传出的细微的窸窸窣窣的声音。

他缓缓地回过头，想看个究竟。

距离他半米远的地方，**一双蜥蜴般的黄色眼睛**，正瞪视着他。

小杰全身的汗毛瞬间竖立起来，毛骨悚然的感觉遍布全身。他看不清这是何种动物，唯一可以肯定的是，这是他一生中最为恐惧的时刻。

就在这时，小区内的两个保安带着两只大狼狗开始夜巡。小杰猛地蹿出草丛，口中大呼："救——"

"命"字还未喊出口，他已经被那恐怖的生物扑倒了。这怪物的一双爪子抓住了男孩的肩膀，整个躯干压在他稚嫩的身体上，张开血盆大口朝他的脖子咬去。

"啊——妈妈！"

男孩肝胆俱裂的呼喊撕裂夜空。

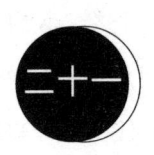

二十一

巡逻的保安听到了男孩的喊叫声，两束手电筒的光线朝声音的方向照去。同时，他们放开了手中的牵引绳，对两只狼狗下令："去！"

两只健壮的大狼狗一边吠叫，一边朝目标狂奔。那怪物抬头一看，转身便逃，四肢在地上迅速移动。速度之快，竟然连狼狗也追不上。

两个保安跑到受伤的男孩身边，其中一个吹响了口哨，呼唤全体保安。

嘶喊、犬吠、哨声——一系列声响惊动了整个小区，很多住户纷纷跑到阳台上，俯瞰中庭。有人看到了在草丛中快速移动的怪物身影，惊叫道："快看，那是什么？！"

二十二楼的宋秋玲和陆文进也听到了这阵骚动，立刻意识到，袭击事件再次发生了。但此刻，两人正在客厅。颜慧房间的门紧锁着。看来这个暗夜的袭击者，并不是变异后的颜慧。即便如此，他们也非常想知道，这到底是怎么回事。两个人不约而同地朝门口冲去，打算下楼看个究竟。

小区一片混乱之际，那两只大狼狗仍然锲而不舍地追捕着猎物，它们和怪物之间的距离不断缩短，终于将怪物逼到了一个角落，令它无处可逃。

然而，就在狼狗打算扑向怪物的时候，这怪物突然像壁虎一样爬上了墙，沿着墙朝高处攀爬，两只狼狗无法再追，只能在墙边狂吠。

这一幕，只有两条狼狗目睹了，没有任何人看到。

宋秋玲和陆文进已经来到了楼下，此时楼下还有几个拿着棍棒的男人。他们没有见到怪物的身影，只看到几个保安围在伤者旁边，便朝伤者走去。宋秋玲走近之后，定睛一看，惊呼出来："小杰？！"

小杰此刻处于昏迷状态，从表面看，他并没有遭受什么致命伤，似乎只有肩膀被抓伤了。但谁也无法得知他真正的受伤状况。一个保安问宋秋玲："你认识这孩子吗？"

"是的，他怎么样？"宋秋玲急促地问。

"不知道，昏过去了。我们已经打了120，救护车马上就到。"

"你们看到是什么东西袭击了他吗？"

"没看清楚，只看到一个黑影在地上爬行，速度很快。两条狼狗已经追过去了。"

宋秋玲不安地点着头。其他住户议论纷纷，四处张望，都在猜测这黑影可能是何种动物。

"你是这孩子的亲属，一会儿就跟着救护车一起去医院吧。"保安说。

"行。"宋秋玲本来也是这样打算的。

"那我……"陆文进问。

宋秋玲想了想，对陆文进说："陆教授，家里不能没人……颜慧就麻烦你暂时照看一下了。开门的密码是485480。"

"好的。"陆文进记住了这个六位数。

两分钟后，救护车来到了小区门口，小杰被抬到担架上，送上救护车。宋秋玲坐车一起前往医院。

怪物没有抓到，小区仍处于一级戒备状态。物业中心的人报了警，警察随后赶来。保安找到了趴在墙边朝上方狂吠的狼狗，通过两条狼狗的举动，一个保安猜测："这怪物会爬墙？"

陆文进和其他人都跟保安在一起，听到这句话，他浑身一震。

爬墙。难道……

陆文进不敢迟疑，快步朝宋秋玲所在的单元楼走去。他乘电梯上楼，输入密码打开房门，走到颜慧房间的门口。

门仍然是锁着的，但陆文进想起了这个房间的两扇大窗户，想起了一直被他们忽略的问题。

现在，他必须验证自己的猜想。可他不知道房门钥匙放在哪儿。

陆文进赶紧摸出手机，拨打宋秋玲的电话。结果，客厅的茶几上传来手机铃声。他扭头一看，呆住了——宋秋玲刚才听到楼下的声音后，就立刻跑下了楼，把手机忘在了家里。

无法联系到宋秋玲，陆文进只有在家中的各个抽屉里寻找钥匙。他翻箱倒柜，找得满头大汗，时间一分一秒地过去……

医院的外科医生为小杰做了检查，初步判断只有肩膀受轻伤，其他地方并无大碍。之前是受到极度惊吓而导致昏迷。医生给伤口消毒，并进行了包扎，之后告知宋秋玲，为了保险起见，最好做一个全身CT，检查是否有内伤。

宋秋玲当即同意。小杰现在已经醒了过来，他脸色依然苍白，身体瑟瑟发抖，显然还未走出之前的恐惧阴影。医生安排了一张走廊上的病床让他暂时休息，等候做CT。

宋秋玲守候在病床前，她给小杰倒了一杯温水，让他喝了下去，然后握住他的小手，发现他双手冰冷。宋秋玲很想知道他遭遇了什么，又担心会唤起他的恐怖记忆，只有避重就轻地问道："小杰，你怎么会在我住的小区里？"

"我想见妈妈。"男孩轻声答道。

宋秋玲感到一阵心酸。隔了许久，她试探着问："你知道是什么动物袭击了你吗？"

男孩打了个寒噤，把头扭到一旁，缓缓摇头。

宋秋玲无法分辨他是不知道，还是不想说。不管怎样，她都不便继续追问。

二十分钟后，医生通知宋秋玲可以送小杰去CT室了，同时提醒她交费。宋秋玲这才发现自己忘了带手机。她告知医生自己的工作单位，并承诺一定会交清费用。医生同意了。

来到CT室，小杰在护士的提示下脱掉鞋子和外套，躺在CT机上。护士对宋秋玲说："家属请在外面等候。"

宋秋玲点了点头，正要走出CT室，小杰突然喊了一声："宋阿姨！"

宋秋玲回头望着小杰："什么事？"

"我……"男孩欲言又止。

"你想跟我说什么？"宋秋玲走到他身边，蹲了下来。

迟疑了许久，直到身边的护士开始催促，小杰才终于憋出一句话："**我好像……见到妈妈了。**"

宋秋玲一怔。当理解了这句话的含义之后，她仿佛遭到了雷击。片刻后，她站了起来，冲出CT室，跑到一楼大厅咨询台前，不由分说地拿起座机电话的话筒，但这时，她才发现自己根本记不起陆文进的电话号码。

咨询台前的护士问道："你要干什么？"

"我要打一个电话……有非常要紧的事，必须马上通知一个人！"宋秋玲急不可待，好一阵后，她才想起可以拨打自己的手机，让陆文进接听。她在座机的数字键上迅速输入自己的手机号码。

找到了！陆文进终于在宋秋玲卧室的床头柜抽屉里发现了一串钥匙。他抓起钥匙，快速跑下楼，来到颜慧的房间门口。

这种时候也不必讲究礼节了。陆文进哆哆嗦嗦地用钥匙试着开门。第一把钥匙打不开，第二把也不对……第四把，锁开了。

陆文进的心脏狂跳着，他准备好了即将面对什么，而他必须验证这件事。

深吸一口气后，他推开了房门。床上没有人，房间里也不见人，窗户大开，窗帘被夜风吹得哗哗作响。

陆文进打了个寒噤。他明白，自己的猜想已经得到证实了。

短暂地思考之后，他认为必须自保。为了防止变成怪物的颜慧再次通过窗户返回家中，他迅速走到窗前，将两扇玻璃窗锁死，然后离开那个房间，将房门从外面反锁了。

现在最大的问题是，无法通知宋秋玲这件事。陆文进又急又怕，一时想不到该如何是好。思忖几秒后，他走上二楼，进入李思海的房间，将房门紧锁。他注意到，这个房间的窗户也是开着的，他赶紧走到窗前，将窗户关闭，上锁。

身处全封闭的房间里，陆文进稍微安心了些。他坐在床沿，思考有什么方法可以跟宋秋玲取得联系。

这时，他听到客厅里传来宋秋玲手机的铃声，突然意识到，宋秋玲肯定发现自己忘带手机了，她会寻找另一部电话，拨打自己的号码。

可是，现在该回到客厅去接电话吗？陆文进陷入了两难的境地。犹豫片刻，他还是决定冒险出去拿这部手机。

陆文进站起来，正准备朝门口走去，可是却倏然止步了。

他眼角的余光不自觉地瞥了斜上方一眼。

我的天哪。这不可能是真的。即便这样想，他还是不由自主地抬起了头。

一个像壁虎一样的女人悬挂在天花板上，一双橘黄色的眼睛盯住了下方的猎物。

二十二

连续拨打了三次电话，均是无人接听，宋秋玲心急如焚。可怕的想象在脑海中不断膨胀，令她心悸胆寒。思索几秒后，她决定立刻返回家中。

宋秋玲冲出医院，拦了一辆出租车，让司机用法律允许的最快速度赶往天祥国际社区。

所幸医院离得不算远，而且现在是晚上十一点多，道路通畅。十分钟后，她就到了小区门口。

电梯间不断飙升的数字就像她逐渐上升的紧张程度。越接近家，她越感到惶恐。但宋秋玲知道，这是她必须面对的。

这件事，从一开始就是我的错。我就不该……

"叮"的一声，电梯在顶层二十二楼停下，电梯门缩向两边。宋秋玲来不及后悔，也没有时间胡思乱想了。她走到家门前，用指纹解锁。

跨入门厅，宋秋玲叫了一声："陆教授？"

无人应答。宋秋玲突然产生了一种侥幸心理——陆文进也许忘记了自己告诉他的六位数密码，导致无法进入家中。

她走进客厅。顶灯是开着的，好像他们离开的时候就没有关。颜慧房间的门也是关着的，乍一看，似乎没有什么异常。

宋秋玲快步走到茶几旁，发现了自己的手机。她拿起手机一看，有八个未接来电。

她清楚地记得，自己在医院的时候，只拨打了三次。那么还有五次，是谁打的？点击查看之后，她发现除了一次陆文进的电话，打另外四次电话的是同一个人——

儿子李思海。

正犹豫要不要回拨过去的时候,手机响了起来,又是李思海打来的。

宋秋玲接起电话:"思海……"

"妈,你在哪儿?刚才怎么不接电话?"

宋秋玲不知道该怎样解释,只有含糊其词地说:"我刚才没听到。"

"你现在在家吗?"

"在。"

"那好,我马上回来,我有非常要紧的事跟你说!"

"马上回来?你不是在上海吗?"

"我没有回上海,这几天我一直留在本市。"

"什么?"

"不说了,我回来再跟你详聊。"

"不行!"宋秋玲大吼一声,"你别回来!"

"为什么?"

"家里不安全!"

"怎么不安全?那你怎么在家里?"

"我……"

"妈,我都到楼下了,上来跟你说。"

"什么?你别……"

话没说完,李思海已经挂断电话了。宋秋玲脑子里一团乱麻。她当初把儿子支走,就是为他的安全考虑。不料他不但没有离开,反而在这种危急时刻返回家中。这样的局面,她之前从未考虑过。

思忖几秒,宋秋玲快步上楼,走进自己的卧室,打开衣柜,从最下方的一个小抽屉里拿出一样东西,把它揣在身上,然后返回楼下。

不多时,李思海打开家门进来了。宋秋玲迎了上去,焦急地说:"你怎么不听我的话?我叫你别回来?!"

"你说家里不安全，可你又在家中，我怎么可能不回来？"李思海说，"出什么事了？"

宋秋玲叹息道："我几句话跟你说不清楚。"

"那我们出去说，别待在家里了。"

"不行。"宋秋玲一口否决。

"为什么？"

"因为这件事……我不能不管。"

李思海无法理解母亲的想法。片刻后，他说道："妈，你知道我为什么留下来不走吗？"

宋秋玲不解地望着儿子。

"因为我一直在调查发生在我们家的怪事。结果，我发现了非常惊人的事情！"

"是什么？"

李思海把母亲拉到客厅的椅子上坐下，对她说："这件事我本来想打电话跟你说的，结果你一直不接电话，我就回家来找你了。妈，你记得陈柏亮是哪天梦游到我们家的吗？"

"应该是十月二十七日的凌晨，怎么了？"

"对，就是这一天。但你知道这天凌晨三点左右，发生了什么怪事吗？"

"你是说，除他梦游到我们家之外的怪事？"

"对。"

宋秋玲摇头。

"十月二十七日凌晨三点左右，也就是陈柏亮梦游到我们家看电视的时候，全国发生了不同程度的信号故障。大概有一刻钟的时间，所有网络、手机信号、电视信号都出现了异常，但是因为当时多数人都在睡觉，所以知道这件事的人并不多。加上信号故障只持续了十几分钟，所以连新闻媒体都没有报道。"

"那你怎么知道？"宋秋玲问。

"因为这几天我一直在调查这件事！我询问了很多朋友，以及朋友的朋友，他们中有些人在医院或机场工作，当时正在值夜班。这些人全都表示，的确有十多分钟的时间，网络信号中断，正在拨打的手机串线，电视出现雪花屏等信号干扰。"

宋秋玲愣住了："你的意思是，并不是只有我们家发生了怪事？"

"不，对于其他人而言，他们只是遇到电子产品信号故障而已。但只有我们家发生了有人梦游进来看电视的诡异事件。"

"这说明什么？"

"别急，我先告诉你发生信号故障的原因是什么——因为今年是**太阳黑子活动的极大年，也就是峰年**！太阳黑子活动每隔十一年就会出现一次峰年。而今年的十月二十七日和十一月二日这两天，则是全年中的最高峰。在这两天，太阳黑子活跃程度达到顶峰，最活跃时便会对地球的磁场产生影响，指南针会乱动，信鸽会迷路，无线电通信也会发生混乱——这些事情，是我请教一个天文学教授之后，他告诉我的。"

十一月二日……宋秋玲暗自思忖着，陈柏亮来过之后的第六天。也就是颜慧梦游到家里的日子。没错，就是这天。

"既然全国的通信讯号都受到了影响，为什么只有我们家发生了这样的怪事？"宋秋玲问。

"我猜，是因为我们家正好处在地球最特殊的一个点，只有这个点，能够接收到来自外太空的这个特殊的电视信号。"

宋秋玲猛然想起，陆文进之前也做过类似的分析，居然跟李思海的猜测不谋而合。她说："你也认为这个信号是从宇宙的另一处传来的？"

"对！等等……难道还有谁这样说过吗？"

"是的，我的一个朋友。"

李思海露出无比兴奋的神色："看来我猜得没错，有人跟我想到一块儿去了！妈，你知道吗，后来我查阅了很多资料，发现类似的事情，国外也有人遇到过！"

宋秋玲露出惊讶的神色。

"瑞士的一个妇女，某天看电视的时候，发现电视机出现了两分钟的雪花和静电，接着画面一闪，屏幕上出现了一些怪物，它们之间的对话，听起来是一些叽叽喳喳的声音，就像海豚的叫声一样。

"这个妇女觉得很奇怪，就把这段影像用录像机录了下来，交给了媒体。这件事宣传出去之后，引起了社会上人们的普遍兴趣，也引起了无线电天文学家的注意。一位博士组织了一个由六名科学家组成的调查小组，对这盘长达十分钟之久的奇怪录像进行了仔细研究。

"结果，他们经过研究，证实了这段录像不是出自地球人之手，而是来自其他星球，但不知是哪个星球上的高智慧生物拍摄的。并且，这位博士特别提到，这段电视节目被录下来的时候，太阳正出现极不寻常的黑子活动，这可能会引起电视讯号产生偏差，将另一个星球的电视节目传到了这台电视机上。"

宋秋玲惊呆了："你是说，我们家的情况也是如此？家里的电视接收到了另一个星球的电视讯号？"

"对，除此之外，我想不出别的解释了。"

"就算如此，怎么解释两个陌生人梦游到我们家来看电视这件事呢？"

"'两个'陌生人？"李思海一愣，"这样的情况又发生了一次？"

"没错，就是你说的，十一月二日这一天。"

"啊……看来我的推测完全正确！"

"你先别激动，回答我的问题。"

"关于这一点，我认为可能是这样的：人体自身具有生物磁场。而每个人散发出的磁场都不一样。这种来自外太空的电视讯号，大概会对极少数具有特殊磁场的人产生吸引力，让他们在睡梦中不知不觉地受到指引，梦游到这里，打开电视看这个节目。而我觉得，发生这种事情绝非巧合。也许这是外星人的一个试验。它们发现，每当太阳黑子活动达到顶峰的时候，就可以将它们星球的电视讯号通过某种方式传送到地球上来，然后吸引具有特殊磁场的人前来观看。"

"但他们是怎么进来的呢？"宋秋玲说，"我现在可以确定，我绝对是锁好了大门的。"

"我猜，'梦游'是一个关键。从古至今，梦游一直是一个困扰人类的神秘现象。

有科学家研究发现，一些人在梦游的时候，会办到一些不可思议的事情。比如某个数学家白天做不出的难题，梦游时居然做出来了。我们不妨做一个大胆的推测——**梦游，其实是外星人暗中操纵人类的一种方式**——那么，陈柏亮和另一个人通过数字密码打开我们家的大门，就不是难事了。"

宋秋玲怔怔地望着儿子，这番分析，她需要时间来消化和接受。

"现在只有一件事我想不通，"李思海说，"假如我的猜测是对的，那外星人为**什么要指引这些人来看它们星球的电视节目呢？**这样做的目的是什么，不会是好玩吧？"

"这个问题，我也许可以回答。"宋秋玲神色凝重地说，"不管这是它们的一个试验，还是阴谋，有一点是可以肯定的，指引这些人看这个电视节目，不是为了娱乐，而是为了让他们产生变异。"

"变异？"李思海吃了一惊，"您为什么这么说？"

"因为这种特殊的电视讯号，具有堪比核辐射的放射性，它能让坐在电视机前看电视的人受到来自外太空的辐射，然后在短短几日内产生可怕的变异。"

"您怎么知道？难道您已经得知陈柏亮是怎么死的了？"

宋秋玲摇了摇头："陈柏亮的情况，我不了解。但是'第二个人'的情况，我却知道得一清二楚。"

"'第二个人'……就是十一月二日凌晨梦游到这里来的人？"

"对，她叫颜慧，是个单身母亲。"宋秋玲停顿一下，望着儿子，"**她现在，就在我们家。**"

李思海后背一凉："什么，在我们家……您刚才说，她发生变异了？"

"你难以想象的，可怕的变异。"

"那她现在在哪儿？"

宋秋玲正想指一楼的房间，突然间，**停电了。**整套房子陷入一片漆黑。

二十三

　　黑暗将母子俩包围的同时，恐惧也将他们裹挟。李思海瞬间紧张起来："怎么回事？停电了？"

　　"不对，有人拉下了电闸，或者切断了电源！"宋秋玲喊道，"她打算袭击我们了！"

　　李思海来不及多问，他在茶几上快速摸索着，摸到一把削水果的小刀。用它作为武器实在是勉强了些，但聊胜于无。与此同时，宋秋玲开启了手机的手电筒功能，手机发出一束亮光，照亮了周围。

　　"妈，这把刀你拿着！"李思海把水果刀递给母亲。他走到餐桌前举起一把木制餐椅，当作防身的武器。

　　母子俩背靠背站在一起，警觉地注视四周。手电筒的光线只能照向一个方向，无法兼顾全屋。现在，所有黑暗的角落都充满危险的气息。宋秋玲能够感觉到，变成怪物的颜慧正躲在暗处，伺机攻击他们。她能在黑夜中抓到两只流浪猫，说明她的眼睛具有夜视功能。这正是她拉下电闸的原因。这是一个狡猾的袭击者，懂得制造对自己有利的局面。宋秋玲提醒李思海："注意，她能看到我们。"

　　"她到底是个什么东西？"

　　"我不知道，我没有见过她变异后的样子。"

　　"那你怎么知道……"

　　"别问了！注意四周！"

　　李思海闭嘴了。此刻的他，并非十分害怕，他始终觉得，对手只是一个女人。就算变异了，也不是他这个大男人的对手。

宋秋玲将手机背面朝上，白色的光束射在天花板上，宛如一盏发出微光的顶灯。这光亮虽然无法照亮四周，却可以让他们看出屋内是否有生物在移动。然而，母子俩并未见到任何生物活动的迹象，无法判断这怪物究竟隐匿何处。

"颜慧，是你吗？"宋秋玲对着黑暗低语，仿佛在跟幽灵交谈，"我是宋姐，不是你的敌人。我一直在照顾你，你没有忘记吧？还有小杰，你的儿子，他现在在医院。我不知道是不是你袭击了他，但我想让你知道，他受伤了。他跑到这个小区是因为他想见你，他想念妈妈！颜慧，不管你变成什么样子，小杰都永远爱你。你也不希望他失去母亲，对吧？"

宋秋玲试图用亲情唤醒颜慧最后的人性。但周围一片死寂，没有任何回应。

神经一直处于紧绷状态，李思海有些受不了了，他低声对母亲说："我们别待在家里了，出去吧。"

宋秋玲犹豫了一下，同意了。她必须保护儿子，不能让儿子受到任何伤害。而李思海也是这样想的，他是一个男子汉，在这种危险时刻，必须保护母亲。

母子俩谨慎而缓慢地朝玄关移动，一步一步接近大门。现在他们距离大门只有两三米远，李思海只需要一个箭步就能冲到门口，打开防盗门，跟母亲一起逃出这个家。

然而，就在这时，宋秋玲突然想到了一件事。家里的电闸箱就在玄关处。要关掉电闸，就必须来到玄关。

糟了！宋秋玲暗叫不妙，正要提醒儿子注意，李思海已经放下了餐椅，快步朝防盗门走去。与此同时，宋秋玲手机的光束向上一晃，看到了像壁虎般趴在防盗门上方的恐怖生物。这怪物在李思海伸手开门的瞬间跳了下来，不偏不倚落在了李思海身上。李思海猝不及防，被压倒在地，发出惊恐万状的大叫。

"思海！"宋秋玲尖叫一声，不顾一切地扑上去，用手中的水果刀朝怪物的背部猛扎。但这怪物的表皮根本不是人类的皮肤，更像巨蜥那粗糙、厚实的革质鳞。水果刀的刀刃只有几厘米，根本刺不进它的身体，难以对其造成伤害。

反观怪物却异常凶悍。它一双利爪死死扣住李思海的手臂，张开满嘴尖牙的大口，就朝他的脖子咬去。还好李思海反应敏捷，危急关头，把头往左侧拼命一偏，躲开了这一咬。

宋秋玲发现水果刀无法刺进怪物皮肤，便挥刀刺向它橘黄色的眼睛。怪物不得不躲。被它压在身下的李思海暴喝一声，曲起右腿奋力一蹬，踢中了怪物的肚皮，令它"嘭"的一声撞到防盗门上，自己则趁机赶紧从地上站了起来。

怪物堵在门口，无法上前开门。宋秋玲大喊一声："上楼！"拉着儿子就朝二楼跑去。二楼只有两个房间，李思海的房间离楼梯更近，于是两人不顾一切地推开门，冲进这间房间。李思海打算将房门上锁，却发现门锁不知道什么时候已经被破坏了，想要马上出去，进入另一间卧室，但隔着门，他已经听到了怪物上楼的声音。

李思海用双手抵住门，大喊道："妈，快把柜子推过来挡住门，锁坏了！"

宋秋玲赶紧朝书柜走去，想将其推到门口。刚走出两步，她突然被什么东西绊了一下，一个趔趄摔倒在地，正好扑到什么东西上，借着手机的光一看，顿时吓得魂飞魄散——地板上是陆文进被啃掉一半的尸体。

"啊——！！！"宋秋玲发出撕心裂肺的尖叫。李思海扭头一看，也被地上这具惨不忍睹的尸体吓得魂不附体。

这时怪物已经来到了门口，用身体猛烈地撞门。李思海根本没想到这变异后的女人力量如此之大，他一个男人竟然招架不住。每一次撞击，木门都在剧烈抖动，眼看房门就要失守，门也快要抵挡不住，彻底碎裂了。李思海急得大喊："妈，怎么办？这怪物要闯进来了！"

宋秋玲从地上站了起来，她垂着脑袋，仿佛在思考什么。须臾，她终于做出决定，毅然走到门前，右手伸到腰间，从皮带上拔出一把手枪，对准了门口。

李思海惊呆了，他不知道母亲怎么会有一把枪。他怀疑那是一把玩具枪，或者仿真枪。正要询问，宋秋玲神情严峻地下令道："我数三声，你立刻朝后退。"

"妈，你能行……"

"别废话，照我说的做！"

李思海立时住嘴。母亲在瞬间变了一个人，进入了一种他从未见过的状态。

"1——2——3！"

话音刚落，李思海迅疾后退。怪物几乎在同一时刻冲了进来，它还未稳住身形，就朝面前的宋秋玲扑了过去。宋秋玲表情坚毅，握枪姿势十分标准，在怪物扑过来的瞬间，她果断地扣动了扳机。

"砰"的一声枪响，子弹命中怪物额头，穿颅而过。怪物惨叫一声，倒在地上抽搐了几下，不动了。

宋秋玲不敢松懈，怕这怪物并未死去，又爬起来。她举着手枪持续瞄准，一分钟后，见怪物彻底不动弹了，才松了口气，垂下手臂，对李思海说："好了，没事了。"

退到床边的李思海几乎看呆了，半晌没回过神来。母亲又叫了他一声，他才战战兢兢地走过来，正视地上的怪物尸体——这是一个人类和巨蜥的混合体，只是没有尾巴，也没有头发，看不出性别，手脚形似利爪，嘴部突出，满嘴尖牙，看上去既丑陋又恶心。

"妈……"李思海像看陌生人一样端详着母亲，小心翼翼地问道，"你到底是什么人？"

二十四

宋秋玲长吁一口气，把手枪别回腰间，一言不发地走出房间，朝楼下走去。李思海愣愣地跟在她身后。

坐在客厅的沙发上，宋秋玲身心俱疲地躺在靠背上，神色哀伤。李思海坐在她旁边，暂时不敢开腔。

"有烟吗？"宋秋玲问。

"您会抽烟？"李思海从来不知道这件事。

"早就戒了。今天晚上想抽一支。"

李思海从裤兜里摸出一包烟，抽出一根递给母亲，用打火机毕恭毕敬地点上。宋秋玲深吸一口，大概是好久没抽了，咳嗽了几声。不过看她抽烟的姿态，俨然是老烟民了。李思海第一次发现，自己根本不够了解母亲。

"有一件事，我瞒了你二十多年，不仅是你，我们身边所有的亲戚朋友都不知道。"

李思海望着母亲。

宋秋玲继续说："我和你爸，其实是一个秘密机构的人，这个机构的人员及其活动和工作性质严格保密，连至亲都不能透露。为了掩人耳目，我们都有一份其他工作作为幌子。你爸爸是工程师，而我是大学教授。"

李思海惊讶得合不拢嘴，"你和爸都是秘密机构的人？"

"没错，我跟他是同事。这件事除了我们俩，只有秘密机构的一两个负责人知道。"

"我的天哪……我一直以为你们两个只是普通人。"李思海突然想起了什么，"这么说，爸爸并不是出车祸死的？"

"他是死于车祸，但不是普通的车祸。具体情况我不能透露，只能告诉你，他是因公殉职。"

李思海转动眼珠，脑海里浮现出谍战电影中的某些桥段。片刻后，他明白了什么，随即说道："这次的事件并不是一个巧合，对吧？这种诡异的事情，恰好发生在'史密斯夫妇'的家中，世界上哪有这么巧的事。"

宋秋玲吸了一口烟，顺手剥了个橘子，把橘子皮当作烟灰缸。她继续说道："没错，连我们住在这套房子里，都是有原因的。讽刺的是，这件事我直到几天前才知道。"

"到底是怎么回事？"

"陈柏亮梦游到我们家来之后的第二天，我因为害怕而把你叫回来了，当时我还没有意识到这件事跟我所从事的秘密工作有什么关系。但是当天晚上，你跟我分析了很多，重点是让我知道了凌晨三点多电视台根本没有节目播出，这才引起了我的思考，觉得这件事肯定不寻常。所以第二天上午，我找到秘密机构的负责人，询问这究竟是怎么回事。迫于无奈，他们才把实情告诉我。"

"那天上午，我正好去了陈柏亮的家。"

"没错。"

"难怪我回家之后，您跟我提出了搬家的想法。我当时就猜到，您一定是知道了什么内情，却不肯告诉我。"

"不是我不肯，而是组织上要求这件事必须严格保密。"

"他们告诉了您什么，现在总可以说了吧？"

宋秋玲最后吸了一口烟，把烟头揿灭在橘子皮里，说道："负责人告诉我，类似的事件，十一年前就发生过了。但他们没有告诉我，为什么会发生这样的事情，以及这件事可能导致的后果是什么。他们只是对我说，你父亲在那件事发生后不久，就接下了一个特殊的任务。任务内容就是负责监视同样的事件是否会再次发生。正是那一年，我们搬进了这个家。我当时还觉得奇怪，单位怎么会分一套这么大的房子给你爸，原来是为了执行任务。"

"您是说，十一年前，同样的事情，也发生在这个家中？"

"是的。"

"但我爸居然连您都瞒？他暗中接下那个任务，却不跟您说？"

"这不奇怪，我接的秘密任务，他也不知道——还有烟吗？"

"您最好别再抽了。"

"给我一支。"

李思海只好再给母亲点燃一支烟，同时问道："爸接下了那个任务，却在五年前因公殉职了，那组织上难道没安排新的人接手这个任务吗？"

宋秋玲冷哼了一声，说："有啊，那个人不就是我吗？"

"但您说您根本不知道这件事呀。"

"这是秘密机构的行事风格之一——不告诉秘密特工实情，让他在不知不觉中执行任务。这样的事情我见多了。"宋秋玲不屑一顾地说。

"为什么机构的负责人不告诉您实情呢？"

宋秋玲吐出一口青色的烟雾，说道："你还没想明白吗？这种事情发生过一次——看过这个电视节目的人会遭到外太空辐射，变异成怪物。如果机构负责人把这件事告诉我，你觉得我会愿意接受这个危险而可怕的任务吗？就算我不为自己考虑，总要为你考虑吧？实际上，不只是我，恐怕任何人都不愿意在知道实情的情况下，接受这个任务。所以，他们当然要瞒着我。即便是几天前我询问负责人，他也只是向我下达了一道秘密指令而已。至于为什么要这样做，他们拒绝透露。"

"什么秘密指令？"李思海问。

"那道指令就是，让我近期都待在家中，一旦再次发生同样的事件，务必跟踪和调查'梦游者'。一旦此人出现异常反应，立刻将其消灭。"

李思海的后背泛起一股凉意。隔了一会儿，他问道："那您为什么还想马上搬家呢？"

"因为我已经退休了，可以拒绝组织的安排。可惜我还没来得及搬出这套房子，第二次'梦游事件'就已经发生了。我只有被迫执行任务，暗中跟踪和调查了这个梦游者——也就是颜慧。"

说到这里，宋秋玲露出悲哀的神情："但是，当我去她家后，得知她有一个七岁大的儿子，并且母子俩相依为命的时候，我的心软了。即便后来颜慧出现了各种异常状况，我也做不到将她杀死，只有请机构的一个同事帮我联系医生，希望尽一切可能救治她。

"可我没想到，事情发展到后面，彻底失控了……这个时候我才意识到，机构是对的，受到外太空辐射的人不可能用地球的医疗手段治好，十一年前他们就试过了。所以这个时候，我决定硬下心来杀死颜慧，以免她伤害别人。可我还没来得及采取行动，她就已经彻底变异了。你房间里的尸体就是那位医生。是我的踌躇不决和判断失误害死了他……"

宋秋玲痛苦地撑住额头，显得十分懊悔。李思海安慰道："妈，你别难过了。要怪只能怪你们机构的负责人没有把这件事会产生的后果告诉你。"

"但是在警察上门来告诉我们，陈柏亮离奇死在家中的时候，我就该猜到这件事的结果了。"宋秋玲摇头叹息。

"难道，陈柏亮也是被这个机构的人……"

"他是第一个'梦游者'，当然受到了秘密特工的严密监视。你不是说，在他家的时候,见过一个搓澡工吗?"

"天哪,他是……"

"我不知道,只是猜测而已。但可以肯定的是,这个特工跟我不同,他严格执行了机构下达的秘密指令。在陈柏亮还处于变异初期的时候,就将其消灭了。"

"原来是这样……"李思海什么都明白了,只有一个问题他还没想通,"既然秘密机构在十一年前,也就是上一次太阳黑子活动高峰期的时候就已经经历这件事了,为什么他们这次不提前采取行动呢?比如毁掉这台电视,或者派人守在这个家的门前,阻止梦游者进屋。"

宋秋玲说:"也许,他们就是要看看同样的事件是否会再次发生吧。对于研究者而言,这是证明其他星球上有智慧生物存在的有力证据。既然我们能够接收到它们的信息,那么,它们也非常有可能接收到我们的信息。我们可以借此机会,努力去打开与它们对话的途径。"

"这是一件好事吗?"李思海担忧地说,"这些智慧生物传过来的,可不是什么好东西。"

"我不知道,也轮不到我来管。"宋秋玲身心俱疲地说,"我只知道这件事之后,我终于能彻底退休了。这些事,让别人来处理吧!"

尾声

入冬后的暖阳,比夏日的凉风更值得珍惜。开发区的新社区里,老人们纷纷走出家门,来到环境优美的小区中庭,沐浴在温暖的阳光中。棋牌活动自然是要邀约的,社区里有露天的棋牌室。在这种好天气,泡上一杯菊花茶,坐在洒满阳光的院子里打上几圈麻将，人生的惬意和享受，也不过如此。

新牌友是上个月才搬来的。这老阿姨讲究得很，说话穿衣都颇为得体，一看就是文化人。邻居们一问，果然是退休的大学教授，还是学法律的，自然就多了几分尊敬。不过若论麻将水平，只能算是小学生水平。同龄的几个阿姨也有耐心，不紧不慢地教。多发展一位牌友，就少一些"三缺一"的时候。

不过牌友们都知道，这位老阿姨打牌有时间限制，最多打到下午四点，不论输赢，一律结账走人，然后笑呵呵地说："接孩子去喽！"她面相显年轻，每当这时候，总有人问："你接的是儿子还是孙子呀？"老阿姨从不正面回答，只是莞尔一笑，答道："反正是我们家的孩子，乖得很呢！"然后就直奔街口的小学去了。半个小时后，接回来一个七八岁的小男孩。这男孩跟她长得一点都不像，跟她儿子也不像。邻居们就好奇了，不知道他们到底是什么关系。有人说貌似在夜市上见过这男孩，像一个卖炒饭的女人的孩子。这话一说出来就贻笑大方了。"大学教授家的孩子，会去卖炒饭？亏你想得出来！"那人嘿嘿一笑，挠了挠头，说："定是看错了。"

不管怎么说，这位退休的大学教授，现在可是幸福得很呢。

一年后，一对新婚夫妇走进天祥国际社区。妻子笑道："什么国际社区，不过是十多年的老小区罢了。"

"你别看是老小区，这地段房价不便宜呢。单位免费提供这么大一套房子给我们住，别得了便宜还卖乖。"丈夫说。

"这倒是，你们国企就是好，还能享受这些待遇。"

"不是每个员工都有这待遇的。"

"那领导怎么会偏心你呢？"

"器重我呗。"丈夫淡然一笑，提起行李，说，"走吧，房子在二十二楼，我带你上去看看。"

（《异变前夜》完）

刘云飞的故事讲完了。他发现，围坐圆桌周围的另外十三个人，此刻都用一种诧异的目光凝视他。他问道："怎么了？"

贺亚军眯着眼睛说："如果我没记错，你是下午五点开始构思故事的，到七点，仅仅两个小时，你就讲出了这样一个故事？"

"怎样一个故事？"刘云飞问。

贺亚军沉吟一下说："好吧，老实说，你讲的这个故事，把我震撼到了。实在是超出我预期太多。"其他人纷纷点头，看来每一个人都是这样认为的。

"这算是表扬吗？谢谢啦。"刘云飞说。

"不，你误会了，这不是表扬，是质疑。"贺亚军冷冷地说。

"质疑什么？"刘云飞问。

贺亚军面向众人说道："我的公司曾经参与过影视制作，为此，我跟一些创作者，也就是作家打过交道。一次饭局上，我问在场的作家一个问题：'你们构思一篇小说，大概需要多长时间？'他们有的回答需要几个月；有些说如果是精品长篇小说，可能需要一两年甚至更久；也有人说，如果灵感迸发的话，几天时间就能想出一个故事的雏形——但是，没有一个人说，两个小时内，能构思出一个完整的故事。"

说到这里，贺亚军再度望向刘云飞："注意，我刚才说的，是专职作家。你显然不是作家吧，只是一个普通人。以我对一般人的了解，要让他们编一个平庸的故事，都是非常困难的事。那么，你能不能解释一下，你是怎么办到这一点的？"

"我有这个义务吗?"刘云飞说,"按照主办者的要求,我只需要按照游戏规则,讲出一个故事来就行了。至于我为什么能讲出这个故事,没有解释的必要吧?"

"你是没有这个义务。但如果你不做出解释,我就有足够的理由怀疑你。"贺亚军说。

"怀疑什么?怀疑我是主办者?"

"对。"

刘云飞冷笑一声:"看来双叶之前说得没错,你果然是一个用简单粗暴的方式得出结论的人。可惜的是,这个结论是错的。"

"你当然会这么说了。"

这时,陈念开口道:"我觉得,贺亚军的怀疑不无道理。因为你是第一个讲故事的人,准备时间是最短的。而你刚才讲的那个故事,实在很难让人相信是在两个小时内想出来的。所以,我们有理由认为——那个故事是你一开始就想好的'参赛作品'。而轮流讲故事的游戏规则,只有主办者才知道。所以……"

"所以我就是主办者,对吗?"刘云飞讥讽地说,"看来头脑简单的人,不止一个呀。"

"你口口声声说我们头脑简单,看来你是一个天才咯?一个比专职作家和编剧更具创作天赋的天才,编个故事对你来说只是信手拈来——你是这个意思吗?"陈念说。

刘云飞摇头道:"你们是不是忘了一件事?"

"什么事?"陈念问。

"主办者提示过我们的——在座的每一位,都是他精挑细选出来的,因为我们有一些离奇的经历或者不同寻常的见闻。"

"对,主办者的确提到过这件事。"真琴说。

"那么,我能讲出这个故事,又有什么奇怪呢?很显然,这个故事是我根据某些经历或者'素材'改编而成的。"刘云飞说。

"你是说,你讲的这个叫《异变前夜》的故事,是根据真实事件改编的?"流风难以置信地说,"这可能吗?世界上真有这样的事情?"

"这一点，我就无可奉告了。我刚才说过了，我没有这个义务告诉你们故事的创作源头是什么。"刘云飞说道。

"那是因为，你不希望我们知道，你就是故事中的李思海，对吧？"柏雷说道。

刘云飞为之一震，脸上短暂出现了一种心思被人猜透后的惊讶之情。但是，他迅速恢复平静，说道："如果你们非要这么想，我也没办法。但不管怎么说，我已经完成我的任务了。现在也很晚了，我讲了这么久的故事，口干舌燥，疲惫不堪，我要回房间睡觉了。如果你们要留下来继续讨论，那是你们的自由，晚安。"

说着，他起身打算离开大厅。突然，兰小云说道："我记得主办者说过，这个大厅安装了监听设备，我们讲的故事，会由外面的人负责记录，以文字的形式发布在一家网站上，由网友给每个故事打分，并计算出平均分。这个分数，次日会在大厅的屏幕上公布，对吧？"

"是的，我记得他是这么说的。"真琴说。

"就是那块屏幕吧？"兰小云指向了悬挂在大厅上方的一块液晶显示屏。它正对着大门，悬挂在一楼和二楼之间。

"显然是的，我没有看到别的屏幕。"扬羽说。

"我在想，怎么来得及呢？用文字来记录这个故事，需要一定的时间吧？还要发布在网上让网友打分，次日就要公布分数？不到一天的时间，能完成这么多事吗？"兰小云说。

"这你就不必为主办者操心了。他财力雄厚，手下肯定有一个团队负责做这些事情。况且，你不知道现在有一种可以把语音转化为文字的软件吗？初稿出来后，再由专业人员修改和润色，几个小时之内，就能把我们讲的故事转变为一篇小说，发布到网站上。"扬羽说。

兰小云点头表示明白了，同时露出复杂的神情："第一个故事的得分，明天就会公布出来。我们这些人的命运，完全取决于网友的好恶……"

"真是被动呀。"雾岛感叹道。

"别说丧气话，我们也有化被动为主动的办法。"柏雷说。

"什么方法？"雾岛问。

"找出隐藏在我们中的主办者是谁。只要能够准确无误地揪出这个人，就能扭转被动的局面。比如，我们可以胁迫他交出这里的钥匙，阻止他做出对我们不利的事。"柏雷说。

"话虽如此，但如果一个人刻意伪装，要想识破他的身份，不是一件容易的事吧？"雾岛悲观地说。

"我们不是要在这里待十多天吗？这么多天时间，我不相信这个人会一点破绽都不露出来。"柏雷扫视众人一圈，意有所指地说道，"想玩刺激的游戏？当心玩火自焚。"

他的话给予了很多人信心和力量，兰小云向这个年轻英俊的小伙子投来赞赏的目光。

陈念看了下手机上的时间，说道："快十二点了，我必须去睡觉了。明天轮到我讲故事，我得养精蓄锐、认真对待。主办者说这场游戏会进行三次末位淘汰，这可不是闹着玩的。"

就在众人打算离开大厅的时候，看上去有些畏畏缩缩的十九岁大学生桃子说道："耽搁大家一点时间，可以吗？"

"有什么事吗？"流风问。

桃子从随身携带的小挎包里掏出一副卡牌来，说道："能不能麻烦各位配合我做一件事？"

乌鸦哼了一声："小妹妹，你该不会是闲得无聊，想让我们陪你玩几局扑克牌吧？"

"不，"桃子解释道，"这不是扑克牌，是塔罗牌。"

"塔罗牌是什么玩意儿？"乌鸦问。

"西方古老的占卜工具。"双叶说。

"小妹妹，你是想让我们陪你玩占卜游戏呀？"乌鸦问桃子。

"不是……我只是希望大家各抽一张牌罢了。"桃子说。

"能告诉我们这样做的理由吗？"扬羽问。

"我可以不说吗?"

"可以,那我也可以不配合。"

桃子露出难堪的神情,片刻后,她说道:"总之,这样做是有意义的。请大家相信我,这一定不是出于无聊。而且,我们得抓紧时间,马上进行。"

"为什么要抓紧时间?你很忙吗,要马上坐飞机去国外旅行?"乌鸦讥讽道。

"当然不是……"桃子抿了下嘴唇,十分不情愿地说道,"因为现在正好是凌晨十二点,是我灵力最强的时候。"

"你说什么?灵力?"乌鸦哈哈大笑起来,"你是巫婆吗,还有灵力?哈哈哈!你们这些年轻小姑娘真有趣呀,弄这种神神道道的东西,还信以为真?"

乌鸦的嘲笑令桃子脸颊绯红。贺亚军说:"抱歉,我对这种占卜游戏没有兴趣,恕我不能奉陪了。"说着,就打算离开大厅。

"你们不想找出谁是主办者吗?"桃子问道。

贺亚军望向她:"怎么,你用一副塔罗牌,就能推算出我们中谁是主办者?"

桃子一改之前胆怯的形象,坚定地说道:"我不敢说有十成的把握。但推算结果,一定会帮助我做出判断!不管你们相不相信我拥有一定程度的灵能力,这件事,在我生命的前十几年,已经验证过多次了。"

众人面面相觑,一时无法拿捏桃子说的话是否属实。片刻后,温文尔雅的宋伦说:"那我们就配合一下桃子小妹妹吧。她是我们当中年纪最小的,我们迁就一下她,也无可厚非。况且只是抽张牌而已,对我们来说也没什么损失,浪费不了多少时间。"

大家觉得宋伦说得有道理,便再度坐了下来。流风问:"怎么玩?"

"这不是玩,而是**推测**。"桃子严肃地说,"很简单,大家按我说的来做就行了。"

说完这番话,桃子开始洗牌。她把那摞厚厚的纸牌分成两沓,只选择为数不多的一沓牌(二十二张大阿尔克那牌),将这些牌洗了三遍,然后闭上眼睛,口中默念着什么,像是在进行某种仪式,将所谓的灵力注入卡牌之中。这一过程中,乌鸦打着哈欠,嗤之以鼻。贺亚军也有些不耐烦,不断地看表。

几分钟后,桃子将二十二张牌面朝上的塔罗牌再次打乱顺序并展开,对众人说道:

"好了，现在请大家不经思考地随意抽出一张牌来，放在自己的面前。注意，不要把牌面翻过来。"

众人依言照做，分别抽了一张牌，摆放在自己面前——包括桃子本人在内。流风问："然后呢？"

"现在，请大家将牌从右到左翻开。注意，如果牌上的图案是反着的，不要把它摆正，保持它原来的样子！"

众人照她所说，翻开卡牌，露出牌面。桃子仔细观察每个人面前的塔罗牌，脸上的神色阴晴不定。最后，她蹙起眉头，眼珠转动，似有所思。

"小妹妹，虽然我不指望你真的通过一副牌就能算出谁是隐藏在我们中的主办者，但是，既然我们配合你抽了牌，你好歹把牌面代表的意思告诉我们吧——比如，我这张牌是什么意思？"贺亚军指着自己面前那张塔罗牌说。那张牌上的图案是一个吹号的天使，下方有一群赤裸的人。

"这张牌是'审判'。"桃子说。

"代表什么呢？"贺亚军问。

"这个我不能告诉你。"

"为什么？"

"我只让你们配合我做这件事，现在各位已经这样做了，就行了。至于占卜的结果，我从一开始就没有说过要告诉你们。"

"喂，你是在耍我们吗？"乌鸦不满地叫嚷道，"让我们参与，又不告诉我们意思？"

"我刚才说得很清楚。我用塔罗牌来进行占卜，是为了帮助我自己做出判断。现在，我已经有所领悟了。但是天机不可泄露，所以我不能进行解读，请你们理解。"桃子说。

乌鸦瞪着眼睛说不出话来。须臾，流风说："这样，你不用解读牌面的意义，只把我们各自抽到的那张牌的名字告诉我们，这总可以吧？"

"这个没问题。那么，我就挨着说吧。"

桃子对乌鸦说："你的这张牌，是'倒吊男'。"

又对真琴说:"你这张牌,是'力量'。"

对扬羽说:"你这张,是'死神'。"

对陈念说:"你这张,是'月亮'。"

对雾岛说:"这张牌,是'教皇'。"

对宋伦说:"你的牌,是'高塔'。"

对双叶说:"你这张,是'女祭司'。"

对王喜说:"你的这张,是'愚者'。"

对兰小云说:"你这张,是'恋人'。"

对柏雷说:"你这张,是'正义'。"

对流风说:"你的这张,是'世界'。"

说到这里,她停了下来。只剩下她自己和刘云飞两个人的没有说了。流风指着刘云飞的牌说:"接着说呀,他这张呢?"

桃子望向刘云飞,两人的目光触碰在一起后,她迅速低下头,略微迟疑,说道:"他这张牌,代表的是'隐者'。"

"隐者?"流风疑惑地望着桃子,又望向刘云飞,试探着说,"隐者的意思,就是'隐藏在我们身边的人'的意思吗?"

"你在暗示什么?"刘云飞说,"我猜,塔罗牌不是这么幼稚的东西吧?因为我抽到了'隐者'这张牌,你就认为我是隐藏在我们中的主办者?"

"当然不是这么简单的。"桃子说,但并没有多做解释。

"那么,你这张牌又是什么意思呢?"刘云飞问桃子。

"我这张牌,是唯一一张可以解释牌面意义给你们听的牌。"桃子指着摆在自己面前的那张牌说,"'**魔术师**',正位,**塔罗牌的第一张牌。代表精神力量,也暗示持有者具有特殊的能力。**我刚才跟你们说过,我是具有灵能力的,现在,你们相信了吗?"

众人凝视着她,气氛变得诡异起来。片刻后,乌鸦不屑道:"别说得那么玄乎,说不定,你真的是一个魔术师。耍点小把戏,让自己抽到想要的那张牌,应该是小事一桩吧？"

"是吗？"桃子提醒道，"但是别忘了，我是让你们先抽的牌。然后，我才在剩下的牌中抽的。我就这么有把握，你们不会抽到我想要的那张牌吗？"

她把桌子上的塔罗牌全都收了起来，装回牌盒中，意有所指地说道："虽然我不能解读这次占卜的结果，但我可以告诉你们，每个人抽中的那张塔罗牌，都是有某种含义的。至于它们分别代表什么，你们自己意会吧。慢慢地，也许会有所领悟。"

说完这番话，她离开大厅，沿着楼梯朝二楼走去。大家望着她的背影，乌鸦不屑道："小丫头片子，故弄玄虚！"众人没有理睬他，各自想着心事，分别从两侧的楼梯上楼，走进各自号码所对应的房间。

兰小云返回自己所住的10号房间，回味着刘云飞讲的故事，感受到了一种无形的压力。第一个人，仅仅准备了两个小时，就能讲出如此令人惊叹的故事，看来，主办者邀请的这十四……不，十三个人，真是藏龙卧虎呀。不知道其他人，又会讲出怎样的故事来呢？不管怎样，要想从这么多人中脱颖而出，成为得分最高的那个人，绝非易事。

我倒是有一个故事，或者说，一段经历。兰小云暗忖，把这个故事讲出来，或许也能让人震撼。但是，这样一来，我的过去……

困倦袭来，兰小云暂时没有多想了。幸运的是，她是第十个讲故事的人，有充足的时间让她思考和准备。更重要的是，她至少可以先听听前面九个人的故事，然后从他们的故事中获得启发。从这个角度来说，排在后面的人，显然比排在前面的人略占优势。就像体育竞技比赛一样，第一个登场的运动员，多少是有点吃亏的。不知道刘云飞讲的那个故事，到底会被网友评多少分？

带着诸多思绪和疑虑，兰小云进入了梦乡。

第二天早上，兰小云被楼下的喧闹声吵醒了。房间的门很隔音，这种情况下都能听到楼下的声音，说明楼下的人情绪很激动，换言之，肯定出什么事了。

兰小云迅速翻身起床，推开房门，站在二楼的走廊上，她看到下方的圆桌前，已经聚集至少十个人了,他们在激烈地讨论着什么。兰小云赶紧下楼走到他们跟前问道:"怎么了?"

"你自己看吧。"扬羽指着圆桌说。

兰小云已经看到了。偌大的一张圆桌上,此刻整整齐齐地摆放着十四个木质的小盒子。这些盒子分别对应每个人的座位——或者说,分别对应他们每一个人。

"这是什么?"兰小云诧异道,"谁把这些盒子摆在这儿的?"

"不知道。我们早上起来的时候,就看到圆桌上摆放好这些盒子了。"宋伦说。

"谁最先发现的呢?"兰小云问。

"我。"真琴说,"我的睡眠质量一直不太好,今天很早就醒了。我推开房门,从走廊上往下看,发现昨天晚上还空荡荡的桌子上,好像摆放了一圈东西。我有点害怕,不敢一个人下去看,就叫醒了隔得近的双叶、雾岛、宋伦他们,一起下来看。"

宋伦接着说:"我们看到这些新增加的盒子后,感到很吃惊,于是我们一起呼喊,让大家都下来。"

说话的时候,王喜和流风两个人也从二楼来到了一楼大厅。他们同样感到吃惊。王喜环视这些盒子,说道:"每个盒子上面都印着不同的图案。"

"是的。而且这些图案,跟我们昨天抽到的塔罗牌极为相似。"双叶说。

王喜点头道:"对,我昨天坐的就是这个位子。而我抽到的是……'愚者',对吧?现在这个盒子上印的,跟我昨天抽到的塔罗牌上的图案差不多,也是一个小丑形象的人!"

"没错,我的也一样。"双叶说,"我昨天抽到的是'女祭司',你们看,摆在我座位前的盒子上,不就印着一个像祭司一样的女人吗?"

这样一提醒,每个人都发现,的确如此。比如贺亚军的盒子上,画的是一个法官形象的人,正好对应他昨天抽到的"审判";兰小云的盒子上,画的是一男一女,女人深情地望着男人,其寓意正是她昨天抽到的"恋人";宋伦的盒子上,画的是一座高耸入云的塔被闪电所击毁,塔的下方站着一个手持长矛和盾牌的守卫,呼应的正是他抽到的"高塔"……诸如此类。

"这些画，虽然跟我们昨天抽到的塔罗牌上的画不完全一样，但意义是完全一样的。"柏雷指着自己面前的盒子说道。这个盒子上，画的是一个欧洲中世纪的保安官。很显然，象征的就是他昨晚抽到的"正义"。

"这不奇怪，塔罗牌流行至今，有很多种不同画风的卡牌。但代表的意思是一样的。"双叶说。

"关键是，为什么我们昨晚配合桃子抽了塔罗牌之后，今天早上，桌子上就出现了这些对应的盒子呢？"贺亚军提出疑问。

他这样一说，众人才发现，大厅内现在有十三个人，唯独缺了桃子。乌鸦说："这小妹妹人呢？不会还在睡觉吧？"

"这事分明就跟她有关系，她迟迟不露面，更是可疑。"贺亚军望向了二楼的4号房间。

真琴说："我去看看吧，顺便把她叫醒。"

兰小云说："我跟你一起去。"

两人沿着楼梯上楼，来到4号房间门口，敲门。不一会儿，房门打开了，桃子睡眼惺忪地站在门口，问道："怎么了？"

"你不知道下面发生的事吗？"兰小云问。

"发生什么事了？"桃子茫然道。

"那你最好下来看看。"真琴说。

桃子跟着两人下楼，靠近圆桌的时候，她看到了桌子上摆放成一圈的十四个盒子。再靠近一看，倒吸一口凉气，捂着嘴说道："这……这不是昨天抽到的那些塔罗牌吗？"

"对，每个盒子对应一个人，跟我们昨晚抽到的牌面完全一样，只是画风不同罢了。对此，你有什么要解释的吗？"贺亚军问道。

桃子瞪着眼睛望向他："你要我解释什么？我根本不知道这是怎么回事！我昨晚是用塔罗牌推算过，但是这些盒子是从哪冒出来的，我一点儿都不知道！"

"我们刚才那么大声说话，你没有听到吗？"

"没有。我昨晚失眠了，很久才睡着，所以睡得很沉。"

"是失眠，还是在忙着做别的事情？"贺亚军用明显不信任的口吻说道。

"大叔，你该不会认为这些盒子是我放在这里的吧？昨天我到这个废弃厂房的时候，你和另外几个人已经在这里了。当时我身上就背了一个小挎包。你觉得我身上能藏下这十四个盒子吗？"桃子说。

贺亚军哑口无言。的确，这是不可能办到的。

柏雷思索了片刻，说道："如此看来，摆放这些盒子的，就只能是一个人了。"

"谁？"众人一起问道。

"当然是隐藏在我们中间的主办者。"柏雷说，"他之前详细调查过我们，肯定能猜到，桃子是一个热衷塔罗牌占卜的人，她会用抽牌的方式来进行推算。所以，主办者事先准备了二十二个盒子，秘密地藏在某个地方。我们昨晚抽过牌之后，他默默记下每个人抽的卡牌，到了半夜，悄悄拿出对应的盒子，摆放在每个人的位子上。"

柏雷的推理让好几个人不由自主地点头，桃子附和道："对，肯定是这样！"

"就算如此，主办者这样做的意义是什么呢？"贺亚军问。

"这些盒子，能打开吗？"柏雷问。

"咱们试试吧。"王喜提议。

柏雷坐下来，拿起盒子研究。其他人也分别坐在自己的位子上，拿起了那个代表自己的盒子。陈念是第一个把盒子翻过来看底部的，他叫了起来："啊！盒子的底部有数字键盘！"

听他这么说，每个人都把盒子翻过来，果然在底部看到了一个类似计算器的数字键盘，对应0—9十个数字，上方是一个四位数的小屏幕。显然要输入正确的四位数密码，才能打开盒子。

"四位数的排列组合，至少有上万种吧？"王喜挠着脑袋说，"怎么可能试得出来！"

"动脑筋呀，你只会用笨办法来老老实实地试吗？"双叶说。

话音未落，大厅里突然发出一声清脆的"咔嚓"声，众人循声望去，惊讶地看到，刘云飞的盒子，居然开启了。而他本人，也是一脸的难以置信。

"你是怎么打开这盒子的？"王喜诧异地问道。

"我随便试了一下，就打开了。"刘云飞说。

"上万种组合，你随便一试就开了？"王喜无法相信。

"我输入了'1111'四个数字，说不定这盒子根本就没设密码，这就是原始密码。"

"是吗，那我也试试。"王喜一边说，一边在键盘上输入四个"1"，但是，盒子并没有开启。他纳闷地说："怎么我就不行呢？"

"你是住在5号房吧？那你试试输入四个'5'。"柏雷说。

王喜照做了，果然，"咔嚓"一声，他的盒子也开启了。他欣喜地说道："原来我们各自的房间号，就是密码！柏雷，你真的太聪明了！"

说完，他掀开盒盖，迫不及待地想看里面的东西。其他人出于好奇，也望向了他。

王喜从盒子里拿出一个有些傻乎乎的小男孩布偶。这布偶似乎不是新的，看上去有点破旧。他端视布偶许久，突然鼻子一酸，掉下泪来。

"你怎么了，王喜？"真琴问道。

"这个布偶，是我小时候最喜欢的一个娃娃。"王喜哽咽着说，"不怕你们笑话，我虽然是个男生，但小时候爸妈都在外地工作，我一个人很孤独，晚上总是抱着娃娃睡觉。这个娃娃，是妈妈送给我的生日礼物，陪伴了我很多年。但是一次搬家之后，这娃娃就被搬家的人弄丢了。我为此伤心了很久……现在，至少过去了二十年，我居然在这地方见到了这个娃娃。真是太不可思议了！"

众人全都露出惊讶的神情。真琴估计是想起了自己的一双儿女，也跟着落泪。双叶问道："王喜，你能确定，这个娃娃，真的是你二十年前丢失的娃娃吗？"

"是的，我抱着它睡了无数个夜晚，它的样子，我记得太清楚了。"

"我的意思是，这个娃娃，就是你当初的那个，还是仅仅是同款而已？"

王喜凝视着娃娃，轻轻摩挲着："我不知道，都过去二十年了……但我觉得，这就是我当年的那个娃娃。你们看，这娃娃明显不是新的，有些地方，已经破损了。"

双叶惊愕地说："如果真是你原来那个……我的天哪，难道二十年前，这个主办者就已经盯上我们了吗？这个游戏，他已经策划了二十年？"

她的话引起了众人的惊悸和不安。虽然这只是推测，并非一定如此，但是因此产生的恐惧猜测，仍然让每个人感到不寒而栗。

"刘云飞，你的盒子不是也打开了吗，你看看里面装的是什么？"柏雷说道。

刘云飞之前一直用手按压着盒盖，生怕别人把盒子夺走，或者抢先看到里面的东西似的。现在，众目睽睽之下，他小心翼翼地将盒盖掀开了一些，打开的角度，仅仅能让他一个人看到里面的东西。

目光接触到盒子里的东西后，他的眼睛倏然睁大了。随即，他神经质地关上盒盖，脸上仍难掩惊恐的神色。

"盒子里面有什么？"柏雷问。

刘云飞咽了口唾沫，不自然地说道："没什么。"

"什么叫'没什么'？里面总有东西吧？"乌鸦叫嚷道，"而且，你的表情已经暴露了，里面一定有什么惊人的东西！"

"这个盒子是属于我的。主办者也没有规定我必须把里面的东西示众吧？再说了，你们每个人不是都有一个盒子吗，干吗盯着我的不放？你们已经知道密码了，还是打开盒子，看看自己的盒子里装的是什么吧！"

众人对视一下，也不再勉强刘云飞了。相比起来，他们更关心和好奇自己的盒子里究竟装着什么东西。乌鸦说："喂，你们房间号只有一位数的，可以输入四个一样的数字，我的房间号是13，这个怎么输？"

"那你就试试'1313'。"柏雷说。

乌鸦照他说的去做，果然打开了盒子。其他的人也分别打开了属于自己的盒子。每个人都将盒盖掀开一些，看到了里面的物品。多数人的关注点都放在了这些物品上，没有去注意其他人脸上的神情。

之后，众人默默地关上了盒盖，大厅内静默了一段时间，似乎盒子里的东西引起了每个人的遐思。有趣的是，看到自己盒子里装的物品之后，没有一个人提出想看其他人盒子里的东西了。盒子里的神秘物品，仿佛成了一个心照不宣的秘密。

只有一个人——流风除外。他左右环顾，观察到众人深不可测的表情后，忍不住问道："你们的盒子里都有东西吗？"

"怎么，难道你的盒子是空的？"陈念问。

"对呀，我的盒子里什么都没有！"流风把盒盖彻底打开，展示给众人看。果然，里面空空如也。

"为什么你是最特殊的一个？"双叶问。

"我怎么知道？"流风苦笑道，"该不会是主办者装漏了吧？"

"不可能。我之前说过，这场游戏的主办者是一个心思十分缜密的人，他不可能出现这种低级失误。放在每个人盒子里的东西，肯定都是有意义的。而他为什么不往你的盒子里放东西，也是有意义的。"柏雷说。

"什么意义？"流风想不通。

"具体的，我暂时没有想到。但我觉得，主办者似乎想按照昨天我们抽取的塔罗牌，让我们每个人扮演不同的'游戏角色'。"柏雷扬了扬手中的盒子，"而盒子里的东西，就是这场游戏中每个角色的'道具'或者'能力'。"

大家愣了一会儿，王喜说："我不知道你们盒子里的东西是什么，估计问了你们也不会说。但是，我这个娃娃，代表什么能力呢？"

流风说："你至少还有个娃娃，我盒子里什么都没有，更是让人摸不着头脑。"

"你们是不是忘了一件事？"柏雷盯着他们，"我们到这里来，就是玩一个游戏的。而且很显然，这是一个高智商游戏。摆在我们面前的，是'游戏规则'和主办者设计的一道道谜题。我刚才说过了，这些代表不同塔罗牌的盒子也好，里面的东西也好，全都是有意义的。只有解开这些谜题，我们才有可能找出主办者，掌握这场游戏的主动权。"

说完这番话，柏雷拿着自己的盒子朝楼上走去。其他人静默了一会儿，也拿着盒子，各自回房了。

很显然，把盒子——特别是盒子里的东西收好，是比吃早饭重要得多的事情。

兰小云进入自己的房间后，将门锁好。她坐在床上，再次打开了盒子，看着里面的物品，深吸一口气，陷入了沉思——

如果没猜错，我手里的这样东西，有可能是所有"道具"中，最特殊的一样。因为，这是唯一有可能改变游戏结局的一样东西。

但是，主办者为什么会把这么重要的东西，交给我呢？我的塔罗牌是"恋人"，难道跟这个有关系吗？

这件事情，真是越来越扑朔迷离了。兰小云心想。

这一天的上午和下午，各人除了到一楼的橱柜里拿食物和水，基本上都待在自己的房间里，似乎每个人都沉浸在各自的思绪中。晚上六点半，众人再次聚集在了大厅内，围坐在圆桌旁，他们之前已经吃过东西了，等待进行当天晚上的游戏。

众人中最忐忑不安的，自然是刘云飞，因为整整一天，大厅里的屏幕都没有亮过，更没有显示过任何分数。他不知道自己的故事究竟得了多少分，皱起眉头问道："主办者不是说，分数次日就会在大厅的屏幕上公布吗？这都快七点了，怎么还没公布分数？"

"今天晚上十二点之前，都属于'次日'的范畴，还有好几个小时呢，再等等吧。"真琴说。

刘云飞无奈地点了点头，众人沉默了一会儿。接近七点钟的时候，当天晚上的主角陈念说道："时间到了，我开始讲我的故事吧。"

"'你的'故事？"扬羽斜睨他一眼。

"有什么问题吗？"陈念问。

"你亲身经历的故事？"

陈念愣了一下，说："不，我构思的故事。"

扬羽意味深长地"哦"了一声，做了一个"请讲"的手势。陈念觉得这人有点阴阳怪气，不再搭理他，说道："故事的名字叫'黑暗双子'。"

第二夜的离奇故事
黑暗双子

一

网上有个段子，说的是剩女的四个阶段：二十五岁到二十七岁为初级剩女，这些人还有勇气继续为寻找伴侣而奋斗，故称"剩斗士"；二十八岁到三十二岁为中级剩女，此时属于她们的机会已经不多，又因为事业而无暇寻觅，别号"必剩客"；三十三岁到三十五岁，为高级剩女，在残酷的职场斗争中存活下来，依然单身，被尊称为"斗战剩佛"；到了三十六岁往上，那就是特级剩女，当尊之为"齐天大剩"。

范娅今年刚刚晋升为斗战剩佛。三十三岁的她，面容姣好，身材匀称，是一家咨询公司的高级经理，年薪丰厚。她渴望婚姻和爱情，也有着一个女人在心理和生理上的正常诉求，所以她从不排斥接触男性，也乐于相亲。可惜这世上既优秀又靠谱的男人实在太少，在之前的相亲经历中，她屡屡遭遇各类"奇葩"，以至于对相亲产生了一定程度的心理阴影。

但公司的财务蔡姐是一个热心肠，执意要成全范娅后半生的幸福，用她的话说，女人一旦翻过了三十五岁这道坎，在婚恋这件事上就被动了。于是，她动用手上的资源张罗了一堆"优质男士"，誓要挑选出一个合适的作为范娅的终身伴侣。这天是周五，午休的时候，蔡姐便神情亢奋地找到范娅："范范，我跟你说，姐这回给你找了个绝对靠谱的相亲对象！"

说着摸出手机，调出一张朋友圈里的照片，递给范娅。范娅接过来一看，照片上的人确实挺帅的，眉清目秀，皮肤白皙，仪表堂堂，发型和衣着也属于干净清爽的类型。但她没被照片忽悠，问道："美颜过的吧？你见过本人吗？"

"你要是同意，我马上就约，下班就能见到本人。"

"他是做什么的？"

"画家，听说还挺有名的，一幅画能卖不少钱呢。"

"多大年龄？"

"三十四岁，比你大一岁，合适吧？"

"有过婚史吗？"

"没有。"

"叫什么名字？"

"乔东。"

"他了解我的情况吗？"

"我昨天跟他提过几句，也把你的照片发给他看过了，他对你挺满意的。"

范娅暂时想不到什么好问的了。蔡姐见她还在犹豫，就说："你要实在不放心，我跟你一起去见他怎么样？正好帮你把把关。"

"行，"范娅说，"我就再信任你一次。"

"好嘞，我现在就约他！"

蔡姐拨打乔东的电话，走到窗边去通话。几分钟后，她兴高采烈地回到范娅身边，对她说："约好了，今天下午六点，边吃饭边聊。"

范娅说了声"好"。蔡姐喜形于色道："你知道人家约在哪儿吃饭吗？"

"哪儿？"

"菊之屋怀石料理，你知道这家吧？"

范娅微微一惊，她当然知道这家，这是全市最贵的日料店之一，人均三千元左右。虽然她收入不低，但之前也没舍得去这么贵的地方吃饭，只在网络平台看过这家店的介绍。这个叫乔东的男人第一次见面居然就在这种高档餐厅请客，不管怎么说，总是给人以好感的。

蔡姐更是兴奋不已，看上去比范娅还要欣喜："怎么样，我就跟你说，这人不错吧。"

范娅说："人家请你吃顿高级料理，就把你收买了——不，还没吃呢，谁知道点菜的时候会不会特别抠门？或者结账的时候，提议 AA 制什么的。我跟你说，这些情况，我可都遇到过。"

"不会吧？"范娅这么一说，蔡姐也有些没底了，"这家店人均三千多，要是真让我们AA，我这媒人可亏大了。"

范娅大笑起来："要真是这样，那也是你的责任，人可是你推荐的！"

蔡姐"哼"了一声说道："我还不是为你的幸福考虑，如果他真叫咱们AA，这钱你帮我出。"

"你想得美！"

两人又说笑打闹了一会儿，上班时间到了，范娅开始做正事，蔡姐也回到了自己的岗位。工作的时候，范娅总是不由自主地想起照片上的男人，不得不说，她对于这次相亲，还是充满期待的。

五点半下班后，范娅犹豫要不要回家换一套漂亮点的裙子。她现在穿的，是一套中规中矩的职业套装。虽然身材凹凸有致，穿什么都好看，但职业套装总少了一些女人味。不过转念一想，这次相亲是临时约的，如果专门回家换装，反倒显得刻意。所以范娅打算就以职场装扮赴约，妆容也仅是淡妆，展现自己真实的一面。

范娅的公司地处市中心，而这家菊之屋怀石料理，距离公司并不远。范娅和蔡姐步行二十分钟，来到了这家店。

菊之屋怀石料理店开在闹市区旁边的一条幽静小街上，可谓闹中取静，独辟蹊径。门店是典型的日式极简风格，店门两边有几棵葱郁的翠竹，极具风雅。两人进门之后，蔡姐告知服务生，一位姓乔的先生预订了晚餐，服务生点头表示明白，带着客人穿过长而曲折的走廊，经过美如画卷的庭院，来到一个单独的包间。两人看到，已经有一位男士等候在此了，正是照片上见过的乔东。

看到两位女士后，乔东立刻站起来，走到她们面前，露出明朗的微笑，礼貌地说道："两位好，我是乔东。"

"你好，我是中午跟你联系过的蔡姐，这位是相亲对象，范娅小姐。"

"我一眼就认出来了，范娅小姐比照片上看起来更美。"乔东夸赞道。

"谢谢,"范娅回应道,"你本人也比照片上帅。"

这绝非客套,完全是真心话。从乔东站起来那一刻,范娅就被这个男人出众的外表吸引了。他身高在一米八五以上,穿着一套裁剪得体的修身西装,体态均匀,玉树临风。皮肤是真的好,白里透红,近看之下,更是明眸皓齿、清新俊逸。范娅阅人无数,见过的男人不在少数,但眼前的这个男人,绝对可以算是其中的佼佼者。

"谢谢夸奖,快请坐吧。"乔东微笑着招呼客人。

范娅和蔡姐坐到榻榻米椅子上,座位是下沉式的,双腿放在桌下。怀石料理讲究的是体验与氛围,用餐环境跟料理本身一样重要。这里的每个包间都对着一个精致的庭院,有枯山水和深秋景色。虽然不是坐在室外,但人如同融入庭院之中一般。室内比起室外庭院的惊艳,更多的是低调安静的气氛,摆设不多却都能耐人细细欣赏。在这样的环境下用餐和交谈,自然是身心愉悦。

"请问可以点菜了吗?"服务生询问乔东。

"可以。"

服务生递上菜单,乔东略略一翻,便开始轻车熟路地点菜,显然并非第一次来这里吃饭:"开胃小菜要芥末章鱼、烤银杏和日本毛豆。然后……西红柿油梨沙拉、蓝鳍金枪鱼腩、刺身拼盘、极上赤海胆寿司、牡丹虾寿司、北极贝寿司、蒲烧鳗鱼、烤生蚝、牛肉寿喜锅。请问,两位可以喝酒吗?"乔东问。

范娅和蔡姐点了点头。乔东对服务生说:"来一瓶十四代清酒吧,暂时就这些。"

"好的。"服务生微微欠身,离开了。

刚才乔东点菜的时候,范娅默默估算着这顿饭的价格,保守估计,至少在一万元以上。

"听蔡姐说,乔先生是画家?"范娅问道。

"是的,职业画家。"乔东答道。

"主要是画哪种类型的画呢?"

"以油画为主。"

"乔先生的一幅画,大概是什么价位?"

"根据画的尺寸大小，从几十万到几百万不等吧。不过实话实说，能卖上几百万的，是极少数。多数都在几十万到一百万左右。"

范娅点头表示明白了。到目前为止，乔东给她的印象非常之好。他谈吐大方，气质儒雅，坦率，不扭捏，也不装。最主要的是，他在说话时脸上总是带着自然的微笑，这笑容像和煦的阳光，照亮了整个房间。范娅从小就喜欢爱笑的男生，自然对乔东有着说不出的好感。

这时，服务生端着小菜和清酒来了。怀石料理的每道菜都宛如艺术品，菜式之精美令人赏心悦目。蔡姐拿出手机，说道："拍照拍照，一会儿发朋友圈！"

范娅也有点想拍照，可又怕对方觉得自己没见过世面，便有些犹豫。不料乔东已经拿出了手机，说："拍美食我有经验，要从斜上方四十五度拍，最好把器皿的花纹也拍一点出来，作为点缀。"

经乔东如此一说，范娅便从包里拿出了手机，大方地拍起来。之后，三人还交流了一下各自的摄影作品。乔东不愧是画家，拍出来的照片构图精巧，颇有艺术性，堪比美食杂志的封面。

"你拍得太好了，发给我吧，我用你的照片来发朋友圈。"范娅说，其实就是间接地加对方微信。

"好啊！"乔东爽朗地答应了。

之后，各式精美菜肴陆续呈上，乔东亲自为两位女士斟酒，三个人一边品尝美食，一边喝酒聊天，气氛轻松愉快。

范娅想更多地了解对方，便问道："乔先生除了画画，还有些什么爱好呢？"

"我爱好还是挺广泛的，旅游、摄影、打球、看书、听音乐等等。"

"我也喜欢看书，你平时喜欢看什么类型的书？"

乔东不好意思地挠了挠头，腼腆一笑："不怕你笑话，我最喜欢看的是……日本漫画。"

"啊！"范娅不由自主地叫了起来，"我也是！"

"真的？"乔东露出惊喜的神情。

"当然了,我初中就开始看日漫了。从最早的《尼罗河女儿》《天是红河岸》《星座宫神话》,到后来的《海贼王》《犬夜叉》,几乎就没有我没看过的!"

乔东竖起大拇指道:"太牛了,如数家珍呀!"

"那是,"范娅得意地说,"读书时'日漫女王'的绰号,可不是浪得虚名!"

"哈哈哈,失敬失敬!"乔东端起一杯清酒,"我敬'日漫女王'一杯!"

范娅端起酒杯,跟乔东碰杯之后,一饮而尽。两个人的距离因共同爱好而迅速拉近,接下来的聊天也就随意了许多,不再像之前那么拘束了。

"其实我就是受日漫的影响,才走上画画这条路的。我的很多作品,都有一些漫画元素。哪天请你到我家来看看,你就知道了。"

"你平常在家里画画吗,还是有一个专门的画室?"

"我的家和画室是一体的,家里挂满了我的画。画室就是其中的一个房间。"

"那你家一定特别有艺术气息。"

"下次范娅小姐方便,请你去我家做客。"

"好啊。"

其实他今天就可以邀请,但现在已是晚上,而且两人是第一次见面,这个时间邀请女生去家里,显得有些暧昧和轻浮。所以,出于对女性的尊重,他并没有提出今晚的邀约。范娅在心中暗忖,这真是一个颇具绅士风度,又面面俱到的优质男士。

想到这里,范娅半开玩笑地说:"乔先生各方面都这么优秀,想必有着丰富的感情史吧?"

乔东略略一愣,有些尴尬地说道:"其实,并没有……**我长期以来都是单身。**"

这个回答出人意料。当然,他有可能在掩饰自己的情史。但他之前都很直率,没理由现在隐晦起来。现代人的观念都比较开放,丰富的情史,并不是一件可耻的事。但范娅发现乔东面露窘态,似乎这个问题令他感到难堪,甚至不安。但他并没有解释为什么一直单身,仿佛有什么难言之隐。范娅也就不便追问下去。

看到气氛出现冷场,蔡姐打了个圆场:"乔先生之前肯定是以事业为重,不然怎么会创作出这么多佳作呢?"

乔东勉强笑了笑，没往下接话。正好这时服务生端着刺身拼盘来了，乔东用手机拍照，然后招呼两位女士享用美食。

这顿饭吃到了晚上九点。接近尾声的时候，乔东借去卫生间之机不声不响地买了单，不像有些男人那样，在吃高级料理的时候，故意当众买单，让服务生报出消费数额，然后做出大方的架势付钱。这种做法略显低级，有炫耀之嫌。相比之下，乔东这种不显山露水的低调做法，更能获得女士青睐。

走出菊之屋，乔东并没有下一步提议，这让范娅略有些失望。本来，她认为去某个清吧喝酒，或者去一个环境优雅的咖啡厅喝咖啡，也是不错的。但乔东没有提议，她也不好太主动，只能向对方道别。乔东打算帮她们叫车，范娅谢绝了，说吃了饭想散散步。

"那行，咱们微信联系，再见。"乔东礼貌地向二位女士道别，再次露出洁白的牙齿和灿烂的微笑。

白色的街灯如月光般柔和，洒在青石板路面上，也照在乔东英俊的面庞上。范娅发现，她迷醉在今晚的夜色和这抹微笑之中了。

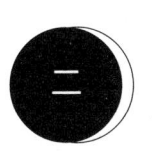

二

刚才吃饭的过程中，乔东陆续把他拍的美食照片发给范娅，一共发了十几张。范娅选择最美的九张组成九宫格，发了一条朋友圈。吃饭的时候没来得及看手机，现在一瞧，才发现点赞和评论的数量，超过了四十个人。

多数人都是惊艳于这些美食，以及询问这是哪家店。范娅统一回复。不多时，死党姚立发来一条评论："什么情况？去吃怀石料理也不叫上我？"

这个姚立，是范娅从中学到现在关系最好的一个闺蜜，现在又在一个城市工作，两人都是单身，经常厮混在一起。姚立比范娅大一岁，已经不是几级剩女的问题了，而是彻底的独身主义者。这倒不是说她不近男色，而是仅限交往，结婚免谈。姚立之前在美国留学，观念开放，不愿意为任何男人放弃自由，早在二十多岁的时候，就确立了独身到底的人生方向。

范娅回复了姚立一条："别人请客。我才舍不得自己花钱吃这么贵的料理呢。"

姚立马上回复："男人吧？"

范娅不想跟她在朋友圈的评论区就这个话题聊下去，正打算私聊，对方已经打来电话了。

蔡姐刚才出了菊之屋后，就赶着坐地铁回家相夫教子去了。范娅现在正一个人走在街上，她接起电话。

"范儿，今晚约会去了？"姚立熟悉的声音从听筒传来。

"不算约会，只是相亲。公司蔡姐介绍的。"范娅说道。

"相亲在菊之屋吃饭，够大方的呀。说说吧，这男的怎么样？"

范娅抿着嘴，没有说话。姚立"喂"了好几声，她才应道："在呢。"

"在你怎么不吭声呀？我还以为断线了呢。"

"姚立，我觉得，**我好像恋爱了。**"

"啊？真的？不是开玩笑吧？"

"不是开玩笑。"

"吃顿饭就爱上了？一见钟情啊？"

"也不算一见钟情……就是，我说不出来……好久没有这样的感觉了。"

对方沉寂了几秒，问道："你现在在哪儿？"

范娅告诉了她自己的位置。

"我现在过来找你，你看看附近有没有什么喝东西的地方。"

范娅环顾四周："有一家甜品店。"

"你发个定位给我，我马上过来。"

"行。"

范娅在微信上给姚立发了甜品店的定位,然后走进了这家店。她跟姚立太熟了,根本不用问她喜欢喝什么。点了两份生磨杏仁茶,选了个安静的位置坐下,范娅望着窗外的夜色出神。

姚立刚才也不在家,是从饭局上过来的。她十几分钟后就到了,坐到范娅对面,杏仁茶都来不及喝,马上问道:"范儿,你真坠入爱河了?"

范娅默默点了点头。

"说说吧,这男的什么情况?"

"帅,不是一般的帅,个子也高,身材匀称。"

"有照片吗?"

"有。"吃饭的时候范娅假借拍美食,偷拍了乔东几张,此刻展示给姚立看。

"确实是帅哥。敢情你是被人家的姿色迷住了。"

"还真不是。这男生不但长得帅,性格也好,气质、谈吐、处事,简直挑不出一点儿毛病来。最关键的是,我跟他有共同语言——我们俩都喜欢漫画。你说,这不是天作之合吗?"

"哟,瞧你,才见一次面,就把人夸上天了。他是做什么的?"

"职业画家。一张画卖几十万上百万呢。下个月还要在新加坡开一场个人画展。"

"叫什么名字?"

"乔东。"

"以前结过婚吗?"

"没有。"

"现在多大?"

"三十四岁,比我大一岁。"

姚立把手机放在桌子上,端起杏仁茶喝了一大口,沉默不语了。

范娅觉得奇怪,问道:"怎么不说话了?你这么八卦的人,就不想了解点别的?"

姚立苦笑一下:"人们都说,恋爱中的女人,智商为零。这话固然是夸张了点,但也不是全无道理。你现在被这男生迷住了，就怕我说的话，你不爱听。"

"没关系，你说。我现在还没彻底被迷住，来得及。"

"那我可真说了。"姚立掰起指头算，"这男人有颜，有钱，有身材，有品位，有风度，性格好，会来事……用你的话说，就是完美无缺。**如果真是这样，他怎么会出来相亲？**"

"那照你的意思，出来相亲的，都该是又矮又丑？《非诚勿扰》没看过吗，上节目的男嘉宾，也有很多优质男士。"

"那是上电视，不一样，可以宣传自己。但是现实生活中，真要有这么优秀的男人，早就被一个连的女人盯上了。现在这时代不比以前，女人也懂主动出击。你想想看，正常情况下，这大帅哥身边会缺女人吗？他犯得着经人介绍来相亲吗？"

范娅呆住了。这个问题，她之前还真没思考过。现在经姚立这么一说，觉得是有几分道理。

"范儿，你想想，这男生只是看了你的一张照片，就请你到人均三千以上的餐厅吃饭，这说明了什么？"

"说明什么？"

"说明他很重视这次相亲呀，不是闹着玩的。"

范娅越听越糊涂了："重视还不好吗？"

姚立摇头一笑："他重视相亲，说明他珍惜每一次跟女生见面的机会。这对于一个大帅哥来说，是十分不正常的。以他的条件，女生倒追他也很正常吧？他根本就没有通过相亲来认识女孩的理由。"

范娅眉头紧蹙，双手揉搓太阳穴。经姚立一分析，一场美梦几乎已经幻灭。她突然想起了吃饭的时候乔东说过的一句话，不禁喃喃说道："我问过他的感情史，他说自己长期以来都是单身……而且，他好像不太愿意提到这个话题。"

"我就觉得他肯定有什么问题！正常的男人——何况还是个大帅哥——怎么可能长期单身？"

范娅还想说什么，微信提示音响了，她一看，眼里立即闪出光来。这条微信是乔东发来的,内容是:"明天是周末,有空吗?我想请你来我家做客。"

即便之前听了姚立一大堆不利分析,此刻她还是内心激荡,把这条微信展示给姚立看:"乔东约我明天去他家!"

"那你要去吗?"

"当然要去。不管事实怎样,我要亲自验证一下。"

姚立想了想,说:"好,那我给你支个招。"

姚立示意范娅靠近一些,两颗脑袋凑到一起,窃窃私语。

三

这一次,范娅选择了精心打扮。上次只是临时起意的相亲,这次却是有所准备的约会,理应呈现自己最美的一面。她穿上一袭凸显身材和气质的黑色长裙,化上精致的妆容,戴上恰到好处的首饰,在镜前顾影多时,自忖已无瑕疵,然后才拨通了乔东的手机。这是他们昨晚就约定好的,范娅出门前跟乔东联系,乔东开车来接她。至于住址,范娅昨晚就已经发送给他了。

电话被接起,范娅说:"乔东,我现在可以出门了,你过来吧。"

"好的,那你五分钟后下楼吧,在小区门口见。"

范娅一愣:"五分钟后?你家离我家这么近吗?"

电话里发出爽朗的笑声:"不是,我一个小时前就在你家附近了。"

"啊……干吗来这么早呢?"

"想早点见到你呀。好了,快下楼吧。"

"好。"

范娅心中一阵悸动，伴随着说不出的欢欣喜悦。她欢快地离开家，乘坐电梯下楼，穿过中庭，来到小区门口。

大门口现在停着长长一排车，其中有一辆白色的保时捷。不知道为什么，范娅一眼就看到了这辆车，并且坚信这就是乔东的车。恋爱中的女人或许不够聪明，但往往直觉很准。这辆车就跟他的人一样帅；也只有这种车，才配得上他这个人。

果不其然，保时捷的车门打开了，身穿米色风衣、戴着茶色墨镜的乔东从车上下来。他摘掉墨镜，冲范娅挥了挥手，再次展露出招牌式的微笑，帅得耀眼。

范娅风姿绰约地走到乔东面前，对方发出由衷的赞叹："你太美了。看来，昨天我只见识了你一半的美。"

范娅嫣然一笑问道："那么，今天是全部吗？"

"我敢肯定不是，我打赌，你还会带给我更多惊喜。"

范娅此前听过不知多少关于她外貌的溢美之词，真心也好，恭维也罢，都比不上乔东这两句独特的称赞。

"请吧。"乔东礼貌地帮范娅拉开车门。范娅身姿优雅地上了车。乔东坐进驾驶位，发动汽车。

"你家在哪儿，远吗？"范娅问。

"不算太远，半个小时就到。想听音乐吗？"

"好啊。"

乔东打开车载音响，播放了一首埃拉·梅的歌，轻快的节奏布鲁斯曲风，正适合此情此景。范娅望着窗外，心情愉悦。

几分钟后，范娅发现一辆黑色的保时捷始终跟他们的车保持着不远不近的距离。一开始，她觉得这可能是巧合，但车子渐渐朝郊区方向开去，这辆车仍持续跟随，偶尔也会超车驶到前面，乔东不可能没有注意到，但他却熟视无睹。范娅心中未免生疑。她突然想到，自己毕竟只认识这男人一天，对他还没有深入的了解。第二次见面就被他带回家，真的好吗……

"范娅小姐不是本地人吧？"乔东的一句问话，打断了她的思绪。

"嗯，我是南方人。在本地读的大学，然后就留在这里工作了。"范娅说。

"我也不是本地人，是几年前才在这里定居的。"

"你选择在郊区置业？"

"是的，因为工作性质的原因，我不用每天上下班，所以不必住在市中心。郊区空气好，风景也好，而且安静，非常适合创作。"

"确实如此。"

范娅一边跟乔东聊天，一边向车窗外观望。那辆黑色保时捷已经不见踪影，估计开到前面去了。范娅暗忖，也许是自己想多了。在路上遇到同款车型，是很常见的事。

半个小时后，车子驶入郊区的一片高档别墅区。这里风景如画，环境优美，每栋别墅之间隔着一大片绿地和花园；而别墅的建筑风格，则是典型的美式大宅。进入这里，仿佛置身美国西海岸的富人区。

"我家到了。"乔东一边说，一边将车开进一栋别墅旁的独立车库。这时范娅注意到，这个车库有两个车位，其中一个车位，已经停放着一辆车了——正是之前在路上看到的黑色保时捷。

"你家还有别的人吗？"范娅问道。

"嗯，是的。"乔东答道。

"是令尊令堂？"

"不是，我父母不跟我住在一起。"

"那是？"

"我弟弟。"

"你还有个兄弟？"

"对。"

"他刚才一直开车跟着我们？"

"……是的。"

"为什么？"

乔东回过头，微笑着说："咱们下车，到家里边喝茶边聊好吗？"

"好吧。"范娅点头答应。

乔东把车停好,范娅和他一起下了车,两人从车库的另一道门进入漂亮的花园。这个花园估计有一百平方米,栽种着绿油油的龟背叶和天堂鸟,以及各种鲜艳美丽的花卉,像一个小型植物园。花园的一侧摆放着户外桌椅,秋日的午后,在这里喝个下午茶,一定是种美妙的享受。

"这花园太美了。"范娅由衷地赞叹道。

"是吗?希望室内你也能喜欢,是我自己设计的。"乔东微笑着推开了家门,"请进吧。"

范娅走进别墅内,立刻被宽敞大气的客厅震撼了。客厅的层高至少有七米,面积大约六十平方米,十分空旷,除了沙发、茶几和一张长桌,几乎没别的家具,应该是有意强调空间感。房子的整体风格是北欧极简风,清爽,自然,格调高雅。巨大的玻璃落地窗将花园美景和室内景观融为一体,仿若置身室外。而最引人注目的,则是挂在墙上的几幅巨大的油画。这些画的内容都是相近的——两朵长在同一枝梗上的并蒂双花,相互纠缠,开出不同颜色的花朵。画的尺寸惊人,给人以极强的视觉冲击力。范娅被这几幅画作深深地吸引了。

"这叫双生花,是传说中的植物。"

范娅转过头,望着乔东。

"你的画作,都是以双生花为题材吗?"

"不,只有这几幅画而已。它们是一个系列的,是非卖品。"

"对于画家来说,非卖品就是他最好的作品吗?"

"也不一定。"乔东说。他没有继续这个话题,而是招呼范娅落座,问道:"喝咖啡还是茶?"

"都可以。"

"那就尝尝斯里兰卡红茶吧,我这里有很好的斯里兰卡红茶。"

"好的。对了,你弟弟呢?"

"他应该在房间吧。不用管他,我们聊我们的,一会儿我再叫他出来跟你见面。"

范娅点了点头。

不一会儿，乔东端着一壶红茶从厨房出来了，茶几上有洗干净的杯子，还有盖着玻璃盖的蜂蜜和方糖。乔东给范娅倒了一杯茶，询问她要不要加糖或蜂蜜。范娅谢绝了。她小啜一口，说道："嗯，确实是好茶，香味浓郁。"

"是吧。"乔东微笑，给自己也倒了一杯。

"这套房子有多大？"范娅问。

"总共是三百二十平方米，还附赠了前后花园和一个很大的地下室。房子层高七米，其实是可以挑高做成跃层的，但我觉得没必要，就选择保留大空间了。"

"这么大一套房子，肯定很贵吧？"

"其实还好，因为我买得比较早，而且这里毕竟是郊区。同样的价格，现在只能在一环的黄金地段买一套三居室的住宅。"

"你当初是全款买的？"

"是的，当时卖了几张画，价格恰好够买这套房子。"

范娅微微点头，喝了一口红茶。姚立支的招，她用了一招，相信乔东的富绝不是装出来的。

两人又聊了些别的话题。喝完一壶红茶，乔东去厨房续水，回来之后，问道："范娅，你觉得我这个人怎么样？"

我觉得你完美无缺——这种话当然是不能说出口的。范娅含蓄地一笑，反问道："我呢，你觉得我怎么样？"

"你很漂亮，也很真诚。我喜欢你。"

范娅没想到他说得这么直接，脸一红，压抑着心中的喜悦，说道："我觉得，你也很好。"

"这么说，你是愿意跟我交往的？"

"嗯……"

"太好了。"乔东露出欣慰的笑容，神情随即变得严肃，"但是有一件事，我需要跟你说明。"

四

范娅抬起头望着他:"什么事?"

乔东平时说话都十分爽快,此刻却显得有些局促不安。"嗯……这件事,如果你能接受,咱们就可以继续交往,乃至结婚;如果你接受不了,我希望咱们起码能当朋友,看在朋友的分儿上,请你帮我保密,可以吗?"

范娅的心一下被攥紧了。她想起了姚立支的第二招,该不会,这个男人真的有"那方面"的问题吧?

"可以吗?"乔东再次问道。

范娅点了点头:"可以。什么事,你说吧。"

"记得我刚才跟你说过,我有一个弟弟吗?"

"嗯。"

"他不是普通的弟弟,而是我的双胞胎兄弟。"

"啊……原来你是双胞胎之一?"范娅感到惊讶。

"是的。"

"蔡姐怎么完全没提到这件事呢?"

"因为她不知道,很多人都不知道。"

"你是说,你有一个双胞胎兄弟这件事,很多人都不知道?"

"是的。"

范娅顿了几秒,问:"这跟我们交往,有什么关系吗?"

"是这样,"乔东说,"你知道,双胞胎中有同卵双胞胎和异卵双胞胎之分吧?"

"我知道。同卵双胞胎是指两个胎儿由一个受精卵发育而成，性别通常是一样的，外表也极其相似，让人难以分辨；异卵双胞胎则是由不同的受精卵发育而成，性别可能不一样，外表也会有所差异。"

"没错，这是很多人都知道的常识。但你大概不知道，在同卵双胞胎中，还有一种极其罕见的特殊情况，出现的概率，大概是千万分之一。"

"什么特殊情况？"

"同心同卵双胞胎。"

"同——心？"

"这只是一种比喻，并不是共用一个心脏的意思。简单地说，就是这对双胞胎具有常人难以理解的心理依赖，必须任何时候都形影不离。一旦分开，则双方都无法存活。"

范娅呆住了，她头一次听说这样的事情，一时感到难以接受："你的意思是，你一生都必须跟你的双胞胎弟弟形影不离地生活在一起，否则你们俩都活不了？"

"就是这个意思。"

"如果你们离开彼此，会怎样？"

"小学的时候，我们俩在一个班读书。有一次，数学老师把我弟弟叫到办公室训话去了——办公室在另一栋楼——而我留在教室上课。结果二十分钟后，我感到呼吸困难、全身剧痛，最后痛到休克。上课的老师吓坏了，赶紧把我送到医务室，但校医也束手无策。正打算把我送往医院的时候，数学老师把弟弟也送到了医务室，这时我才知道，弟弟也差一点休克了。碰面之后，我俩就像鱼儿见到水一样，瞬间活了过来，并立刻恢复了正常。当时在场的人，没有任何人能解释这是怎么回事，包括我们俩在内。

"后来，类似的情况又发生了几次。我们和父母找到了规律——只有在我们彼此分开的时候，才会出现这样的情况。于是，父母向各大医院的医生咨询，可大多数医生都声称从未遇到过这样的情况，无法做出解释。只有北京的一位老医生说他听说过这样的情况，这属于双胞胎中非常罕见的同心同卵双胞胎，是受精卵分裂不完全造成的。

"这样的双胞胎从表面上看，是两个不同的个体，但实际上可以视为同一个人。他们只有在一起的时候，才觉得自己是一个完整的人；否则，就会产生被撕裂成两半的感觉，从而出现心理和生理上的剧烈反应。如果情况严重，甚至可能致命。至于为什么会出现这种奇异的现象，目前的医学和科学还无法做出解释。"

听完乔东这一席话，范娅呆若木鸡。片刻后，她说道："所以从此以后，你们兄弟俩就再也没有分开过？"

"对，只要我们分开的距离不超过三十米，或者分开的时间不超过三十分钟，就没事。否则，就会出现我刚才说的那种情况。"

"可是，昨天你跟我们在菊之屋吃饭的时候，你弟弟就不在现场。而那顿饭，我们吃了接近两个小时。"

乔东摇摇头："他当时就在我们隔壁的包间，只是你不知道而已。"

范娅不解地问："为什么你们是双胞胎这件事，需要保密呢？"

"因为这件事解释起来太复杂了，还有一些人根本就不信——人们往往只相信自己认知范畴内的事。你想象一下，当我做什么事都必须把弟弟带在身边的时候，难免引人猜疑。与其逢人就解释这件事，不如隐瞒我们是双胞胎的事实。但你不同，如果我们交往，你就是我的女朋友，以后还有可能是我老婆。我不可能隐瞒你一辈子，所以我必须对你开诚布公。"

范娅略略点头，表示明白了。但她很快就想到了一些实际的问题："如果我们结婚，就意味着我必须跟你们兄弟俩生活在一起，对吧？"

"没错。"

"你弟弟现在是单身吗？"

"是的。"

"但他迟早会结婚的对吧？"

"应该是。"

"那就是说，我们两对夫妇，必须永远生活在同一屋檐下。"

"正是如此。所以我买了这套大房子，即便不挑高，也有六个卧室，完全够两个家庭住。"

"不是够不够住的问题，而是，两个家庭住在一起，很容易发生摩擦和矛盾吧？"

"也不一定，以前很多家庭兄弟姐妹是不分家的，整个大家族生活在一起，妯娌之间，也能相处得很好。况且……我弟弟不一定会结婚。"

"他是独身主义者？"

乔东耸了耸肩："他崇尚自由生活。"

这一点，跟姚立倒是挺像的。范娅暗忖。

"范娅，情况就是这样，你是否能接受呢？"乔东满怀期待地望着她。

范娅想了想，说："我想问你一个问题。"

"好的，你问吧。"

"你直到现在都没结婚，长期保持单身，就是因为这个原因吗？"

乔东默默点了点头。

"但正如你刚才所说，即便整个家族生活在一起，也并非什么难以接受的事情。我相信，大多数女生都是能接受这件事的。"

乔东深吸一口气，从沙发上站起来，走到落地窗前，凝神望着窗外。范娅感觉到，自己问了一个敏感的问题。看来这件事不是这么简单的，其中必有隐情。

半分钟后，乔东转过身来，再次坐到范娅身边对她说："范娅，我是真心喜欢你，所以，我不想对你有任何隐瞒。"

范娅不安地望着他。

"我弟弟……怎么说呢，他不是一个好相处的人。"

"你是说，他性格有些古怪吗？"

"可以这么说。"

"有多古怪？"

乔东沉吟片刻，压低声音说："我的建议是，若非必要，你尽量少跟他接触。"

"可我和他有可能要住在同一屋檐下。"

"没错，但我是自由职业者，所以我可以向你保证，只要你在家的时候，我都会陪着你，避免你跟他单独接触。"

范娅愣住了，不知为什么，她嗅到了一丝**危险的气息**，她希望是自己多虑了。范娅再次问道:"有这么夸张吗?还要你时刻陪着我,避免我跟你弟弟接触。他到底是个怎样的人?"

乔东再一次局促起来:"其实,也没那么夸张,只是他这人的确有些古怪,你跟他保持距离就好了。"

"他是做什么的?"

"跟我一样,也是个画家。但跟我不同的是,他的画从来不卖。"

"为什么?"

"他钟情于自我表达,不遵循市场规律。"

范娅环顾四周问道:"这些画中,有他画的吗?"

乔东摇头:"都是我画的。"

"那他的画呢?"

"都在地下室,他平常喜欢在地下室创作。"

范娅微微皱了皱眉,说道:"我能见见他吗?"

"当然。我现在就叫他出来跟你见面。"

乔东站起来,冲着客厅右侧的走廊喊道:"乔西,你出来一下好吗?"

半分钟后,一个男人通过走廊来到客厅。范娅从沙发上站起来,见到他之后,她呆住了。

五

任何人一生中都见过很多双胞胎,范娅也不例外。可看到这个叫乔西的男人之后,她居然不自觉地望了一眼左侧,确认乔东是否还站在她的身边。那一刹那的感觉——

乔东就像用了移形换影的魔法一般，瞬间转移到了几米远的对面。

他们俩长得太像了，简直一模一样。范娅从未见过到了三十几岁还能如此相像的双胞胎。无论五官、脸型、身材、身高，乃至发型、衣着都完全一样，活脱脱就是同一个人！要说唯一的差别，就是脸上的表情。乔东脸上通常挂着温和的笑意，而他的弟弟乔西则恰好相反，他表情冷漠如石，见到范娅后，也没有任何表示，只是冷冷地盯着她，仿佛在审视某件物品。

"这是我的弟弟，乔西。"乔东跟双方介绍，"这是范娅。"

"你好，乔西。"范娅点头致意。对方没有说话，只是微微颔首，算是回礼。

这人简直是表里如一地不好相处。见面不到五秒钟，范娅已经感受到压力了。而乔东显然也不希望他们多聊，对乔西说："你去换一下衣服吧，我们出去吃饭。"

"嗯。"乔西应了一声，转身回屋。范娅发现，他们俩就连说话的声音都一模一样。难道双胞胎连声带的构造都一样吗？这一点，她还真是不太清楚。

"不好意思，他这人就是这样，对任何人都是一副冷若冰霜的样子，你别见怪。"乔东代弟弟致歉。

"没关系，男生嘛，酷一点也无妨。不过……你们既然是双胞胎，又是在同样的生活环境下长大的，为什么性格会不一样呢？"

"这个嘛，我也不太清楚。可能我们喜欢的东西不一样吧。"乔东避重就轻地回答，然后岔开了话题，"咱们中午吃什么，你来定。"

"你刚才说，我们一起出去吃饭？"

"是啊。"

"这不就暴露你们是双胞胎了吗？"

乔东咧嘴一笑说道："不会，我们早就有经验了。遇到一起外出的情况，就会换装，这样就看不出来是双胞胎了。"

范娅点了点头："吃什么你来定就好，我都可以。"

"这附近有一家环境很好的西餐厅，咱们吃西餐好吗？"

"好的。"

这时，乔西也从房间出来了。他换上了一套宽松的运动装，双手揣在裤兜里，头戴一顶黑色棒球帽，配以纯黑色无框墨镜，看上去像一个说唱歌手，不得不说，实在是帅酷到了极点，跟温文儒雅的哥哥形成鲜明的对比。范娅莫名地想起了黑森林蛋糕和法式马卡龙。不管怎么说，现在看起来，他们只是两个身材接近的帅哥，并不像双胞胎了。

三个人来到车库，乘坐乔东的白色保时捷出门，十分钟后，来到一家位于湖畔的西餐厅前。这里景色宜人，湖光山色尽收眼底，美不胜收。

进入餐厅后，领位的服务生为他们选择了靠窗的位置，玻璃窗正对湖面，令人心旷神怡。服务生为他们送上三杯柠檬水，并递上三份菜单。乔东说："范娅，你尽管点自己喜欢的菜，千万别客气。"

范娅点头，她翻看菜单，发现这家餐厅也跟昨天的菊之屋一样，贵得惊人。一份普通牛排的价格，基本在八百元以上。澳大利亚和牛，则要上千。她拿不定主意之时，乔东说："主菜我推荐澳大利亚极味和牛，你看可以吗？"

他说的这道菜，正好是所有牛排中最贵的。范娅点头表示同意，心想这男人的确大方。

接着，两人又分别点了鹅肝慕斯、火炙金枪鱼、蟹肉沙拉、芦笋汤等开胃菜和汤。范娅注意到，乔西一样菜都没点，甚至连菜单都没有翻开，只是戴着墨镜，望着窗外的风景出神。

"请问，这位先生需要点什么呢？"服务生询问乔西。

乔东抢在弟弟之前回答："不用点了，我刚才点的菜，都要双份。"

"好的，那请问三位的牛排，分别要几成熟呢？"

"七成。"乔东说。

"那我也要七成吧。"范娅说。

"一成。"乔西望着窗外说道。

一成？这跟吃生肉有什么区别？范娅觉得这人着实古怪，各方面都特立独行。

头盘和汤先端了上来，色香味俱全。虽然跟昨天一样，都是三个人进餐，但今天的气氛明显没有昨天那样轻松，而是多了几分拘谨。范娅观察到，乔东随时都在关注他弟弟的表情和情绪，这顿饭吃得多少有些心不在焉。似乎在乔西面前，他有种紧张感。范娅想不通这是为什么。更重要的是，如果她和乔东交往，难道以后的日子都要如此吗？

正思忖着，餐厅里迎来了一大家子人，大约十一二个，老老少少都有，最小的两个男孩只有四五岁。做东的是一个大腹便便的中年男人，浑身上下透露出一股暴发户的气息。他询问服务生："有没有大包间？"

服务生礼貌地回答："不好意思，本餐厅没有包间。"

他身边的女人说道："西餐厅一般都没有包间，还是去吃中餐吧。"

话音未落，小男孩立刻嚷了起来："不嘛，我要吃牛排和薯条！"

"好好好，就吃西餐。"中年男人对服务生说，"帮我们安排张大桌子吧。"

服务生有些为难地说："呃……我们餐厅，没有能坐下十二位的大桌子。"

"不能拼桌吗？"中年男人不满地说道，"机灵点好不好？"

"请稍等，我马上帮您问一下经理。"服务生匆匆去了。不一会儿，他回到这群人身边，为他们领位。显然经理同意了拼桌的要求。

餐厅里的几个服务生把两张长桌拼在了一起，正好能坐下十二个人。而这桌人距离范娅他们，只有几米的距离。中年男人开始点菜，他完全不顾西餐的头盘、汤、副菜、主菜等顺序，也无视分餐制，乱七八糟点了一大堆菜，有种硬把西餐当成中餐吃的架势。

范娅暗暗觉得好笑。对她而言，看这种人闹笑话，是一种乐趣。但她观察到，这一桌人的到来，让乔东变得有些坐立不安。她猜想，也许是这桌客人降低了他推荐这家餐厅的档次的缘故。

但很快，她就发现自己猜错了。

用餐之前，这家人中的两个小男孩用餐刀和叉子敲击盘子，发出刺耳的声响，他们的父母家人却只顾聊天，丝毫没有阻止。其他客人都投来厌恶的目光，这家人却视而不见。服务生看不过去，上前提醒，这对父母便招呼两个孩子到外面去玩。这一来更不得了，两个精力充沛的男孩把餐厅内外当成了游乐场，跑进跑出，追逐打闹。店员们显得十分紧张，却又一筹莫展。

这时，范娅他们这桌的主菜——澳大利亚极味和牛端了上来，上等的牛排经过精心的烹制和摆盘，令人食指大动。范娅正要品尝，乔东却说："呃……范娅，要不咱们，换个地方吃饭吧。"

"啊？牛排才刚刚端上来呀？"范娅感到诧异。

"可以打包……"

"有这个必要吗？牛排冷了就不好吃了。"

乔东局促地说："这里，有点吵。"

范娅正要说"没关系"，坐在乔东身边的乔西开口道："吵又不是我们的问题，为什么我们要离开？"

乔东一时语塞。乔西打了个响指，招呼服务生过来，说道："你去跟那桌客人说一下，让他们管管自己的孩子。"

服务生一脸歉疚地说："真是抱歉，影响您的用餐体验了。我们刚才已经提醒过多次了，但这两个孩子……好像很难管。"

就在这时，这两个男孩又喧闹着跑了进来，两人还分别捡了一根树枝，当作武器挥来砍去。服务生赶紧上前劝阻，但这两个男孩充耳不闻，家长也不予理睬，仍然打得热火朝天。

"砰"的一声脆响，一个红酒杯砸在了地上，玻璃碎片四处飞溅。整个餐厅的人全都停了下来，一齐望向声音的来源。两个男孩也吓得停止打闹，其中一个"哇"地哭了出来。

范娅也吓到了，怔怔地望着摔碎杯子的乔西。

对面那桌的男主人"噌"地站了起来，怒视着范娅他们三人，问道："谁砸的杯子？"

"我。"乔西慢悠悠地说。

"你什么意思？！"

"太吵了，见不惯。"

"找碴儿是吧？"

"你不管你儿子，我就帮你管。叫这俩小子安静点，我听得心烦。"

这话一出，那桌的五个青壮年男人一齐站了起来，其中一个喝道："你算什么东西，我哥的儿子轮得到你来管吗？"

乔西缓缓站起来，打算朝那边走去。乔东一把抓住他的手腕，说道："别惹事。"

乔西甩开哥哥的手，径直朝那桌人走了过去。乔东紧张地注视着他。

那桌的男人见乔西一个人走了过来，呼啦一下把他围在中间。大腹便便的男主人说："怎么了，俩孩子玩闹一下，影响你心情了是吧？"

"对。"乔西直言不讳地说。

"那你想怎么着？"

"要么叫你儿子别吵，要么带着他俩滚蛋。"

"你他妈叫谁滚蛋？！"男主人怒不可遏，左手揪住乔西的衣领，右手握紧拳头。然而，他还没来得及出拳，乔西脑袋往后一仰，猛的一记头槌砸在他鼻子上。这男人惨叫一声，当场鼻血直流，后退连连。

男主人身边的亲属大惊失色，一个男人挥拳出击。乔西侧身避开，同时一记勾拳击中这男人的下巴，顺势又是一记边腿，踢中了旁边另一个男人的腰部。一瞬间就解决了三个人。这家人也不示弱，一个壮实的男人暴喝一声，举起身边的椅子就要开抡，可惜还没来得及砸过去，已经被乔西一脚踹翻在地。另外两个体形偏瘦的男人不敢再攻，赶紧去扶地上的伤者。两个男孩哇哇大哭，亲属们乱成一团。服务生也看呆了，不敢上前劝阻。

乔西鼻子冷哼一声，转身打算回座位。不料这家的女主人是个厉害角色，看到老公和兄弟被打，操起桌上的一瓶红酒，朝乔西的后脑勺猛地砸了过去。瓶子应声而碎，乔西被砸得头晕目眩，双眼发黑，鲜血也随之流淌出来。

与此同时，坐在范娅对面的乔东"哎哟"一声惨叫，捂住了自己的后脑勺，神情十分痛苦，仿佛他也挨了同样的一击。范娅呆住了——这是怎么回事？双胞胎中的一个挨了打，另一个也会痛？

乔西捂着流血的后脑勺转过身，恶狠狠地盯着偷袭他的女人，毫不客气地反手一个耳光，那女人一下就摔倒了。两个男孩尖叫着奔向妈妈，哭天喊地。

这时餐厅经理急急忙忙跑了过来，央求两桌客人不要再打了。乔西却好似杀红了眼，抓起桌上的一把餐刀，朝离他最近的一个男人走去。那人吓得落荒而逃。乔西又将目标锁定为旁边的另一个人。乔东见势不妙，忍着剧痛快步走到弟弟面前，一把抓住他握刀的手，喝道："够了！"然后在他耳边低语了一句。听了这句话后，乔西瞄了哥哥一眼，把餐刀丢掉了。

乔东匆忙招呼服务生买单，然后走到范娅身边，尴尬地说："范娅，没想到会发生这样的事，真是太抱歉了。"

"别说这些了，先送乔西去医院吧。"范娅说。

"这点小伤，没关系的。"乔西不以为然。

"对，我帮他处理就行了，不用去医院。"乔东充满歉疚地说，"我现在就开车送他回去，麻烦你自己打车回家，好吗？"

"好的。"范娅点头。

乔东再次致歉，然后拽着弟弟的手走了。范娅目送他们离开，恍惚了好一会儿，才孑然离开西餐厅。

六

好好的一次周末约会，结果演变成这样的局面，范娅心中十分郁闷。她打车回家，感到腹中饥饿，这才想起自己刚才只吃了几口沙拉，压根儿就没有吃正餐。她掏出手机，给姚立打电话。如果没有猜错，姚立现在应该刚刚起床。每个周末，她都会一觉睡到中午。

"喂，起床了吗？"范娅问。

"起了，正准备点外卖呢。"姚立说道。

"别点了，出来吃吧。"

"也行……欸，你不是到那个乔东家做客去了吗？怎么午饭都没吃就走了？"

"唉，别提了。好好的一顿饭，给搅和了。"

"怎么回事？"

"出来再说吧。我请你，吃烤鱼好吗？"

"好啊，还是老地方？"

"对。"

"好，一会儿见。"

这个"老地方"，是她们经常去的一家店，特色是麻辣烤鱼。范娅告诉了司机地址，二十分钟后就来到了这家烤鱼店。姚立已经选好桌子坐下来了，看到范娅时冲她挥挥手。范娅坐到她身边，问道："点菜了吗？"

"点了招牌烤鱼和几道小菜。"说完姚立迫切地问，"怎么回事，你们约会被什么事给搅和了？"

范娅叹了口气，有点不知从何说起。乔东让她为双胞胎的事保密，她是守信的人，当然不能转身就把这事告诉闺密。可要是不说，心中的烦闷又无处宣泄。想了想，她说："先吃东西吧，一会儿再聊。"

"吊我胃口不是，干吗现在不说？"

这时，服务员把一条热腾腾、香喷喷的炭火烤鱼端了上来。范娅说："不是吊胃口，我是真饿了。咱们先吃点儿吧。"

"行吧。"姚立连早饭都没吃，自然也是饿了。两人开始进餐，吃到半饱的时候，范娅突兀地问道："双胞胎会有一样的身体感受吗？"

"什么？"姚立没听明白。

"我的意思是，如果双胞胎中的一个挨了打，另一个也会觉得痛？"

"这我没听说过。应该不会吧，毕竟是两个人，痛觉神经又没连在一起，怎么会出现你说的这种情况？"

"是啊，我也觉得应该不会……"

"你干吗问这个问题？"

"没什么，看了一本小说，里面有这样的情节。"范娅搪塞道。

姚立盯着闺蜜看了一阵："不对吧，这不是小说里的情节。"

"为什么？"

"一个刚跟自己喜欢的男生约完会的女生，会跟闺蜜探讨小说里的情节？这不合逻辑呀。"

范娅心里"咯噔"一下，暗忖自己低估姚立的分析能力了。但表面上，她却装出波澜不惊的样子："这本书是我几天前看的，只是刚才突然想起来了而已。"

"那好，你告诉我这本书叫什么名字，我也找来看看。"

范娅愣住了，她没法临时编出一本小说的名字，况且这也经不起验证。

"露馅儿了吧？不是，你跟我打什么哑谜呀，咱俩有什么是不能聊的？"

范娅无奈道："不是我想隐瞒什么，是人家叫我帮他保密……"

"保什么密？双胞胎这事？这有什么好保密的？"

范娅不知道说什么好了，只有缄口不语。姚立知道自己猜对了，进一步试探："这个乔东，是双胞胎中的一个？这事你是今早才知道的，对吧？"

"你别问了，我答应了人家的，不能不守信用。"

姚立嗤笑一声："话都说成这样了，还保密，当我傻呀？"

范娅也觉得刚才那句话完全是欲盖弥彰。转念一想，这是姚立自己推测出来的，也不算自己主动告知，所以算不上失信。既然如此，不如把知道的事都告诉她算了。此刻，她正好需要一个人帮自己分析情况，拿拿主意。

"好吧，你猜对了，但是这事，你得答应我保密，因为我答应了人家的。"范娅说。

"放心吧，你让我不说，我就一定不会说。"姚立保证，"不过我想不通，这事有什么好保密的？"

"因为他和他弟弟，不是普通的双胞胎。"

"什么意思？"

"你听说过'同心同卵双胞胎'吗？"

姚立茫然地摇头。

"据说是一种非常罕见的情况，出现的概率只有千万分之一……"接下来，范娅把乔东告诉她的事情，完完整整地告诉了姚立，包括他们三个人去西餐厅吃饭时发生的事，也一股脑说了出来。姚立听得聚精会神，兴趣盎然。

"事情就是这样，你说我现在该怎么办？"范娅愁闷地问。

"可惜，真是可惜了。"姚立惋惜地说。

"什么可惜？"

"那三份澳大利亚顶级和牛呀，一口都没吃，你们就走了。"

"敢情你就只想着这三份牛排呀？我现在犯愁的是这事吗？"

"我跟你开玩笑呢。你遇到的这事吧，真是挺特殊的，我得好好想想。"

范娅叹了口气："是，以前从来没听说过有这种事。"

"不过换个角度想，两个大帅哥，买一赠一，不也是美事一桩吗？"

"美个屁！谁愿意谈个恋爱，总跟男朋友的弟弟在一块儿？况且他弟弟这么暴力，一言不合就跟人打架。我要是哪天说错一句话，做错一件事，也被他打了怎么办？"

"不会吧？乔东不是承诺过你，会一直守护在你身边，保护你的吗？"

"可他越是这样说，就越让人不安呀。我要真嫁给他，乔东总不可能这辈子一分钟都不离开我吧？万一我招他那弟弟了，怎么办？"

"那你别招他呀！"

"这谁说得清楚呀，同在一个屋檐下生活，会一点儿摩擦都没有吗？"

"这倒是……那，要不就算了吧。看来就是因为这个原因，乔东才一直单身，估计好多女孩都接受不了这件事，或者接受不了他那个弟弟。"

"可是，我是真的喜欢他。"范娅无比矛盾，"好久没碰到这么令我心动的男生了。他各方面都很好，唯独……怎么有这档子事呀？"

姚立沉吟片刻，说道："你觉得，乔东跟你说的是实话吗？"

范娅一愣："你指什么？"

"双胞胎的事呀。他们俩真是双胞胎吗？"

"不是双胞胎还会是什么？你是没见他们俩站在一起，简直是一个模子里刻出来的，我都没见过这么像的双胞胎。"

"可是你说的那件事，我始终有些介意。就是弟弟挨了打，哥哥也会痛这件事。据我所知，双胞胎是不可能有这种反应的。"

"那你觉得这是怎么回事？"

"我不知道。我觉得任何两个人，都不可能出现这样的情况。"

"是啊……但是，我当时就在现场。乔西被打那一下的时候，乔东马上也疼得叫唤，然后按住后脑勺——也就是他弟弟被打的那个部位。这不可能是装出来的，也没必要装。"

"你说，他弟弟脑袋被打出了血，他们都不去医院，而是回家处理？"

"对，这也是奇怪的地方。他们舍得吃一千多块钱一份的牛排，却不愿去医院包扎伤口，显然不是为了省钱。**最大的可能性就是，怕暴露双胞胎的事情。**"

姚立露出玩味的神情："正常的双胞胎，是不可能对这件事讳莫如深的。如此看来，乔东说的让你保密的理由，只是一个托词。这对双胞胎，肯定隐藏着什么不可告人的秘密。"

听姚立这么说，范娅更感觉不安了，茫然无措地问道："那你说，我到底该怎么办呀？"

姚立叹了口气说道："我让你放手，你又不甘心，可这兄弟俩，确实有些可疑。我也想不出什么好主意了。姑娘，这事还是得你自己拿主意。"

七

整整一个下午，乔东都没打来一个电话，也没有发来一条信息。范娅不知道他是怎么想的，心中难免有些失落。不过转念一想，他弟弟头部受伤，他也许正忙于照顾。而自己当时在场，目睹了这一幕，现在于情于理都应该关心问候一下。于是她发送了一条微信："乔东，你弟弟的头没事吧？"

对方很快就回复了："没事，我已经帮他清理了伤口，并上药包扎好了。只是小伤，没关系的，谢谢关心。"

范娅："你还会包扎伤口，真厉害。"

乔东发了一个苦笑的表情："只是懂一些简单的处理方法罢了。我这个弟弟从小就不省心，没少给我惹麻烦，所以我就被逼着学会这些技能了。"

范娅觉得有些奇怪，他这种说法，好像他们兄弟俩是相依为命一样。那他们的父母呢？她再次发微信问道："你们的爸妈呢？不管管你弟弟吗？"

这一次，乔东隔了好几分钟才回复："他们不怎么管得住，相比起来，我弟弟倒是更听我的话一些。"

范娅想起在餐厅的时候，乔东喝了一声"够了"，乔西也就住手了。于是她回复："确实如此。"

又隔了几分钟，乔东发来信息："今天发生这样的事，实在是非常抱歉。我想，你大概已经做出决定了吧？"

范娅思忖良久，回复："是的。"

乔东："好的，我明白了。很遗憾，无法跟你拥有姻缘。但是希望我们至少能当朋友。"

范娅："你恐怕误会我的意思了。"

乔东："？"

范娅："我做的决定是，跟你继续交往。"

乔东："真的？"

范娅："是的。我觉得你是一个坦诚的人，所以我也可以实言相告，我喜欢你。虽然今天中午发生的事，的确让我有些介意，但是如果仅仅因为这一件事，就让我放弃自己喜欢的人，我会觉得不甘心。"

乔东："我很感动，范娅，真的。你是一个有包容心的好女人。我向你保证，咱们正式交往后，我会尽量避免再发生类似的事情！"

范娅："我相信。但是有一点，我希望你能明白。我的年纪不小了，不能再像二十岁出头的小女孩一样，把恋爱当作成长的过程。明确地说，我跟你交往，就是奔着结婚去的，你能理解吗？"

乔东："完全能。我也是如此。我们都过了不懂事的青葱岁月，不会把恋爱当作游戏了。我也是以结婚为目的，才出来相亲的。"

范娅："我们目标相同，那真是太好了。但是这样，就产生了一个问题，我们如果结婚——当然我指的是以后——我就必须跟你们兄弟俩生活在一起？"

乔东："是的，这恐怕是你必须考虑和接受的问题。"

范娅："我有一个提议，不知道可不可以。"

乔东："你说。"

范娅："我们可不可以试着同居一段时间？"

乔东："你是说，我们三个人？"

范娅："是的。"

乔东："你打算搬过来跟我们一起住吗？"

范娅："恐怕只能如此吧？我总不能让你们兄弟俩搬到我的单身公寓来住。"

乔东："太好了！我觉得这是一个很好的提议。"

范娅："你肯定明白我的意思。跟你相处，我相信不会有太大的问题。重点是你弟弟，我无法猜想以后跟他生活在一起会是怎样的体验，所以只能以同居的方式来尝试一下。"

乔东："我完全明白。我真的觉得这是一个非常好的主意。那么，你准备什么时候搬过来呢？"

范娅："看你什么时候方便吧。"

乔东："明天可以吗？我过去接你。"

范娅想了想，回复："可以。"

乔东："好的，那明天上午十点，我到你家来，帮着你搬东西。"

范娅："不用，你在楼下等我就行了。我就只带些生活用品和衣服，又不是搬家。"

乔东回复了一个"OK"的表情。

结束跟乔东的聊天后，范娅倚靠在床头，长长地吁了一口气。她不确定自己的做法是否得体——才认识两天，就提出搬到男方家住。这样真的好吗？会不会太主动了点？但问题是，她实在想不出更好的主意了。诚然，她可以跟乔东多约会几次，增进了解之后，再循序渐进地同居在一起。她甚至可以提出在他们约会的时候，乔西仍然像第一次那样，坐在隔壁包间，不打扰他们单独相处，但这都等于掩耳盗铃。横亘在他们中间最大的问题，就是她是否能跟这个弟弟和平相处。除了在同一个屋檐下试住一段时间，似乎别无他法了。

想到这里，范娅不再彷徨，她拿出行李箱，开始收拾衣物。

星期日上午十点，范娅拖着行李箱走到小区门口，乔东已经等候在此了。他仍然带着温和的微笑，接过范娅手中的行李箱，放进后备厢，然后对范娅说："你坐副驾好吗？"

范娅点了点头，打开车门，进入车内，这时她才发现，乔西坐在车子后排。秘密已经揭晓，他今天自然不用单独开一辆车跟随左右了。他的头上缠着一圈绷带，出人意料的是，他居然主动跟范娅打了个招呼："Hi。"

虽然表情还是很冷酷，但范娅已经有种受宠若惊的感觉了。她也向对方问了声好，然后问道："你的头没事了吧？"

"没事，小伤。"乔西言简意赅地说。

这时乔东上了车，发动汽车。车子朝郊区方向开去，二十多分钟后，范娅再次来到昨天的美式大宅。

乔东把行李箱拿出来，跟范娅一起朝屋内走去，乔西漫不经心地跟在他们身后。进了家门，乔东说："昨天你只在客厅坐了会儿，现在我带你参观一下整个家，好吗？"

"好的。"范娅点头。

在乔东的带领下，范娅挨着参观了厨房、餐厅、生活阳台、后花园和乔东的画室。剩下的就是六个卧室。这些卧室分布在客厅的两边，左边三间，右边三间。其中，左侧的第一个房间，是乔东的。这个房间窗明几净，床褥整洁，跟主人的脾性十分相符。范娅露出欣赏的表情，她喜欢爱干净的男士。

"除了这个房间，剩下的五个房间，随便你挑。当然，如果你选择住这个房间，我也肯定不会反对。"乔东眨了下眼睛，半开玩笑地说。

范娅当然不会轻浮到入住第一天就跟乔东睡在一起，必要的矜持是一定要有的。她淡然一笑："你没说对吧？应该是剩下四个房间随便我挑。还有乔西的房间呢，你忘了？"

乔东顿了两秒，说道："我没说错，剩下的确还有五个房间。"

范娅一愣，问道："那乔西住哪儿呢？"

"他住在地下室。"乔东说。

"为什么要住地下室？楼上这么多房间。"

"因为他的画室在地下室，而且他很喜欢在夜里作画，地下室能带给他更多的灵感。"乔东解释道。

"可是，地下室的通风条件，不适合长期居住吧？"

"不会，我们这套房子的地下室，安装了好几台空调和新风机，让地下室也能保证空气流通。"

范娅略略点头，问道："我没有看到地下室的入口。"

"你不需要知道，也最好别知道。"乔东说。

"为什么？"

乔东沉吟一下，严肃地说："范娅，你到我家来住，不必有任何拘束，我希望你能把这里当成自己的家。两个花园、客厅、厨房、餐厅、六个房间……总之，地面上的所有房间，你都可以自由出入，随意活动。唯独有一点，就是请你一定不要进入地下室，因为那是属于乔西的私密空间。不但是你，就连我，在没征得他同意的情况下，都不会擅自进入。注意事项仅此一点，希望你能理解。"

不知为何，范娅突然想起了童话故事中的情节：公主嫁给王子后，被告诫城堡中有一扇绝对不能打开的门。毫无疑问，这扇门的背后，隐藏着某个不可告人的秘密。她没有想到，故事中的情节，竟会变成现实。其实乔东只要跟自己说，地下室是乔西的专属空间，她就绝对不会进入了。即便地下室的入口就堂而皇之地摆在客厅，她也肯定不会下去，这是基本的礼数和尊重。可乔东对这件事的强调程度，反而显示了地下室一定不是私密空间这么简单。从地下室的入口居然都是秘密这一点来看，地下室隐藏的东西更是诡秘莫测，让人浮想联翩。

"好的，我知道了。"范娅表态。

"嗯。那么，你选哪个房间呢？"乔东问。

"离你最近的房间。"范娅说。这当然是出于安全的考虑。

"好，我帮你把箱子拿进房间。"

接下来，乔东又拿出一套全新的床上用品，跟范娅两人一起铺床。这种感觉，就像他们是一对新婚宴尔的夫妇。范娅脸颊有些泛红，对于未来的生活，既充满希冀，又感到迷惘。

八

　　住进乔东家的事，范娅暂时没有告诉任何人——包括姚立在内。原因是，以姚立的性格，一旦知道此事，必定会像追剧那样，天天缠着自己询问情况，这样必然会曝光双胞胎更多的秘密，而范娅也没有那么多时间应付这个八卦的闺蜜。所以她决定，除非发生什么特殊的事情，否则这事还是不说为妙。

　　一转眼，她住进乔东家已经四天了。这几天，她基本上早出晚归。由于郊区别墅距公司远了很多，所以她只能比以前提前半个小时起床，步行到附近的地铁站，乘坐地铁上班。乔东提出过开车送她，范娅谢绝了。因为乔东送她就意味着乔西也必须同行。让这个脾气暴躁的弟弟天天早起送自己上班，她可担待不起。

　　范娅中午在公司用餐，下午下班后，则回乔东家吃晚饭。这几天，他们三个人没有再出去吃饭，基本上是乔东贡献厨艺。他烧的一手地道的淮扬菜，手艺不比饭店的大厨差。一个事业有成、才貌双全的男人，居然还厨艺了得，实在是难能可贵。这个男人的完美无缺，又一次得到了印证。

　　不过最重要的是，这几天试住，并没有发生什么不愉快的事情。范娅早上出门，见不到乔西的面；回来之后，只是跟他一起吃顿晚饭。之后，乔西便会默不作声地消失——显然是到地下室去了。晚上基本上是在家里度过的，乔东陪她看电视或者玩游戏，乔西并没有打扰他们的二人时光。

　　如果一直是这样，倒也不错。范娅心想。可问题是，如果结了婚，总有外出的时候，那就又要带上乔西……类似西餐厅那样的事件，会不会再次发生呢？

　　再过一天就是周末了，范娅打算提议外出一次。她认为，在外面是否能相安无事，才是试验的关键。

星期四的早上，范娅照例早起，洗漱、化妆完毕之后，就背上挎包匆匆出门，上班去了。

不料刚走出门几分钟，还没有到地铁站，她突然发现自己来例假了。无奈之下，只有返回家中换裤子，顺便拿几片卫生巾揣在包里。她快步返回家中，用乔东给她的钥匙打开了家门。因为怕影响乔东睡觉，她轻手轻脚，没有发出声音。

进入自己房间之后，她从衣柜里翻出裤子和卫生巾，在房间的卫生间里换好，准备再次出门。就在这时，她听到走廊外传来趿着拖鞋的脚步声和一个男人的声音："她走了？"

隔壁就是乔东的房间，里面的人说道："嗯，上班去了。"

这兄弟俩说话的声音一模一样，但是从对话内容来看，显然问话的人是乔西，而回答的人是乔东。范娅听到了开门的声音，猜到乔西进入了哥哥的房间。由于他们以为家里没有别的人了，乔西没有关上房门。范娅将门拉开一条缝，可以清楚地听到他们的对话。

其实，她本来是无意偷听的，但因为乔西第一句话就问她是否走了，让她本能地感觉到，他们接下来的对话，也许跟自己有关。

果不其然。

"她来这个家已经好几天了，你是怎么打算的？"

"什么怎么打算？"

"我有点忍不住了。"

听到这里，范娅的心猛地抖了一下。如果没猜错的话，说这话的人肯定是乔西。他忍不住了，什么意思？他想干吗？

"我是真心喜欢她。这种事情，要两相情愿才行。如果她不愿意，我是不会强迫她的。"

"那今天晚上，你陪我出去一趟吧。"

"如果让范娅知道了怎么办？"

"我们在她睡着之后出去，她不会知道的。再说了，就算她知道我们出去，也不可能知道我们去干什么。"

"但她会生疑，我们俩为什么要半夜三更跑出去？如果她这样问我，我没法回答。"

"尽量不让她知道就行了。"

接下来，便没有再传出说话声了。刚才那番对话听得范娅心惊胆战，脸红心跳。她不敢再在房间里待下去，于是不声不响地打开房门，蹑手蹑脚地离开了这个家。

接下来的半天，范娅几乎都是在浑浑噩噩中度过的。同事给她的资料和报表，她也只是简单浏览，根本没有认真看进去。双胞胎兄弟的对话在她脑海中萦绕盘旋，挥之不去。这种状态，严重影响了她的心情和工作。中午吃饭的时候，她谢绝了蔡姐和其他同事的邀约。根本没有胃口的她，打算独自在办公室里清静一下。

范娅感到不适。她想起了那天西餐厅发生的事。现在看来，她猜得一点没错，这对双胞胎兄弟，拥有一样的身体感受。

问题是，痛感也就罢了，连那方面的感觉也能感同身受？这一点，她难以接受。这意味着，如果她跟乔东结婚，每次夫妻生活的时候，都有另一个人在暗处悄悄享受着快感。反过来说，乔西如果跟某个女人在一起，乔东也会在某些时刻获得诡异的快感。

光是想想，她就起了一身鸡皮疙瘩。

另外，乔西对他哥哥提出的"今天晚上，陪我出去一趟"的要求，她也非常在意。当时，乔东根本没有询问出去做什么，只是担心这事被自己知晓。可见他们之前就做过这样的事，而且显然不止一次。

两个大男人，深更半夜溜出家，无论怎样想，都不像是去干什么正经的事。如果只是乔西出去，倒也罢了，关键是，乔东也要跟着他出去鬼混。不过，他好像没法不跟着，这对双胞胎兄弟间的距离必须保持在三十米以内。

这两个人太不正常了。一瞬间，范娅心里打起了退堂鼓。干脆算了吧……趁现在还没有陷进去，全身而退好了。

可这时，她偏偏又想起了乔东说的，他是真心喜欢自己。而且他对恋爱的态度和对女性的尊重，都显示他是一个真正的绅士。这样的好男人，真的要放弃吗？复杂而矛盾的心情占据了她的心头。

思索良久之后，范娅觉得，别的事情，她都可以装聋作哑，假装不知。但这兄弟俩夜里溜出去这件事，她实在是无法掩耳盗铃。因为这件事不管乔东是否被动，他总归参与了。她必须确定未来老公的人品是否有问题。

既然天意让她偷听到了他们的谈话，干脆就一不做二不休吧。

九

下午下班后，范娅乘坐地铁回到乔东的家。今天晚上，乔东又做了几道简单而美味的菜肴：白灼虾、清炖狮子头和糖醋里脊。范娅以前住在单身公寓的时候，从来没开过火。晚饭要么点外卖，要么跟姚立一起出去吃香喝辣。回到家能吃一顿热腾腾、营养健康的饭菜，实在是倍感温馨。

三个人坐下来吃饭，乔西仍然是一副扑克脸。跟范娅在一起的时候，他总是沉默寡言。好在乔东一直在给范娅夹菜，和她聊天，这顿饭吃得倒也热络。

晚饭过后，乔西又消失了。范娅帮着乔东刷完碗后，两人照例坐下来看剧。最近他俩迷上了一部悬疑美剧，基本上保持着每晚看两集的节奏。看完之后，已经十点多了。两人互道了晚安，范娅回到自己的房间，把门关上。

如果没猜错，今天晚上，这兄弟俩一定会悄悄出去。但范娅不能确定时间，只能提前做好准备。

她脱下职业套装，换上一套深色运动服，束起自然披散的头发，戴上一顶运动帽，再把下午在眼镜店买的一副黑框平光眼镜戴上，穿上运动鞋，擦掉口红——走到穿衣镜前一看，范娅差点都没认出这是自己。她相信，只要不近距离接触，乔东兄弟俩绝对无法识破她的变装。

准备完毕之后，范娅将屋内的灯关闭，造成一种她已经上床睡觉的假象。实际上，她正守候在卧室门口，将耳朵贴在门上，聆听着外面的动静。

十一点的时候，客厅里有人——估计是乔西——小声问道："她睡了吗？"乔东"嗯"了一声。乔西说："那我们走吧。"

范娅听到了他们开门和关门的声音。隔了十几秒，她从房间里出来，将卧室门带上，然后走到门口，拉开大门。通过脚步声判断，这兄弟俩应该是朝车库走去了。

范娅立刻穿过花园，来到外面的大街上。这里虽然是郊区，但因为临近机场，所以街道上的出租车还不少。范娅招手拦了一辆空车，坐进副驾。司机问："去哪儿？"

这时，乔西的黑色保时捷从车库里开了出来。范娅说："跟着前面这辆车，适当保持点距离，别跟丢了。"

司机瞄了她一眼，露出了然于心的眼神，仿佛这种事情他经历过多次了。

道路上的车流不算密集，也不算稀疏，正适合跟踪。这个出租车司机果然有经验，始终保持着不远不近的距离。加上黑夜的掩饰，前面的驾驶者很难发现自己被跟踪了。

四十分钟后，黑色保时捷驶入市区中心，在一条灯红酒绿的酒吧街前停了下来。范娅提醒司机放慢速度，她看到，乔东兄弟俩从车上下来，朝酒吧街走去。她扫码付费，迅速下车，紧跟其后。

这兄弟俩此刻看上去一点都不像双胞胎。毫无疑问，他们只要一起出门，一定会有一个人彻底变装，尽量跟另一个人区别开来。乔东的打扮跟平时差不多，绅士风；乔西则身穿韩风潮服，仍然戴着棒球帽和无框墨镜。他们俩走在酒吧街上，无疑成了整条街上最耀眼的两个人。每家酒吧都在招揽客人，尤其渴求他俩这样的万人迷。但他们目不斜视，对途经几家酒吧的招揽置之不理，径直朝前方走去。显然这条街上有一家他们经常光顾的店，看来是长期的据点。

范娅埋着头跟在他们身后，仅仅相隔不到十米的距离。现在虽然已是将近晚上十二点，但对于混迹夜店的人来说，夜生活才刚刚开始。这条全城有名的酒吧街，此刻热闹非凡。年轻男女穿梭其中，乔东兄弟根本没有注意到有人跟随其后，他们进入了一家叫作"BAR MU"的酒吧。

这家店共有三层，一二层是热吧，喧嚣吵闹，音乐刺耳，音响师在舞台上打着碟片，露出整条手臂上的刺青。舞台中间聚集着表演热舞的性感辣妹，舞池中红男绿女们扭动腰肢，肆意狂舞。

然而，乔东兄弟似乎不喜欢这种过于喧闹的场合。他们从楼梯走上三楼，仿佛进入了另一个世界。这一层是露天的清吧，民谣歌手在舞台上弹奏吉他，低声吟唱。客人们喝酒聊天，气氛清雅。

乔东兄弟俩选了一张桌子坐下，范娅跟着上楼，选了另一张桌子落座，中间隔着另外两桌人。酒保上前询问喝点什么，她随便点了一杯鸡尾酒，然后拿出手机假装在玩，实际上是在暗中观察几米开外的乔东兄弟。

酒保给乔东兄弟俩拎来一打啤酒，又端上果盘和零食。他们俩各自倒酒，一边喝酒一边听歌，也没有做什么别的事。范娅心中不禁犯疑——这俩人早上说得那么神秘，就像晚上要做什么惊世骇俗的事一样，敢情就只是在清吧喝喝酒、听听歌？这有什么好隐瞒的，正大光明出来不就行了吗？

几分钟后，她发现情况发生了改变。不是这兄弟俩，而是坐在周围的人。他们似乎都注意到了这两个大帅哥，开始窃窃私语，甚至还有些之前在一二层的人——多数是年轻女孩——特意跑上三楼来看他们。这些人中，有些腼腆和羞涩的不敢直接上前，只是隔着几米远悄悄地看；有些大方的女孩直接走到了他们跟前，问道："帅哥，我们可以坐这儿吗？"

乔东没有搭腔，乔西也只是默默点头应允。即便如此，这些女孩仍然喜不自胜，有四个女孩坐到了他们身边或对面，主动拿起酒杯，向两位帅哥敬酒。

以上观察让范娅隐约感觉，乔东兄弟俩在这家酒吧是犹如明星般的存在。他们显然来过多次，而这家店的客人也对他们盼望已久。所以当他们一出现，便立刻有女孩主动上前搭讪。之所以得出这样的结论，是因为范娅注意到，在场的单身帅哥，并非只有他们两个，但只有他们得到了如此关注和青睐。

现在最关键的就是看他们的态度了，特别是乔东。范娅告诉自己，如果乔东是一个行为不端的花花公子，她明天就搬出那个家，然后跟他断绝联系。

又有女生靠近他们了，服务生把旁边一张桌子都拼了过来。现在坐在他们俩身边的女生，有八九个之多，个个都姿色出众。乔西一律来者不拒，跟她们推杯换盏，逐一喝酒。他显然酒量甚佳，每次仰脖干杯，都引发女生们鼓掌叫好。

反观乔东，在这种场合下，倒显得格外高冷。女生们聚过来之后，他就自觉地坐到最右侧，看起了手机。有女生向他敬酒，他就摆手拒绝。多次之后，女生们自讨没趣，也就不再管他了，全都围在乔西左右。

范娅对乔东的这一态度，实在是满意到了极点。看来，他只是迫于无奈，才陪弟弟来的。谁叫他们兄弟俩必须形影不离呢？

看到这里，范娅有点想回去了。她不知道乔西要喝到什么时候，她也不关心这一点，只要乔东不是花天酒地的人，她就感到欣慰了。

这时，坐在乔西身边的一个女生掏出手机，开启自拍模式，说道："帅哥，咱们合个影吧。"

正在喝酒的乔西还没来得及做出反应，坐在边上的乔东却悚然一惊。他站起来，一把将那女生的手机夺了过来，说道："不行！"

那女生明显有些不满，说道："我又没跟你合影，你来什么劲呀？"

乔东没有把手机给她，看起来像是在检查图库，看这女生有没有拍到乔西。女生觉得隐私受到了侵犯，大声抗议："你凭什么看我手机？"一边说，一边就要上前来抢。不料，醉眼迷蒙的乔西一把将她抓住，露出凶狠的眼神说道："你敢这样跟我说话？"

那女生明显有点蒙，委屈道："我说的是他呀，不是你。"

"**他就是我，我就是他。**"乔西说。

女生愣住了。乔东眉头一皱，似乎认为乔西说了什么不该说的话。他把手机还给那女生，走过去抓住乔西的胳膊，说道："你喝多了，走吧。"

乔西挣脱哥哥的手，一脸坏笑地说："走哪儿去？**正事还没办呢。**"

乔东无奈，叹了口气，一个人朝卫生间的方向走去，恰好路过范娅身边。范娅赶紧低头喝酒，乔东擦身而过，根本没注意到她。

哥哥走后，乔西明显更加放纵了，跟身边的两三个女生出现了亲昵、暧昧的举动。范娅懒得看他，坐在位子上回忆刚才的细节。

首先，乔东为什么对拍照这件事如此介意？只是合个影而已，犯得着那么紧张吗？况且那女生又不是跟他们兄弟俩合影，也不会暴露双胞胎的事情。思来想去，唯一的可能性是，乔东怕这样的照片流传出去之后，别人会误以为这个人是他。

其次，就是乔西说的那句"他就是我，我就是他"。当然这句话可以理解为，他们兄弟俩感情很好，形同一人。但是从乔东的反应来看，似乎认为乔西是酒后失言，立刻就要带他离开此地。如此看来，**这句话难道别有深意？**

范娅实在无法领悟个中缘由。不多时，乔东从卫生间回来了，但他并没有回到乔西和那群女人身边，而是自己找了个单独的位子坐下，点了一杯起泡酒。其间又有几个女孩过来搭讪，他都没怎么理会。

按理说，范娅完全可以回去了。但刚才乔西说的一句话，又令她感到好奇。**他说的"正事"还没办，是什么"正事"呢？**

凌晨一点的时候，范娅觉得自己快坚持不住了。她上了一天的班，加上现在还是经期，此刻已经疲乏困倦到了极点，刚才差点儿撑着脑袋睡着。乔西还在跟一群女人喝酒，乔东则在一旁玩手机。范娅不知道他要喝到什么时候，她在心中默默打算——半个小时内，如果他们还不走，她说什么都要回去睡觉了。

又等了十分钟，乔西仍是一点离开的意思都没有。范娅去卫生间上厕所，顺便换卫生巾。出来一看，糟了，就这几分钟时间，这兄弟俩和那一群女人就都不见了！

她赶紧朝楼下走去，寻思这么一会儿工夫，他们不可能走太远。追到店门口，左右环顾，在街对面看到了熟悉的身影。乔西明显喝醉了，由两个女人架着，乔东双手揣在裤兜里，一副不耐烦的表情。另外那些女人不知道上哪儿去了。

范娅过了街，谨慎地跟在他们四个人身后。现在街道上的行人和车辆已然十分稀少。在这种安静的情况下，她听到扶着乔西的一个女人问道："咱们去哪儿呀？"

"去前面……公园。"乔西醉醺醺地说。

"这么晚了，去公园干吗？"那女人问。

"走吧，少废话！"

两个女人无奈，只有架着他朝前方走去。

范娅知道，这条街的尽头有一个对市民免费开放的市政公园。不过她跟这两个女人一样感到疑惑不解。凌晨一两点钟，去公园做什么？

她想不出答案，只能尾随他们朝公园走去。

人生的前三十多年，范娅从来没有半夜三更进过公园。她原本以为，此时的公园内肯定一个人都不会有。但她进入其中，才发现事实并非如此。

当然，半夜的公园肯定不会像白天那样热闹，但也不是想象中那样寂寥。此时的公园里居然有零星的游人——或许不能叫作游人。经过观察，范娅认为这些"夜游神"大概是由以下几类人组成的：流浪汉、酒醉鬼、失眠者和小情侣，甚至还有夜跑的人。她无法想象半夜三更锻炼的人是出于何种心态，但她必须感谢这些人。因为他们的存在，让她这个跟踪者显得不那么突兀。

乔西一米八五的大个子，加上喝醉了，两个女人扶着他自然是非常吃力。这时前面出现了两个凉亭，亭子旁有明亮的路灯。左边的凉亭里坐着一对小情侣，右边的凉亭空无一人。两个女人打算把乔西扶到右边去休息一下，不料他用手指了一下左边，说道："去那边。"

"那边有人了。"一个女人说。

"那有什么关系？"乔西甩开她们，自己朝左边凉亭走去。两个女人无奈地对视了一下，只好跟上。乔西在凉亭的长凳上大刺刺地躺下，两个女人坐到他身边，嘘寒问暖，仿佛才认识几个小时，芳心就已被彻底俘获。

乔东没有进这个凉亭，站在旁边，双手揣兜，不知道他在想什么。凉亭里那对小情侣也不避讳，仍然依偎在一起，你侬我侬。

范娅不敢再靠前了。即便她变了装，但是从酒吧一直跟到公园，如果被他们发现，必然生疑。她只能悄悄绕到另一个方向，在树木的掩护下，暗中观察这对兄弟。

几分钟后，一个夜跑的中年男人也走进这个凉亭休息，大概是觉得这个凉亭人多，在这深夜里，更有人气一些。两个女人似乎不愿再待在这里了，有个女人趴在乔西耳边，轻声耳语，然后暧昧地一笑。不用听，也能猜到她有何建议。

乔西听了她的话，从长凳上站了起来，说了句："不用，这儿就可以。"

接下来，令人大跌眼镜的事情发生了。

他脱掉了自己的外套，里面是一件短袖T恤。没等身边的人反应过来，他又把T恤也脱了，露出一身结实的肌肉。接着，他解开了裤子，将裤子不慌不忙地脱掉，直到全身赤裸。

他面前的两个女人，身后的那对小情侣、夜跑的男人，全都惊呆了。他们大张着嘴，瞪大眼睛。躲在暗处的范娅捂住了嘴，猜想自己的表情应该跟他们完全一样。

从这两个女人惊愕的表情来看，今天晚上遇到的事，实在是前所未有。她们似乎有些无法接受，在这公共场合，众目睽睽之下，如何……

至于那对小情侣，此刻已经吓得走出了凉亭。女生遮挡住眼睛，男生则一步三回头，似乎想观看后续，却被女友强行拉着离开了。夜跑的大叔不知出于何种心态，并没有走，大概是想留在原地看好戏。

范娅感到羞耻和震惊，脸变得滚烫。她望向乔东，发现他也看着赤身裸体的弟弟。但他是所有人中唯一不感到惊讶的，仿佛这样的事情，他已经经历过多次了。对于弟弟的暴露行为，他没有表现出震惊，也没有表示谴责。只是在看到光着身子的乔西后，就扭过头去，不再管他。显然这件事对他来说早已司空见惯、不足为奇。

夜跑大叔直愣愣地看着眼前的一幕，慢慢地，他从裤兜里掏出手机，想要拍照或摄像。就在他刚举起手机的时候，乔东出现在了他面前，对他说："不要拍照。"夜跑大叔只能把手机揣回裤兜。

接下来的画面，范娅不想再看下去了。她悄悄离开，从另一条小路走出了公园。她来到大街上，拦了一辆出租车，返回乔东家。

坐在车上，她发现本该疲倦的自己竟然睡意全无。刚才发生的一幕仿佛就在眼前，挥之不去。她听说过暴露狂，也知道一些人有着特殊的癖好。但她没有想到，这样的人，竟然会是她男朋友的弟弟。

而乔东的态度，也令她感到心寒。他居然就那样站着，什么都没有做。他显然早就知道弟弟会做这样的事了。现在，范娅终于能理解他们俩为什么要瞒着自己偷偷出来。前面的喝酒、和女人厮混全是铺垫，最后这记大招，才是今晚的重点。

现在最关键的是，得知此事后的她，应该何去何从。如果她嫁给乔东，就意味着必须跟他的暴露狂弟弟生活在一个家中。这样的事情，无法让人不介怀。

而乔东的态度——仔细想来，他又能怎样呢？弟弟有这种特殊的癖好，想必身为哥哥的他，也不是没有劝导过。但乔西的脾气，岂会轻易听从？无奈之下，哥哥只有被迫陪同。而他能做的，大概也就是为弟弟把风放哨吧。

我是在试着说服自己接受这件事吗？范娅突然意识到这一点，不禁陷入矛盾和苦恼中。到底该怎样面对此事，她竟然没了分寸。思忖良久，她做出了一个决定——这件事，她不能再独自承受了，必须找一个关系密切的人帮自己出谋划策才行。

最适当的人选，当然是姚立。

十一

乔东兄弟俩昨夜是几点回家的，范娅不得而知。回去之后，折腾了大半夜的她倒床就睡。清晨起来，她依旧在洗漱化妆之后出门上班。乔东的房门是关着的，显然熬夜归来的他，还没从睡梦中醒来。

乘坐地铁的时候，范娅给姚立发了一条微信，约她晚上一起吃饭。姚立爽快地答应了。中午，范娅给乔东发信息说今天晚上要跟闺蜜一起聚餐，就不回去吃饭了。乔东没有异议。

晚上六点半，范娅和姚立在约好的餐厅见了面。点好菜后，姚立问："你最近跟那个乔东怎么样，还在联系吗？"

范娅本来就想跟姚立商量此事，自然做好了和盘托出的打算。她说："几天前，我搬到他家去住了。"

"什么？动作够快的呀你。我还想问你们有没有联系，结果你们都住一块儿了！"

"只是住在同一套房子里而已，是分房睡的。"

"那你搬过去干吗？"

"主要是为了体验一下跟他们兄弟俩生活在一起，会不会有什么问题。"

"那经过这几天，你感觉怎么样？"

范娅叹了口气，说："我在无意中，发现了他们的一个秘密。"

"什么秘密？"姚立两眼放光。隐私和秘密是她最感兴趣的聊天内容。

范娅把那天从早上返回家中偷听到的谈话，到晚上跟踪至酒吧和公园后发生的所有事情，全都告诉了姚立。其间上了两道菜，但她们一筷子都没动。姚立听得敛声屏气，聚精会神。

范娅讲完之后，姚立问了一个出人意料的问题——她的关注点，好像每次都与众不同："他们去的那家酒吧，叫什么名字？"

"店名是英文，我忘了。"范娅说。

"你好好想一下，能记起来吗？"

范娅觉得难以理解："我跟你讲的这件事情中，最让你感兴趣的难道是这家酒吧？"

"嗯……不是，你先跟我说这家酒吧叫什么名字，我一会儿再跟你解释。"

"我说了我想不起来了。"

姚立一连串说出好几家店名，范娅都否认了。当姚立问到是不是"BAR MU 酒吧"的时候，范娅想起来了，说："对，就叫这个名字。"

"这家店有三层，最上面一层是清吧，对吧？"

"没错。"

姚立舒了一口气，面露喜色："我知道了。"

"你知道什么了？这家酒吧怎么了？"

姚立说："范儿，你平常不喜欢去夜店，不知道在本市的夜店圈，有一个传说——有两个超级大帅哥，会时不时地出现在某家酒吧。他们每次喝完酒，临走之前，一定会带上两个女孩。但是，这两个神秘的大帅哥拒绝跟任何人合影，也拒绝透露他们的名字，所以没有人知道他们姓甚名谁，也没人有他们的照片。但是——"说到这里，她不禁激动起来，"我现在知道他们是谁了。"

范娅盯着姚立的眼睛，轻哼一声："你这么兴奋干什么？"

"从你昨天跟踪的情形来看，跟这些女生胡搞的，不是只有那个乔西吗，你男朋友并没有做什么出格的事。"

"但他亲眼看到自己的弟弟在公园里做龌龊的事，却无所作为——这一点让我难以接受。"

"那你要他怎么样，跟他弟弟划清界限，断绝联系吗？你跟我说过，他们俩是十分特殊的'同心同卵双胞胎'，彼此不能分离。所以作为哥哥的他，只能陪同。其实我觉得，在那种情况下，乔东能够做到洁身自好，已经很不容易了，难道不是吗？"

范娅缄口不语了。这时，她们的菜都上齐了，两人拿起筷子，开始进餐。

吃了一会儿，范娅说："对于乔东，我确实没什么好指责的。但他那个弟弟乔西，有着如此不正常的癖好，以后我要是真的跟他成了一家人，心里难免会别扭。"

"我看你是多虑了。"姚立说，"他的特殊癖好，并没有影响到你，也没有伤害到任何人。昨晚那两个女生，肯定是自愿的，不是被强迫的吧？目睹这一幕的人，如果看不惯，也大可走开。"

范娅身子往后仰了一下，斜睨着她："你不是认真的吧？"

姚立放下筷子，喝了一口柠檬水，说道："这个世界上，有各种各样怪癖的人多了去了。只不过，多数情况下，他们都不会让自己的熟人、朋友知道罢了。就像这次的事，如果不是你恰好回去拿卫生巾，偷听到他们兄弟俩的谈话，你会知道这个秘密吗？"

范娅想了想，说："那照你的意思，我应该假装不知道这件事，继续跟乔东相处下去？"

姚立点头："你要是因为这事就跟乔东分手，那作为哥哥的他，也太委屈了。"

范娅始终还是有些不放心："可是，乔西的行为如此不检点，他会不会……对我出手？"

姚立抿嘴一笑："那你也不吃亏呀。"

"去你的！我喜欢的只有乔东，对他那个弟弟，我一点感觉都没有。"

姚立眨了眨眼睛，盯着范娅说："那你把他弟弟介绍给我吧。"

"可以啊，改天你去公园的凉亭里邂逅吧。"范娅揶揄道。

"我是认真的。"

范娅定睛望着姚立，从她的眼神中读出了认真的意味。她难以置信地说："你真不是在开玩笑？你喜欢这种……暴露狂？"

姚立深吸一口气，抬头望着餐厅顶部的水晶吊灯，仿佛陷入了回忆。半分钟后，她喃喃道："我们虽然是多年的好朋友，但是有一件事，我从来没有跟你说过。"

范娅很少看到姚立如此严肃，便问道："什么事？"

姚立说："读书的时候，我喜欢上了班上的一个男生，他也喜欢我。一天晚自习的时候，我们俩逃课了，到离学校不远的河边约会。本来只是牵牵手，聊聊天，结果走到一处无人的河滩，他突然抱紧我……那是我的第一次。"

范娅皱了皱眉，摇头道："在野外，你们不担心被人发现吗？"

"激情燃烧的时候，我们无法保持理性思考。结果就是，你说的这种情况，真的发生了。"

"有人来了？"

"是的，几个端着盆子到河边来洗衣服的女人，估计就是附近的住户，为了节约水，到河边来洗衣服。她们发现了我们，我们也看到了她们。"

"我的天哪……"

"你大概无法想象，这件事对我的影响有多大。"

"你是说，给你造成的心理阴影吗？"

姚立沉默良久，说道："恰好相反。这件事给了我前所未有的刺激感，并且由于是我的第一次，印象自然更加深刻。之后，我跟这个男生的恋情没有持续下去，我又交了不同的男朋友。但是没有任何一次，能带给我可以跟那天晚上相提并论的刺激。渐渐地，我对于一般的男生不再有期待和兴趣，后来甚至发展成了性冷淡……"

说话的同时，姚立垂下了头。范娅呆住了，好一会儿之后，她问道："难道，这就是你一直不结婚的原因？"

"对。"姚立承认了，"正常的男人，无法理解我。渐渐地，我便将自己封闭起来，很长一段时间没有再跟男人交往。"

范娅没有想到，自己最好的闺蜜，竟然有着这样的过往和心结。"我看过心理医生，我猜，那个乔西，会不会也是如此？"

"听你这么说，你们俩……还真是挺般配的。"

"我不知道他是不是有跟我类似的经历，但我想，我能理解他，他也会理解我。在茫茫人海中，能够找到心意相通的人，是很难得的。"

"好吧，我懂了。但是，我恐怕没法把他介绍给你认识。因为这样，等于暴露了他们是双胞胎的秘密。"

"我真搞不懂他们为什么要隐藏这个秘密。也罢，你已经给我提供线索了——BAR MU 酒吧。"

"你不会真的要在这家酒吧守候，直到邂逅他们吧？我刚才是开玩笑的。"

"没关系，你知道，我本来就喜欢去夜店。只不过从此以后，把主要阵地转移到这家酒吧而已。"

"可是，就算他们来了，你也不一定能成功俘获乔西呀，围着他转的女人，可不是一个两个。"

"那你就小瞧我了。"姚立轻启朱唇，魅惑地一笑，"我混迹夜店多年，自然有我的招数和手段。"

十二

跟姚立吃完饭后，范娅乘坐地铁返回乔东家中。客厅里只有乔东一个人，正坐在沙发上看书。见范娅回来了，他微笑着问道："今晚跟朋友去哪儿吃的？"

"一家湘菜馆，味道挺不错的。"范娅坐到乔东身边，"什么时候我们也去吃？"

"好啊。"

范娅笑了笑。

"今晚是跟几个朋友聚会？"

"就一个，我最好的闺蜜。"

"真好。"

范娅微微一怔，突然想到一个问题。跟乔东认识到现在，他从来没有提起过自己的亲人和朋友。按理说，像他这样有钱、大方、性格又好的男人，人缘应该非常好才对。但是这么多天，他过的几乎都是深居简出的生活，从来没有跟任何朋友见面或者联系过，就连电话、微信都很少。范娅不免觉得奇怪，打算试探着询问一下。

"对了，你的朋友呢，怎么很少听你提起。"

"我的朋友多数都是艺术圈的，这些人平常都在自己的工作室搞创作，还有些定居在国外，难得见一次面。"乔东说。

范娅"哦"了一声，又问："那你的父母和亲戚呢？"

"他们都在老家。"

"你老家在哪里？"

乔东顿了一下，说："江州。"不等范娅继续提问，他岔开了话题，"我们接着看剧好吗？昨天正好看到吊胃口的地方，我一直等着你回来继续看呢。"

"好吧。"范娅只好同意。她能感觉到，乔东不太想聊自己的家庭状况，也不愿多提自己的亲人朋友。但她不明白，这是为什么。

乔东打开电视，播放下载好的美剧。范娅抱着一个抱枕，表面上在看剧，实际上有点心不在焉，总是忍不住想，乔东为什么对自己的过往如此讳莫如深。

两集美剧看完后已经是晚上十点半了。乔东问范娅想不想吃消夜，范娅谢绝了。之后，乔东跟她道了晚安，回到自己的房间。

往常，范娅也会回自己房间，但是今晚，她想要有所改变，或者说，有所突破。

范娅走到乔东的房间门口，轻轻敲了敲门。几秒后，乔东打开了房门。他脱掉了外套，穿着T恤，看样子似乎正准备洗澡。

"有什么事吗？"乔东问。

"你现在不急着睡吧？"

"嗯。"

"那我可以在你房间坐坐吗？"

"当然可以。"乔东笑了，做了一个"请"的姿势。

自上次参观完整个家之后，范娅还是头一回进入乔东的房间。这间卧室保持着一如既往的干净、整洁，对于一个大男人来说，实在是难能可贵。乔东招呼范娅坐，范娅却提出想在房间里看看。

这个卧室除了床、衣柜、单人沙发，还有一个很大的书柜。范娅走近一看，书柜里放的基本上都是老版、绝版的经典漫画书，她看到了很多熟悉而怀念的漫画书，说道："你收藏了这么多漫画书呀，太棒了！"

乔东笑道："之前不是跟你说过吗，我是个不折不扣的漫画迷，这些漫画书，很多是从我读小学的时候就开始收藏的。"

"那真是太不容易了，每一套都是齐的，而且保护得像新书一样。"

"我很爱惜书籍。实际上，对身边的所有事物，我都比较爱惜。"

范娅向乔东投去赞赏的目光，对这个男人的喜爱，又增加了几分。她随手抽出一本漫画书，翻阅了一下，仿若回到了少年时代。感慨一番之后，她将书放回原处。这时，她注意到书柜第三层的最左侧，有一个相册。

相册这种东西，跟老版漫画书一样具有浓浓的怀旧气息。现代人除了婚纱照、毕业照之类的，已经很少用相册来装照片了，照片多数都保存在电脑和手机中。乔东刚才说，他是一个爱惜身边事物的人，换句话说，也就是一个念旧的人。所以，他才会保存相册这样的物品吧。而对于范娅来说，翻看相册显然是了解乔东过去的最好方式。她问道："我可以看看这本相册吗？"

乔东略微犹豫了一下，说："可以呀。"

范娅把相册从书柜中抽出来，坐到床边，开始翻看。第一页所展示的，是几张很有年代感的黑白照片，记录的是乔东小时候的样子。小男孩眉清目秀，皮肤白皙，比着剪刀手，露出顽皮的笑容，看上去可爱极了。范娅笑道："你小时候也太乖了吧，就跟小童星似的。"

"大家都这么说。"乔东坐到范娅身边，手臂轻轻搭在她的肩膀上。范娅的心跳加速了，表面上却波澜不惊。她继续翻看照片，看到了一张合影：背景是外滩，照片上有三个人，站在小乔东身后的，一看就是他的父母——两个相貌堂堂、气质不凡的中年人。范娅问："这是你爸妈吗？"

"嗯。"

"怪不得你长得这么好看，看来是继承了你爸妈的优良基因呀。"

"哈哈，谢谢夸奖。"

接着翻看的过程中，范娅见到了小学、中学和大学阶段的乔东，每一张照片中乔东都洋溢着朝气。但是渐渐地，她意识到了一件奇怪的事——**整个相册中，居然没有一张乔西的照片**。她忍不住问道："怎么没有看到乔西的照片呢？"

"乔西的照片，在他的相册里。"乔东回答。

"但是，你们兄弟俩总不会没合过影吧？"

乔东沉吟了一下，说道："你说对了，我们还真没有合过影。或者说，很少合影。"

"为什么？"范娅十分不解，"一般的双胞胎，都会一起合影吧，况且你们俩还形影不离。"

"是这样的，乔西很不喜欢拍照。就连他自己的单人照，都没有几张，更别说合影了。以前小时候，每当爸妈叫我们合影，他就跑开了。渐渐地，大家就不叫他拍照了。"

这不是实话。范娅想起了夜店里的一幕。某个女生提出想跟乔西合影的时候，乔西本人并没有拒绝，出面阻止他们拍照的，其实是乔东。当然，范娅不可能揭露这一点。但她心中非常疑惑——这到底是怎么回事呢？

"咱们别看照片了好吗，做点别的事情吧。"乔东一边说，一边试图将相册合拢。

"还有两页就看完了，"范娅半开玩笑地说，"怎么，该不会这个相册的最后两页，有什么私密照片吧？"

"有我的裸照。"乔东说。

范娅不知道他是不是在开玩笑，也许是调情，她眉毛一挑，说道："那我就更要看了。"

乔东尴尬地笑了笑，只好随她去了。范娅翻到倒数第二页，这些照片看起来是乔东的大学毕业照，并没有什么裸照。她抿嘴一笑，翻到了最后一页。

这一页，只有一张照片。当范娅的眼睛接触到这张照片的时候，她脸上的表情僵住了。

这是一张合影，照片中是一对男女。男的那个自然是乔东，而那个女的，是她自己。

"啊……这是？"范娅惊讶地捂住了嘴。

"跟你很像，是不是？"

范娅仔细辨认了一番，从眼角眉梢的细微之处找到了自己和照片上这个女孩的些许差别，加上她对这张照片的背景毫无印象，这才意识到这并不是自己，而是一个跟她长得很像的女孩。

"这是谁？"范娅问道。

乔东迟疑了一阵，说道："我的前女友。"

"你的前女友，跟我长得这么像？"

乔东默默点了点头。范娅意识到自己应该换一种问法，于是她问道："你找女朋友，是以前女友为标准的吗？"

乔东叹了口气，说道："我就是怕你这样想，才一直没有把前女友的事告诉你。现在，你既然已经看到了她的照片，我就把一切都告诉你吧。"

范娅望着乔东。

"她叫清玲，是我大学毕业后交往的第一个女朋友。无须讳言，我跟她感情很好，几乎到了谈婚论嫁的地步。但是，就在我们准备结婚之前，发生了一起意外。她喜欢极限运动，在一次高空蹦极的时候，绳子断裂，她坠落水中，溺水身亡了。"

说到这里，乔东露出悲伤的神情。范娅说："对不起，我不知道她已经……"

"没关系，这是几年前的事了。"

"发生意外的时候，你在场吗？"

"在，但是我没有跟她同时蹦极。意外发生的时候，我就在现场，眼睁睁目睹了这一幕，却无能为力。"

范娅能理解他当时的痛苦，问道："你是不是很久都没能走出这个阴影？"

"是的，这件事给我的打击很大。之后的两三年，我无法走出心理阴影，更无法开展新的恋情。现在你知道，我为什么保持好几年单身了吧？"

范娅点了点头。

"本来我以为，我可能很难再恋爱了。但是当蔡姐把你的照片发给我看的时候，我惊呆了。因为你跟她实在是太像了。当时我有一种感觉，就是上天给我关上了一道门，又给我打开了一扇窗。于是我毫不犹豫地答应了相亲。"

这番话令范娅心中五味杂陈："这么说，你跟我交往，是把我当成了清玲的替代品？"

"不！"乔东双手抓住范娅的肩膀，动情地说道，"我不想骗你，或许一开始，我是这样想的。但是跟你接触之后，我被你的美丽、大方、知性吸引了。你跟清玲是长得很像，但你有着跟她截然不同的人格魅力。吸引我的，正是这一点！我爱上的，也是你这个人，绝不是把你当成了清玲的替代品！"

范娅被乔东这番真挚感人的话语打动了。她说："我明白了。那么，希望我能驱散你心中的阴影，让我来陪伴你吧。"

"不用'希望'，你现在已经做到了。"

两个人对视，乔东的嘴唇试探着靠近范娅的面庞，范娅闭上了眼睛。他们温润的嘴唇黏合在了一起，并情不自禁地紧紧相拥。

一阵漫长的热吻之后，范娅在乔东的耳畔低语："有一件事，你好像忘了。"

"什么事？"

"你的裸照，现在都没有让我看到。"

乔东了然一笑，耳语道："裸照没有，但我可以让你看裸模。"说着，他一颗一颗地解开了衬衣的扣子。范娅面红耳赤，捂着嘴"咯咯咯"地笑。

乔东脱掉身上的衣服，露出结实的肌肉。他们的手在彼此身上探索、游弋，像两条鱼。迷迷糊糊中，范娅听到一句语焉不详的话语：

"太棒了，我的小男孩。"

"你说什么？"范娅问。

"没什么。"

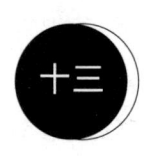

十三

一对恋人，往往是在有了肌肤之亲后，感情才逐渐牢固的。柏拉图式的精神恋爱，大概只适合柏拉图，不适合饮食男女。范娅跟乔东有了第一次亲密接触之后，便一发不可收拾，几乎天天巫山云雨。妙不可言的滋味，不必赘述。但每当此时，范娅心中总是会产生一个疑问——在他们欢好之时，乔西是否真的会跟哥哥产生同样的感受？

这个问题，她几度欲言又止，最后还是憋在了心里。有些事情，还是不要搞得太清楚为妙。"难得糊涂"，说的就是这个道理。

在爱情的滋润下，范娅的生活和精神状态更胜往昔。但是有一件事，令她略微有些介怀。那就是，即便她和乔东已经过上了夫妻般的生活，乔东却从未跟她提到过婚期。并且，乔东提出了"距离产生美"的理论，暗示他们仍然应该保持分床睡的习惯。范娅对此倒没有太大的意见，但她知道，乔东这样做的真正原因是什么。

如果他们睡在一起，乔东晚上还怎样偷偷溜出去，陪乔西鬼混呢？

当然，范娅不可能再跟踪了，也没这个必要。只要出去胡搞的不是乔东就行。如果他只是一个单纯的陪伴者，那自己就睁一只眼闭一只眼，假装不知此事好了。因此，她每晚安心睡觉，对于乔东兄弟是否偷偷溜出去，或者说溜出去多少次，完全不知。直到一天中午吃午饭的时候，她接到了姚立打来的电话。

"范娅，我要跟你说一件事。"对方开门见山。

"什么事？"

电话那头的语气是愉悦而兴奋的："你知道吗，**我跟乔西成为恋人了。**"

"什么？"范娅吃了一惊，"你真的在那家夜店钓到他了？"

"没错。"

"什么时候的事？"

"大概一个星期前吧。"

范娅想了想，说："也就是说，上次我们吃完饭之后，仅仅过了一两天，你就在那家酒吧遇到了他——不，他们俩了？"

"是的。不过你不用担心，你的男朋友乔东像和尚一样不近女色，跟女孩们喝酒、调情的，只有乔西。"

"那你是怎么俘虏他的？"

"当然是使尽了浑身解数。不过这都不是重点，引起他兴趣的，是我在他耳旁说的一句话。"

"你说什么了？"

"我对他说：'知道吗，我们有共同的爱好。'"

"难道他立刻就能会意，知道你说的是什么意思？"

"不，他感到好奇，问我的爱好是什么。我对他说：'我喜欢野炊、野餐、野游，以及一切可以在野外做的事。'"

"我的天哪。"

"不管怎么说，他明白我的意思了，我在他脸上看到了兴奋的神色。之后，我们离开了酒吧——这一次，他一反常态，只带了我一个人走。以往，他都是带走两个女孩的。"

"恭喜你成了他的'唯一'。然后呢，你们去了公园？"

"不，这次是江边。"

"我的天……"

"范娅，我知道说这些话可能显得我很放荡。但我必须说，那天晚上的体验，我无法用言语来描述。"

范娅想到了自己和乔东，不禁脸红耳燥起来。她说："好了，激情戏的部分就略过吧，之后呢？"

"之后的每一天晚上，我都和乔西见面。认识我之后，他不再勾搭别的女孩，我们……"

"等一下，你说什么？从那以后，你们天天晚上都在见面？也就是说，乔东每天晚上都在场？"

"嗯……不过说到这一点，你男朋友真是个绅士。我跟乔西'那个'的时候，他总是站在远处，背对着我们，根本不会偷看。"

即便如此，范娅还是难以接受。哪怕只是想象这样的场景，就让她感到无比别扭。

"这样的日子，你们打算一直持续下去吗？"范娅问。

"不，其实我今天打电话给你，想跟你说的最主要的一件事就是，乔西打算跟我正式交往了。他对我坦言，之前跟那些女人，只是玩玩而已。但我跟他是同一类人，我们注定要生活在一起。"

真是畸形的恋爱。范娅在心里说。

"范娅，我恋爱了，跟你一样！以前我奉行独身主义，是因为我悲观地认为，在这世上不可能找到一个跟我有同样'兴趣'的人。但是遇到乔西后，我被他彻底征服了。不仅仅是因为相似这一点，他的其他方面也对我的胃口，我喜欢这种酷酷的、霸道的男人。跟他在一起，我感觉自己是一个女人，而不是朋友们眼中的'职场中性人'。"

范娅一时不知该说什么好。以她对乔西的印象，实在无法说出祝福的话，但她也不想给好不容易陷入爱情的闺蜜泼冷水，只有说："你要跟他交往，还是慎重点好，起码应该先增进了解。"

"没错，我也是这样认为的，半个小时前，我才跟他聊了这件事。结果，你知道他说什么吗？"

"他说什么？"

"他邀请我今天晚上去他家做客！"

"什么？"范娅吃了一惊，"他的家就是乔东的家，那你……岂不是会见到我？"

"真是奇妙的缘分，对不对？咱们俩是闺蜜，结果分别爱上了双胞胎的哥哥和弟弟。如果我们真的跟他们结了婚，以后我们四个人就会生活在一起，哈哈，咱俩就从闺蜜变成妯娌了！"

"等一下，等一下，"范娅试着梳理混乱的思绪，然后说道，"我先问你几个问题。"

"你问吧。"

"乔西有没有跟你提起过，他有一个双胞胎哥哥的事？"

"没有。"

"那乔东天天晚上陪他出来，你就没假装问一下这人是谁，为什么一直要跟着他？"

"乔西跟我说，这是他的一个好哥们儿。他们关系密切，好得如同一个人，所以让我不必避讳。"

"也就是说，直到现在，他仍然在隐瞒他们是双胞胎的事。但他们根本没想到，我跟你是好朋友，早就跟你透露过这件事了。"

"没错。老实说，我不知道双胞胎这种事有什么好保密的。但既然他们要掩饰，我就假装不知道咯。"

"你没有跟他们提起过我吧？"

"当然没有。我要是提到了你，他们肯定会怀疑天底下怎么会有这么巧的事，进而猜到我之所以邂逅乔西，是你给我提供了信息。"

"没错，还好你想到了这一点。不然我曾经跟踪过他们的事，就有可能被猜到了。"

"放心吧，我可不是笨蛋。"

"但问题是，今天晚上你要去他们家，就有可能见到我。"

"我假装不认识你，不就行了？"

范娅想了想，觉得大概只能如此了。这时她突然又想起一件重要的事："姚立，乔西说今晚他会带你参观他的房间？"

"是的。"

"那他有没有跟你提起过，他住的是地下室？"

"没有。什么，他住地下室？你不是说他家有六个卧室吗，那为什么他要住地下室？"

"这一点我也觉得很难理解。乔东跟我说的是，乔西的画室在地下室，而地下室可以给他带来创作灵感。"

"那也不至于晚上都睡在地下室呀。"

"可不是嘛。所以我想，会不会是乔西这个人性格和心理都比较阴暗，才会迷恋地下室这样的地方。"

电话那头沉寂了几秒，接着，姚立说："你去地下室看过吗？"

"没有，我压根儿就不知道地下室的入口在哪儿。"

"什么？你在这个家里住了这么久，居然还不知道地下室的入口在哪？"

"是的，不但如此，乔东在我搬进这个家的第一天就对我说，让我务必不要进入他们家的地下室,因为那是乔西的私人空间。所以地下室的入口,我也不必知道在哪。"

"这可真是太神秘了。但是,乔西今晚让我参观他的房间,不就等于带我去他们家的地下室了吗?"

"是啊,所以我有点不明白。为什么这个地下室,我不能进去,你却可以进去呢?"

"也许是因为,只有跟乔西关系最亲密的人,才能进入他的私人空间?"

范娅轻轻摇了摇头,觉得这件事不会这么简单。"如果是这样,乔东用不着强调得如此严肃。我总觉得,这个地下室里,可能隐藏着什么秘密。"范娅说道。

"啊——"电话那头的姚立突然叫了一声。

"怎么了?"范娅问。

"我想起来了,乔西之前跟我说了一句话。他说,今天晚上去他家的事,让我保密。"

"为什么要保密?"

"他说,是因为不希望其他人知道他的住所在哪里。"

"你觉得这是实话吗?"

"我不知道。"

"但是,你把这件事告诉了我。"

"当然,我没必要隐瞒你。更重要的是,我要是不知会一声,今晚就突然出现在你面前,我都能想象到你脸上会出现什么样的表情。"

"是啊。"

"不知为什么,我觉得有点刺激。神秘的地下室,今天就要对我开放了。然后,我就可以告诉你,这个地下室的入口在哪,以及地下室到底隐藏着怎样的秘密。"

"哈,祝你探险愉快。"

"好了,我要去上班了。晚上见。"

"嗯,晚上见,记得跟我握手寒暄的时候,表演得自然一点。"

"我的演技还用你操心?把你的戏份演好就行了。"

范娅挂了电话，看了一眼手表。她也该回公司上班了。但不知为什么，对于姚立今晚的造访，她心里隐约有些不安。为什么会有这样的感觉，她也说不清，只能希望是自己多虑了。

十四

五点下班后，范娅跟往常一样乘坐地铁回乔东家，到家时接近六点，乔东又做了一桌美味佳肴。范娅回来后，立即开饭。乔西也现身了，坐下来跟他们一起吃。范娅暗忖这人着实奇怪，约女孩到家里来玩，却不约人家一起吃顿饭。看这样子他也不打算去接，敢情是让人家姑娘自己吃完饭过来。这种处事风格，实在是不敢恭维。对比之下，乔东在人情世故和待人接物这方面，真是好过他这个弟弟千百倍。

进餐的过程中，乔西照例一言不发，埋头吃饭，只字未提一会儿有人来做客的事。范娅不免怀疑，乔东到底知不知道这事？但他们兄弟俩不提，她自然不可能问起。

吃完饭后，乔西惯例般消失了。范娅帮乔东收拾碗筷，之后两人又坐下来看剧。今天范娅明显有点心不在焉，老是想着姚立到底什么时候会来，以及来了之后，她们假装寒暄的场景。乔东看出来范娅仿佛有什么心事，问道："你在想什么事情吗？"

"……没什么，我在想公司的一个案子。"

"既然休息了，就别想工作上的事情了。"

"嗯。"范娅点了点头。

于是，乔东按下遥控器上的暂停键，坏笑一下，一把将范娅抱起，朝自己房间走去……

温存后再冲个澡，已是一个多小时之后了。范娅跟乔东道了晚安，回到自己房间。她洗澡的时候一直没看手机，现在一看微信，才发现姚立在九点零五分的时候，发送了一条微信，内容是："我到了，乔西没带我进家，直接到地下室了。"

范娅赶紧回复："刚才跟乔东在一起，才看到。你现在方便给我发微信吗？"

等了五分钟，姚立都没有回复。范娅猜测，姚立现在跟乔西在一起，肯定不便当着他的面发微信。至于刚才那条，估计是趁着某个空当，悄悄发的。不过姚立发的微信引起了她的注意——没有进家，直接到地下室了。意思是地下室的入口不在这个家中？那是在哪儿呢，花园里？

范娅在手机上输入"地下室的入口在哪儿"，想了想，又把这句话删除了。她不知道姚立和乔西现在在做什么，万一这条信息被乔西看到就不妙了。保险起见，还是不要心急。等明天上班的时候，再打电话问姚立好了。

想到这里，范娅不再关注姚立的情况。她躺在床上敷面膜，听音乐。到了十点半，她不禁想，姚立现在回去没有呢？

不对，肯定没回去。以姚立的性格，如果现在在回家的路上，或者已经回家了，她肯定早就打来电话，或者发来微信，迫不及待地把地下室的情况告诉自己。但实际情况是，她直到现在都没有回复微信，说明她此刻还在这个家中。

范娅再次看表，已经十点四十分了。今天不是周末，明天可是要上班的，她现在还不回去？这俩人在地下室做什么，能待这么久？难不成姚立打算今晚住在这儿，还是发生了别的情况？她心里又开始有些不安。

突然，范娅想到一种可能性——他们该不会又跟往常一样，跑出去了吧？如果是这样，那乔东必然也跟着出去了。

为了验证这一想法，她悄悄出了门，走到隔壁乔东的房间门口，通过门缝一瞧，屋里的灯是开着的，而且还隐约听到了手机游戏的声音，说明乔东此时就在屋中。那姚立和乔西肯定也在。

范娅回到自己的房间，将门关上。她在想，从姚立进入这个家到现在，已经过去将近两个小时了。不管她和乔西在干什么，这中间总不会一点儿空当都没有。别的不说，将近两个小时都没上一次厕所？按姚立以往的风格，只要有一丝空隙，她都会回复自己一条微信，为什么直到现在，都全无音讯呢？

就在她隐隐担忧的时候，手机振动起来——之前开启了振动模式。她拿起手机一看，打来电话的不是别人，正是姚立。范娅赶紧接起电话。

"喂，范娅吗？"听筒里传出刻意压低嗓音后的女声。

"姚立，你现在在哪儿？"

"还在地下室。"

"什么？那你还给我打电话？"

"乔西上厕所去了。我趁着空当赶紧跟你通个话，顺便把这个可怕的地下室拍下来。我敢说，你看到这些照片后一定会非常吃惊。"

"'可怕'的地下室？里面有什么？"

"有一些暗黑系的绘画，和一些非常惊人的东西。我无法用语言跟你描述，你一会儿直接看照片吧。"

"好的。你准备什么时候回家？"

"我不知道，乔西好像打算留我过夜。你说，我应该留下来吗？"

"你刚才还说这地方很可怕，现在居然在思考该不该留下来过夜？"

"那些画作和艺术品是有些可怕，但是也很酷。等一下，我好像看到了……"

"你看到了什么？"

电话并没有挂断，但姚立却暂时沉默了，似乎发现了什么。范娅感到不安，正打算再次询问，突然从听筒里传出一声撕心裂肺的尖叫，以及惊恐万状的嘶喊：

"啊——！！我的天哪！范娅，你……"

范娅大惊失色，不知道姚立看到了什么会突然如此惊恐。她紧张地问道："怎么了？发生什么事了？"

话筒里没有再传来姚立的声音，只听到"哐啷"一声，手机似乎掉在了地上。几秒钟后，听筒里传出"嘟嘟嘟"的忙音，电话被挂断了。

糟糕，出事了！一定发生了什么不得了的事！范娅在心中呐喊，惊惶不安到了极点。她想立刻冲出房间去寻找地下室里的姚立，却发现刚才恰好忘了问最重要的问题——地下室的入口在哪里。

如果没有猜错，姚立应该遭到了袭击。她刚才说，自己一边打电话，一边拍摄地下室的场景。显然在这个过程中，她发现了什么恐怖而惊人的东西。然后，这个东西袭击了她。

或者说，是乔西袭击了她。

不管是哪种情况，范娅都不可能置之不理。她首先想到的是，向乔东求助。但是这样，就必须说明她为什么会知道地下室出了事，自己和姚立之间的关系便无法隐瞒了，她也必须向乔东坦白自己跟闺蜜透露了双胞胎的事。不过为了救人，也顾不上这么多了。

范娅拿着手机，走出自己的房间。她来到隔壁乔东的卧室门口，敲了敲门。房间里传出乔东的声音："请进。"

范娅推开门，看到穿着睡衣的乔东躺在床上，仍然在玩着手机。见到她后，乔东微笑着问道："怎么，今晚想跟我一起睡吗？"

范娅走到床边坐下，说道："不是。有一件事，我想跟你说。"

"什么事？"

范娅犹豫了一下，说："我有一个闺蜜，是我最好的朋友，就是上次我跟你提起过的，跟我一起吃饭的那个闺蜜。"

乔东露出玩味的神情，放下手机说道："你大晚上跑到我的房间来，就是为了跟我聊你的闺蜜？"

"不是，我想跟你说的是，她……"

刚要说出"她可能出事了"这句话，微信提示音响了。范娅下意识地看了一眼手机，信息居然是姚立发来的："范娅，我刚才真是吓坏了。你不敢相信我看到了什么。"

范娅心头一震。什么，她没事？难道刚才她并非遇袭，只是被某样东西吓到了？

如果是这样，她自然就不必向乔东求助和坦白了。

思忖之时，乔东问道："接着说呀，你的闺蜜，她怎么了？"

范娅的脑子迅速转动着："她是一个挺豪爽的女生，我是想说，下个周末，我们一起吃顿饭好吗？"

"好啊。"乔东痛快地答应了，"就这事？"

"嗯。"

乔东笑了："我还以为什么事呢，吃顿饭而已，随时都行，你来安排就是了。"

"好的，那我跟她约好了再跟你说。"

"好的。"

"我回去睡觉了，晚安。"

"晚安。"

范娅回到自己的房间后，立刻给姚立发信息："姚立，你没事吧？"

对方很快回复了："没事，刚才只是吓了一大跳。"

范娅："你被什么吓到了？"

姚立："一件雕塑，看起来栩栩如生，就跟真的一样。我差点以为是个真的怪物。"

范娅："怪物？什么怪物？"

姚立："我说不出来，明天发图给你看吧。"

范娅："好的。你今晚到底要不要在这里过夜？"

姚立："应该会留下来吧。明天早点起床去上班。"

范娅："好的，你好自为之，不要玩得太过了。"

姚立："我知道，不说了啊。"

范娅回复了一个"OK"的表情，然后放下手机，松了口气。看来，刚才只是虚惊一场。她看了一眼时间，现在已经十一点多了。既然没事，她就上床睡觉了。

十五

翌日，范娅在公司上班的时候，收到了姚立发来的一系列图片。这些图片记录的是地下室的场景和一些绘画、雕塑作品。从照片上看，这个地下室的装修风格是冷冰冰的工业风，粗犷、冷酷中透露出一种异样的美。挂在墙上的各色灯管在水泥墙面上映射出诡谲的光。墙上挂着多幅画作，题材跟乔东的"双生花"系列异曲同工，却又风格迥异。

乔东的画色彩明丽，颜色鲜艳，内容是花卉和植物，令人赏心悦目；而乔西的画，内容以人物和动物居多，色调阴暗，造型恐怖，令人不寒而栗，却又有种另类的美感。

关键是，这些画的内容，多数是一些畸形人和畸形动物，比如双头蛇、双头猫、连体婴儿等等，画面令人压抑。其中最为震撼的，是一件真人大小的雕塑（旁边有参照物）。姚立说，就是它把自己吓了一大跳。

范娅看的是照片，视觉冲击力自然没有现场看那么强。但她能想象，冷不丁看到这样一件作品，会是怎样的恐怖感受。这件雕塑正如姚立所说，很难用语言来描述。如果非要说，只能形容为"天使和魔鬼的结合体"。一个宛如地狱恶鬼般的怪物，胸口长着一个面容纯真、圣洁如天使般的脑袋。两者相互矛盾，又融为一体。

这些美术作品，引起了范娅的深思。双生花、双头怪、天使与魔鬼……毫无疑问，这对双胞胎兄弟的所有作品，都有着一种自我隐喻。每位艺术家创作的作品，都源于他们的生活和内心。这对双胞胎兄弟，到底有着怎样的精神世界呢？

同事的喊声打断了范娅的沉思，她应了一声，收起手机，投入到工作中。

中午吃饭的时候，范娅发微信问姚立昨晚留宿地下室的事。姚立说，实际情况没有想象中那么刺激，她只是在一个诡异的艺术工作室跟自己喜欢的男人共度良宵而已。一大早，她就匆匆离开，去公司上班了。范娅问她是否有长住这个地下室的打算。姚立表示暂未考虑。

晚上回到家，乔东依旧准备好了一桌饭菜。但今天有所不同，乔西没有跟他们一起用餐。范娅询问原因，乔东说他正在创作一幅新画，灵感爆发，不容打扰。范娅便不再多问。

接下来的几天，姚立没有跟范娅联系，范娅亦然。一方面，她不太想听他们的故事；另一方面，她也不喜欢一天到晚像间谍一样打探乔东兄弟的私生活，关注他们是否昼伏夜出。她总觉得，这是有中年危机的人才会做的事。

直到五天后的一个上午，范娅接到一个电话，才发现自己这么多天没跟姚立联系，是一个天大的错误。

这个电话，是姚立的母亲打来的。

"范娅吗？我是姚立的妈妈。"

"阿姨，您好。您找我有什么事吗？"

"你知不知道，姚立现在在哪儿？"

范娅一愣，问："她现在没有在公司上班吗？"

"没有！"老人焦急地说，"我昨天给她打了好多次电话，发现她的手机打不通了。我今天只有打电话问她公司的同事，结果她同事说，从上周三开始，她就没去上班了，而且也没有跟领导请假。他们给她打电话、发信息，她都不接也不回，不知道是怎么了！"

范娅呆住了，思索片刻后，她翻出微信上的聊天记录一看，说道："不对呀，上周三的时候，她还在微信上跟我聊天，说她那会儿就在公司上班。"

"是吗？那你现在能联系到她吗？"

"阿姨，您别急，我马上联系她看看，有消息我立刻跟您说。"

范娅挂了电话后，立刻拨打姚立的电话，语音提示该号码已停机。范娅又赶紧用微信的语音通话打了过去，也没有人接听。她跟领导请了假，打车前往姚立的住所。

不出所料，家中根本没人。

这个时候，范娅意识到事情不对劲了。

再次翻看微信聊天记录，范娅发现，姚立到地下室的那天，是星期二的晚上。然后，她亲口说的，她在那里留宿了一夜，第二天——也就是星期三早上，就去公司上班了。之后，她还发来了十多张照片，中午也跟自己聊了会儿天，看起来似乎一切正常。但她妈妈却说，从周三起，她就没有去上班了。这到底是怎么回事呢？

反复查看聊天记录和通话记录的过程中，范娅突然发现了一件事，顿时感到后背发凉。

自从上周二的晚上，她接到姚立打来的那个电话之后——准确地说，是在姚立发出那声惊恐的尖叫之后——她就再也没有听到过姚立的声音了。后来的"聊天"方式，全是文字输入。

如果输入这些文字的人，并不是她本人呢？——这个想法冒出来的瞬间，范娅打了一个寒噤。她突然想起了周三的晚上，乔西没有上来吃饭，周四的晚上好像也没有……他一个人在地下室做什么，真的是在画画吗，还是在处理别的事情？

恐惧感油然而生。范娅很想报警，但她立即想到了三个问题：第一，她没有证据能证明姚立的失踪跟乔西有直接的关系；第二，事情已经过去六天了，如果姚立真的已经遭遇不测，这么多天时间，凶手恐怕早已将她毁尸灭迹；第三，这些只不过是自己的猜测，万一不是这样，岂不是会给乔东兄弟俩带来大麻烦？

可是如果不报警，还能怎样呢？范娅再次想到向乔东求助。她掏出手机，正要给乔东打电话，忽然想起一件事——她从未在工作时间返回过家中。考虑一番后，她决定在不通知乔东的情况下，回去看一下他白天的生活状态。

范娅打了一辆车，在半个小时后到达乔东的家。她用钥匙打开门，走进了这套大房子。正常情况下，乔东应该在自己的画室里画画。她来到画室，却发现乔东不在；她又来到乔东的房间，房门是开着的，里面仍然没有人。

范娅想了想，给乔东发了一条微信："乔东，你现在在家吗？"

十几秒后，乔东回复："在家啊，有什么事吗？"

范娅:"没什么,工作间隙,有点想你。你在做什么?"

乔东发了一个亲吻的表情过来:"我在画室画画,等你下班回来,好好犒劳你。"

范娅的心脏抽动了一下。毫无疑问,乔东说谎了。他不会想到,自己现在就站在他的画室门口。但范娅没有揭穿这一点,她又跟乔东随便闲聊了几句,与此同时,她将这套大房子的每一个房间,包括前后花园都转了一遍,根本没有看到乔东兄弟俩的身影。

如果他们不是一起外出了,那么唯一的可能就是,**他们此刻一起在地下室。**

大白天的,他们在地下室做什么呢?范娅不敢往下想,细细想来总觉得十分恐怖。在这一刻,她发现自己失去了对乔东的信任。

范娅回到自己的房间,躺在床上思索接下来该怎么办。在没有证据的情况下,她不敢贸然报警。但直觉又告诉她,姚立的失踪,一定跟乔西有关系。至于乔东有没有帮着弟弟掩盖罪行,她不敢妄下结论。那么问题的关键就是,需要证实乔西到底有没有杀害(或者绑架)姚立。但是,自己连地下室的入口在哪都不知道,该怎样证实这一点呢?

考虑良久之后,范娅想到一个本质的问题——乔西到底是一个怎样的人?他不是喜欢姚立吗?按照姚立的话来说,他们俩应该是天造地设的一对。既然如此,他又为什么要对自己喜欢的人下毒手呢?范娅突然想起了那尊恶魔的雕像,以及一些恐怖电影中的剧情,不禁怀疑,乔西会不会是一个无法用正常思维来理解的变态杀人魔?

如果真的是这样,就算乔东再好,她都不可能跟他生活在一起了。事实上,就连今天晚上,她都不敢再住在这套房子里了。

范娅打开衣柜,开始收拾自己的衣服和个人物品。不辞而别虽然不礼貌,但她没有别的选择,只能先搬走,再找个理由跟乔东解释了。

将衣服装进行李箱的过程中,她不断在思考和猜测,这兄弟俩——尤其是乔西——有着怎样的过往和人生。他们小时候,到底经历过什么,是怎样度过的?如果能弄清楚这一点,或许就能间接得出乔西是否是杀人魔的结论。

突然,范娅停止收拾,她想起了一件事——**乔东的相册**,里面有几张照片,分别是乔东小学、中学和大学阶段的毕业照。特别是大学那一张，教学楼上方拉着"江州美术学院2003级毕业留念"的横幅。

也就是说，乔东的大学是在江州美术学院读的，根据这一线索，是否能顺藤摸瓜联系到他的家人，然后跟他的父母见一面呢？

这或许是了解乔东兄弟俩唯一的方式了。为了姚立，也为了自己，范娅决定暗中展开调查。

十六

范娅走出房间，溜到隔壁乔东的卧室，从书架上抽出那本相册，用手机翻拍了几张关键的照片，然后将相册放回原来的位置。

之后，她回到自己的房间，拎上行李箱，离开了这个家。附近有一家生意冷清的咖啡馆，范娅走进去，选了一个位子坐下，掏出手机跟自己的一个大学同学联系。

这个大学同学正好是江州人，现在也留在江州工作。范娅通过微信询问他，是否有江州美术学院的熟人。

对方很快回复："哈哈，你真是问对人了，我有个朋友就是江州美术学院的教授。"

范娅立刻把乔东的那张毕业照发了过去，并把乔东的头像圈了出来，然后发送信息："太好了，麻烦你请那位朋友帮我查一下，学校的资料里面，有没有这位叫乔东的学生的家庭住址和联系方式。"

大学同学："2003级的？已经毕业十多年了吧？"

范娅："没错，他现在三十四岁。"

大学同学："你查人家联系方式做什么？想和人家约会？"

范娅:"有事找他。别贫了,下次见面请你吃大餐。"

大学同学:"行,我这就帮你问。"

范娅坐在店内,心不在焉地喝着咖啡,二十分钟后,同学回复信息了,范娅赶紧抓起手机一看,心里凉了半截。信息上写道:"我朋友帮你问了当初教2003级油画班的老师。他说,班上没有叫乔东的学生。"

范娅心想怎么可能呢,正要询问,同学的第二条微信发过来了:"但是那位老师说,有一个叫乔西的学生,就是你照片上圈出的那个人。他是一个非常有绘画天赋的男生,所以老师对他印象深刻。"

范娅心里一怔。什么,照片上的人不是乔东,而是乔西?这么说,乔东相册里的,是他弟弟的大学毕业照?但他分明说过,乔西的照片在他自己的相册里。如此看来,乔东又没有对自己说实话。

范娅思忖了一下,发送信息:"对,是叫乔西。我把名字记错了。那位老师能帮忙查到他的家庭住址或联系电话吗?"

大学同学:"我刚才就问过了。但那位老师说,十多年前的资料,要到油画系的资料库去查,非常麻烦。不过他记得,乔西就是江州人,而他母亲是江州第二实验小学的语文老师。据说还是一位名师。"

范娅获得了重要的线索,连忙跟同学道谢,然后上网登录了江州第二实验小学的官方网站,在"教师风采"这一栏,看到了代表这所学校的各位优秀教师的照片和简介。

问题是,她无法判断谁是乔西的母亲。推算一下年龄,这位老教师可能已经退休了。不过没关系,只要她是这所学校的老师,就一定能查到相关的联系方式。

范娅找到了这所学校语文教研组组长的电话,拨打过去。对方接起电话,听声音是一个中年男人。范娅谎称自己是这所学校的毕业生,想组织一次小学同学聚会,希望联系到当初教他们的语文老师。但是由于年代久远,她已经记不起这位老师的名字了,只知道她有一个叫乔西的儿子。

对方说:"你说的是陈锦萍老师吧?她是去年才退休的,她的儿子就叫乔西。"

范娅心里一阵激动，赶紧说："是的是的，就是陈锦萍老师，我想起来了。请问您有她的手机号吗？"

"有啊，你记一下吧。"对方说完就报出一串数字。范娅赶紧记录在手机通讯录中。

挂了电话之后，范娅立刻拨打了这个手机号码。彩铃响了十几秒后，一个声音慈祥的老妇人接起电话："喂？"

"您好，是陈老师吗？"

"是我，你是？"

"我叫范娅，是您二十多年前的学生。"范娅装出激动的声音，"这么多年没跟您联系，真是不好意思。听到您的声音，我觉得好亲切啊！"

陈老师明显有点蒙，她说："啊……范娅？抱歉，我教过的学生太多，有点记不起来了。"

"没关系，您桃李满天下，教过的学生成千上万，哪能每个学生的名字都记得。"

"呵呵，是啊，老了，记忆力变差了。"

"您一点都不老。陈老师，您现在退休了吗？"

"退了，去年退休的。"

"您现在住在哪里？我明天想去看望您，不知道您方便吗？"

"方便，只是我家在郊区的山上，过来有点远。"

"没关系，您跟我说地址吧。"

"凤凰山，半山别院，二十六号。"

范娅在手机备忘录中输入这个地址，边输边说："好的，我记下来了。陈老师，我明天去之前给您打电话。"

"好的。"

不到半个小时，就顺利联系上了乔东兄弟俩的母亲，范娅暗暗兴奋。她打电话给公司老板，说自己突发胆囊炎，要请两天病假。范娅在公司的职位是高级经理，业绩突出，老板二话没说就批准了她的假，还叮嘱她好好休养，不用急着回来上班。

接着，范娅又打电话给乔东，说公司临时派她到北京出差，大概两三天后就回来。

乔东并未生疑，叫她出门在外，注意安全。

打完这几通电话，范娅在手机上订好了一张当晚到江州的机票和入住的酒店。做完这些事，她拎着行李箱走出咖啡馆，打车前往机场。

飞机在晚上十一点抵达江州。出了机场，范娅乘出租车前往入住的酒店。办理入住后，范娅进入房间，洗漱睡觉。

第二天一早，范娅在酒店用过早餐后给乔东的母亲打电话，说自己一会儿就过来看望她。老太太挺高兴，对范娅的身份没有产生丝毫怀疑。

昨天晚上，范娅就查了江州市的地图。凤凰山是位于市郊的一个景区。老太太昨天说的"有点远"是针对从市区过来而言的。但是，凤凰山离同样位于郊区的机场恰好很近。所以范娅昨晚下榻的酒店，就选在机场附近，距离凤凰山景区，只有二十分钟的车程。

酒店旁边有一家超市，范娅买了一箱牛奶和两盒补品，拦了辆出租车，前往凤凰山的半山别院。

在路上，通过跟司机的攀谈，范娅得知，这个半山别院是修建在凤凰山上的老年公寓，独门独院，环境优美，空气清新，非常适合老年人在此养老。车从凤凰山公园的后门进入，沿着盘山公路开了十分钟，就到了这片住宅区。

范娅步行进入这片类似小型别墅区的老年公寓群，发现这里的确是一个世外桃源般的养生胜地。漂亮的建筑，繁茂的树木，幽静的林荫小道，空气中的含氧量极高。只是住在这里的老人并不多，一路上，只看到屈指可数的几位老人，想来是山上远离市区，生活、医疗不够方便的缘故。加上山中太过清静，耐不住寂寞的老人们，自然更加青睐城区的市井生活。

范娅很快就找到了二十六号住宅。这栋公寓门前有一个精致的小院，可供老人喝茶、晒太阳。范娅走到门口，按响了门铃。

门很快就开了，一个头发花白、戴着眼镜的老太太出现在范娅面前。看到她的第一眼，范娅就能确定，这一定是乔东兄弟俩的母亲——眉目间的相似度，几乎高达百分之八十。她虽然年纪大了，但是仍保持着匀称的身材和不俗的容貌，显然年轻的时候，是一个标致的美人儿。范娅假装激动地说："陈老师，好久不见，您还是原来的样子！"

陈老师笑道："哪儿呀，老了，头发都白了。快请进吧！"

范娅进入收拾得井井有条的屋内，把礼品交给陈老师。老太太客套了一阵，请范娅去沙发上坐，然后到厨房泡茶去了。

茶泡好后，两人喝着清香扑鼻的茉莉花茶，坐在沙发上聊天。陈老师问范娅是哪一届的学生，又问她班上有哪些同学。这些范娅都能胡诌，反正每个班上，都会有叫丽丽和强强的人。但是当陈老师问到，除她之外，还有哪些老师教过他们班的时候，范娅没法瞎说了。还好她早有准备，把话题引到了她关心的事情上。

"陈老师，您知道吗，其实我跟您儿子乔西，还是大学同学呢。"范娅说道。

"啊，你跟乔西是同学？"

"是的。可惜大学毕业后，我跟他就没见过面了。他现在好吗，在哪里工作？"

"他现在是自由画家，没有固定的居住地，总是这个城市待一阵，那个城市住半年，寻找不同的题材画画。"

从陈老师的语气和神态中，范娅能感觉到，她说的是实话。也就是说，这位母亲显然被自己的儿子蒙蔽了。她根本不知道，儿子并非四处漂泊，而是跟双胞胎哥哥住在一栋美式大宅中。范娅不知道，这兄弟俩为什么连自己的母亲都要隐瞒，但她却明白了为什么他们家长年没有一个客人——对自己的母亲都不肯透露居住地，还会告知别的亲友吗？

心里这样想，表面上，她却装作什么都不知道的样子："是这样呀，自由画家，真令人羡慕呢。"

陈老师咂咂嘴："有什么好羡慕的？几十岁的人了，还长年漂泊在外。他的同龄人全都成家立业了。范娅，你也早就结婚了吧？"

范娅不好意思地一笑："还没有呢，工作太忙，没顾得上。"

"你是做什么工作的？"

"在一家投资公司做高级经理。"

"真不错，年薪很高吧？"

"还好啦，一年就几十万吧。"

"很高了！我们这些退休教师，一年的退休金还不到十万呢。现在是你们年轻人的时代了。"

范娅笑道："如果没有老师当初的悉心教导，又哪有我们的今天呢？"

陈老师开心地笑了，看得出来，她很喜欢范娅，觉得这姑娘无论是身材相貌，还是言谈举止，都十分出众。她问道："你在大学阶段，跟乔西关系好吗？"

范娅说："挺好的呀。"

"你觉得他这人怎么样？"陈老师问道。

范娅听出来了，陈老师是打算撮合她和乔西。不过，这正好是打听乔西过往的好机会。她笑了笑，说："他是我们班的班草，人长得帅，艺术天赋又高……"

陈老师听得连连点头。不料范娅话锋一转："就是脾气好像不太好，有时候发起火来，挺吓人的。"

陈老师叹了口气，说："是啊，这孩子确实性子有点急，小时候也没少跟人打架，不过男孩子嘛，哪有不打架的？"

范娅抓住话头接着往下问："您说他小时候就是这样？我还真不了解他小时候的情况。"

"乔西这孩子总体还是很乖的。我跟他爸很早就离婚了，他是在单亲家庭长大的，所以有时候，难免会有点极端和敏感。不过这只是小时候，长大之后，就好多了。"

范娅边听边点头，同时心想，这位母亲怎么完全没提起自己的另一个儿子乔东呢？正想问，陈老师说："乔西小时候长得可爱极了，你想看看他以前的照片吗？"

范娅当然求之不得："好啊。"

陈老师走到自己的房间，拿出一个相册，翻开后展示照片给范娅看："你看，这是他三岁多读幼儿园时的照片，可爱吧。"

照片中的乔西虎头虎脑，穿着短裤和凉鞋，一副天真无邪的样子。范娅点头表示赞同。陈老师继续给她看乔西不同时期的照片,并配以解说。在这个过程中,范娅发现,有好几张照片,都是她看过的——在乔东的相册中。当时乔东说,这是幼年的自己,但现在陈老师却说,这是年少时的乔西。范娅糊涂了,这到底是怎么回事?难不成,乔东那本相册里的所有照片,实际上都是乔西的?那他自己的照片呢?

关键是,她发现了一件更奇怪的事——整本相册翻看了一大半,居然没有看到任何一张乔东的照片。不仅没看到,这位母亲口中,也只字未提大儿子乔东的事。范娅实在忍不住了,问道:"陈老师,这些照片,全是乔西一个人的吗?乔东的照片呢?"

陈老师抬起头来看着她问:"你说谁?"

"乔东,乔西的双胞胎哥哥。"

陈老师诧异地望着范娅,茫然道:"我不知道你在说什么,乔西哪有什么哥哥?"

这回轮到范娅吃惊了,她说道:"乔西不是双胞胎中的弟弟吗?他还有一个哥哥,叫乔东。"

陈老师想了想,忽然笑了:"是乔西跟你说的?这孩子,开玩笑越来越没谱了。"

"不是,我……见过他哥哥。"

"那你肯定是搞错了。"这位母亲一字一顿地说,"我只有一个儿子,就是乔西。从他六岁那年,我们母子俩就相依为命。至于你说的乔东,我连这个名字都没有听说过。"

十七

范娅震惊得半晌没有说出话来。什么?乔东不是乔西的双胞胎哥哥?那他是谁?这对所谓的双胞胎,到底是什么关系?

一连串的疑问涌上心头，竟然让她不知从何问起。而陈老师的神情也变得疑惑了，显然她对于范娅刚才所说的话感到十分不解。两人沉默了片刻，范娅正要开口，门铃声响了起来。

陈老师说了声"稍等"，起身走到门口，将大门打开。范娅坐在客厅，听到她发出欣喜的声音："哎呀，儿子，你回来了！"

什么？！范娅悚然一惊，不由得从沙发上站了起来。乔……乔西回来了？

果不其然，一个熟悉的高大身影出现在她面前，范娅目瞪口呆，尴尬至极。陈老师不明就里，对乔西说："你大学同学范娅正好在咱们家做客，你就回来了，怎么这么巧？"

乔西淡然一笑，放下背包，对母亲说："妈，哪是什么凑巧。这是我们故意给您的一个惊喜。"

"惊喜？"

"没错。"乔西走到范娅的身边，一把揽住她的肩膀，说道，"正式介绍一下，范娅，我的大学同学，也是我现在的女朋友。"

范娅和陈老师同时呆住了。范娅怔怔地望向乔西，不知该做何反应。而母亲则欢欣起来，她高兴地说："真的？我刚才还想撮合你们俩呢，结果你们已经是男女朋友了？"

"是的。"乔西暗中捏了范娅的肩膀一下，对她说，"好了，不用再演下去了，我都跟我妈摊牌了。"

"啊，哈哈……"范娅尴尬地笑了两声，思绪混乱。

"我跟范娅商量好，她先过来看望您。我迟一步来，就是为了给您一个惊喜。同时，也让你们俩先单独接触一下，看看是否聊得来。"

"聊得来，聊得来！"母亲忙不迭地说，"范娅这姑娘各方面都好，我很喜欢！"

"那就好。我这次带她回来，就是让她见家长的。"

"啊，难道说，你们准备结婚了？"母亲欣喜万分。

"有这个打算。"

"太好了！你都三十四岁了，早就该成家了！"母亲激动得拍了儿子的肩膀一下，"今天中午，咱们去吃大餐，庆祝一下。"

"不必了，妈。我早就跟范娅夸过您的厨艺，她就想尝尝您做的家常菜。"乔西说。

"那也行，我这就去附近的超市买菜，给你们做几个拿手菜！"母亲高兴得合不拢嘴，"范娅，你跟乔西在家里喝茶聊天，我去买菜，一会儿就回来。"

范娅不敢跟乔西独处一室，打算找机会溜走，说道："陈老师，我跟您一起去买菜吧。"

"不用不用，你们俩就在家里待着，我去去就来。"

"范娅，你就听我妈安排吧。"乔西说。

范娅不便再坚持了，只有留下来。

陈老师拎着菜篮子出门了。家里只剩乔西和范娅两个人。也罢，事情既然发展到了这一步，不如打开天窗说亮话好了。范娅直视着乔西，问道："你想干什么？"

"这应该是我的台词吧。"乔西瞄了她一眼，"你想干什么？跑到我母亲面前，偷偷调查我吗？"

"难道你的所作所为，不值得让人调查吗？"

"我做什么了？"

"你自己心里有数。"

乔西转过脸来，盯着范娅说道："我还真不是特别有数，你告诉我吧。"

事到如今，范娅也用不着再遮掩："姚立现在在哪里？你把她怎样了？"

"你怎么会知道姚立的事？"

"她是我最好的朋友！"

乔西眼珠一转："这么说，她接近我，并非巧合？"

"可以这么说吧，她就是在酒吧等着跟你邂逅的。"

"但你怎么知道我会出入那家酒吧？"

范娅犹豫片刻，决定和盘托出："你和乔东晚上偷溜出去，我跟踪过你们。"

"原来是这样，你胆子真大。"

"比起你，只是小巫见大巫罢了。"

乔西略一思忖："看来，你不只跟踪我们到酒吧。"

范娅没有接话。

"你看过我的裸体，是吗？"

范娅将脸扭到一边说道："龌龊！"

"和躲在暗处偷看的人比起来，不知道谁更龌龊。"

"你！你以为我想看吗？我怎么知道你会做出这种事情！"

"说不定你就是看得津津有味呢，怎么样，我身材好吗？"

范娅十分反感这种下流的挑逗，她岔开话题说道："你怎么知道我会来找你母亲？"

乔西冷哼一声说道："你托人找到我的大学老师，打听我的情况，以为老师不会把这事告诉我吗？加上你匆匆忙忙地'出差'，我一猜就知道你要做什么。"

范娅暗忖自己疏忽了。她说："我已经告诉你姚立和我的关系了。你现在可以告诉我，她在哪里了吧？"

"我不能告诉你。但我可以给你一个警告——**如果你不想死，就不要管这件事情。**"

范娅心中又惊又怕，姚立的结局，她已经猜到几分了。现在，她必须避免自己跟闺蜜一样的下场。"好，那你让我走。我保证，从此以后，我会离你们兄弟俩远远的，再也不会涉足你们的事。"

"不行，你现在不能走，我妈会生疑的。她已经去买菜了，你就安心留下来，当一天我的女朋友吧。我也向你保证，不会把你怎么样的。"

范娅很想拒绝，但担心因此而惹恼了他，只能无奈地同意了。这时，她突然想起一件事，问道："如果你到这里来了，那乔东呢？"

"他当然也来了。"

"他在哪里？你们俩不是必须保持三十米以内的距离吗？"

"你知道得还真详细。不过，这些细节问题，用不着你操心。"

"你跟乔东，并不是双胞胎兄弟，对吧？你们到底是什么关系？"

"不该你管的事情,不要过问。记住我刚才的警告,想活命,就不要多管闲事。"

范娅不敢开腔了。她丝毫不怀疑,这个男人什么可怕的事都做得出来。

几十分钟后,乔西的母亲返回家中了。她购买了丰富的食材:牛肉、鸡肉、螃蟹和各种蔬菜水果。在母亲面前,乔西表现得像个听话的孝子。范娅相信,他不敢在自己母亲面前做出什么出格的事,所以安全问题,暂时不用担心。

午饭的时候,范娅强颜欢笑。她卖力地表演,并非为了取悦乔西的母亲,而是为了保命。吃过饭后,老太太提议在院子里喝下午茶,范娅只能同意。坐在户外的椅子上,她注意到了停在路边的黑色保时捷,突然想到,乔东此刻极有可能就在车里。但是,他现在处于何种状态呢?到江州来,他是主动还是被动?

范娅盯着车子发愣的时候,乔西母亲问道:"范娅,你可以在江州多待几天吗?"

"啊,我……"当着乔西的面,范娅当然不敢说出"我现在就想走"这样的话,只能说,"我明天就要回去。"

"这么快就要走呀。"老太太露出失望的神情,"乔西好久没回家了,我还以为你们可以多待几天呢。"

"乔西应该可以多待几天吧。"范娅说。

"不,我跟你一起回去。"乔西说,然后望向母亲,"妈,我们工作都挺忙的。"

"好吧好吧,年轻人忙是好事。那么今天晚上,范娅就住我们家吧?"

"不,我……"范娅正想说自己去住酒店,乔西迅速打断了她的话,说道:"是的,她今晚就住我们家。"

"好的,你们俩是住一个房间,还是分开住?"

"当然是住一个房间。"乔西说,"我们早就住在一起了。"

什么?这家伙想干吗?!范娅敢怒不敢言,睁大眼睛瞪着乔西。对方回以犀利的眼神,她只好忍气吞声。

"太好了,你们快点结婚吧,我想抱孙子了。"老太太丝毫没察觉到他们微妙的眼神,乐呵呵地说。

下午茶喝到五点，老太太又开始张罗晚饭了。吃过晚餐，老太太到乔西的房间铺床，换上崭新的床单和被套，颜色是暧昧的粉红色。范娅看后，有种不祥的预感。

果然，才晚上九点，乔西就以疲倦为由，硬把范娅拉进了房间，然后，锁上了房门。

"我先洗澡，你乖乖地待在房间里，不要打歪主意。"乔西用威慑的口吻说道。

到底是谁在打歪主意？范娅为之气结。她看着乔西走进卫生间，很想趁此机会溜掉，但老太太还在客厅里，她无法解释自己为何要突然离开，只能作罢。

几分钟后，乔西就洗完澡出来了。他身上湿漉漉的，只用一条浴巾裹着下半身。他一言不发，大剌剌地朝范娅走过来。范娅吓得连连后退，用手捂住眼睛。

乔西根本没有停下脚步的意思，他把范娅逼到了墙角，令她退无可退。范娅惊恐地说道："你别过来，我要喊了！"

"那你喊吧，这里可是山上，外面只有我妈。"

"你这个流氓！我是你哥哥的女朋友，你怎么能……"

"我们不是兄弟。"

"那你们是什么关系？"蜷缩的范娅接触到了他像火一样滚烫的身体，她全身紧绷，像被狮子逼到角落的羚羊，生杀大权全掌握在对方手中。然而，这只羚羊却突然听到狮子说："从见到你的第一眼，我就喜欢上你了，你知道吗？"

范娅不敢接触乔西的眼神，她把头扭到一边，说："如果你只是为了让我屈从，不必说这种违心的话。"

乔西摇了摇头，认真地说道："我说的是真的，**我跟乔东是同一个人，他有多喜欢你，我就有多喜欢你。但是，我比他更爱你。**"

范娅是第二次听到这句话了，只不过这次是出自乔西之口。"我们是同一个人"——这句话到底是什么意思？她死活想不明白。然而，平时像冰一样冷漠的乔西，此刻却仿若熊熊燃烧的火焰。闸门一旦打开，便再也无法关闭了。他的表白直接而强硬：

"自从你住进那个家，我便每晚都在煎熬中度过。我无时无刻不在想着你。每到深夜，我就幻想自己将你征服、占有。但我不能这样做，因为你是乔东的女人。他什么都可以跟我共享，唯独你不行。所以，我只能压抑自己的情感。"

范娅渐渐转过脸来，直视着乔西的眼睛，接触到他的灼灼目光。

"自从你来那个家后，我便频繁地在夜里外出，跟酒吧里那些女人鬼混，把她们全都幻想成你……"

范娅惊呆了，既不敢相信，也不能接受。她打断了乔西的话："难道，你对姚立，也是如此吗？"

"对。"

范娅摇头道："但姚立说，自从你认识她后，便不再跟别的女人鬼混，只钟情她一个人。"

"那她可能误会了。没错，我对她跟别的女人不一样，但那是因为，我跟她有着同样的嗜好。"

"你承认自己有这种癖好？"

"我从来没有否认过。"

"流氓！"范娅脸颊绯红，将话题岔开，"如果你跟姚立只是玩玩而已，怎么会主动提出带她去你住的地下室？"

"她是这么跟你说的？说是我主动提出的？"乔西摇头道，"不，实际情况是她求我的，说了无数遍想到我住的地方看看。我实在是烦了，才勉强同意。"

范娅无法分辨他们俩到底谁说的是真话，现在也不是细究此事的时候。乔西说："如果只是为了占有你，我不会说这么多废话。现在，不管你相不相信我说的，我要开始办正事了。"

"你……你要干什么？"

"现在问这种问题，会不会太幼稚了？"

"你跟我保证过的，说不会把我怎么样！"

"没错，那是指我不会伤害你。但别的事情，我无法保证。行了，你不用这么紧张，你又不是第一次跟我……"

范娅瞪大眼睛望着他:"什么意思?我什么时候跟你……"

"我再说一遍,我跟乔东是同一个人。"

范娅做着最后的反抗:"你这样做,乔东会知道的!"

"那又怎么样?今天遇到这样的机会,我无论如何都不可能放过!"

说着,他一把抱起范娅,将她丢到床上。接着,他粗暴地扯掉范娅的衣裳,像猛兽一样扑了上去。

十八

当他们双双瘫倒在床上的时候,范娅心中涌起的是深深的负罪感。这辈子,她从来没有在跟某个男人交往的同时,和另一个男人发生关系。即使她是被动的,她还是为自己在这个过程中产生的满足感到羞愧。

此时乔西已沉沉睡去了,范娅也是浑身发软,她相信,只要自己一闭上眼,就会在一秒之内进入梦乡。但是这样,她就会错过唯一的逃走机会。所以,她狠狠地掐自己的大腿,用疼痛来避免自己睡着。

虽然乔西承诺过会放她走,但她并不敢相信这男人的话。乔西刚刚睡着几分钟,她不敢现在就逃走,只有睁着眼睛,保持清醒,等待时机。大约十几分钟后,范娅听到身边的乔西发出均匀而沉重的鼾声,确定他已经睡熟了,她才不声不响地从床上起来,穿好衣服,简单收拾了一下,拎起行李箱,蹑手蹑脚地溜出了这间屋。

客厅里的灯已经关了,显然老太太也睡了。现在的时间是晚上十一点多。范娅走到门口,轻轻打开房门,像鬼魅一样钻了出去。

走出这套房子,她发现四周一片漆黑,只有远处还有依稀的灯光。这里是山上,不同于灯火通明的闹市区，到了晚上更是安静得可怕。这种地方显然是不可能出现出租车的。要想下山，只能步行。

范娅没有犹豫的时间，她沿着盘山公路朝山下走去。夜路上一个人都没有，她能听到的只有自己的脚步声和心跳声。她一边走，一边回头张望，生怕乔西发现自己逃走后追上来。她告诉自己，只要下了山就好了，等到了车水马龙的大道上，便可以立即打车逃离这里。

然而，白天十分钟的车程，换成夜晚的步行则变得无限漫长。范娅走了许久，山下的大道却还是遥不可及。她甚至怀疑自己会不会没有看清岔路，导致迷路了。这样的想法，让她愈发恐惧起来。

这时，路边突然闪现出一丝星火。范娅定睛一看，才发现是四个蹲在路边抽烟的男人。她不敢跟他们对视，却警到他们似乎正用猥琐的目光打量自己。她匆匆而过，不敢有丝毫停留。

"喂，美女，这么急是去哪儿呀？"身后传来一个男人油腔滑调的声音。

范娅暗叫不妙，根本不敢搭腔，更不敢停留，加快脚步朝山下跑去。不料这几个男人呼啦一声聚拢过来，将她团团围住。范娅骇然道："你们要干什么？"

"这大晚上的，你急急忙忙是要去哪儿？"一个穿皮夹克的男人问道。

"跟你们没有关系，"范娅尽量保持冷静，并试图威慑他们，"我男朋友现在开车来接我，他马上就要到了。"

"是吗？他人呢，在哪儿？"另一个男人假装张望了一下说道，"别唬人了，真要有人来接你，还需要你自己走路下山吗？"

范娅掏出手机，准备拨打报警电话："我现在就给他打电话，他马上就到。"

旁边一个长发男人一把将她的手机夺了过去："别呀，我们送你下山，不好吗？"

"没错，我们有辆面包车，就停在旁边。走吧，跟我们上车，哥几个送你下山。"

范娅当然知道这些人安的什么心，上了他们的车，恐怕就是万劫不复。她伸手去抢夺自己的手机，说道："不用了，我自己下山！"

长发男见范娅比较靠近自己，干脆一把将她搂到怀中，狞笑道："慌什么，陪哥们儿玩玩再说。"

范娅大声呼救,然而一句"救命"还没来得及喊出口,"皮夹克"一个耳光扇了过来,把她打得头昏眼花。对方凶相毕露,面目狰狞地吼道:"敬酒不吃吃罚酒!"

范娅吓得浑身发抖,不敢出声了。四个男人连拉带拽,打算把她拖到旁边的面包车上。范娅双腿发软,自知难逃此劫。

面包车停在草丛中,几个男人把范娅塞进车子后座,便开始撕扯她的衣服。范娅出于本能地反抗,"皮夹克"扬手又要打,范娅绝望地闭上了眼睛。

就在这时,一个高大的人影突然出现在"皮夹克"身后,一把抓住了他的手腕。"皮夹克"回头一望,还没看清对方是谁,脸上已经吃了一记重拳,"哎哟"一声扑倒在地。另外三个人大惊失色,一齐进攻。只见这高大男人一记边腿,竟同时撂倒两个人,剩下那个冲上来的,被反手一记重拳揍得鼻血直流。短短几秒之间,四个男人就被这一个人打倒在地。

这四个家伙全是孬货,见对方轻描淡写地就放翻了他们四个,猜想此人定是练家子,不敢跟他纠缠,有两个赶紧求饶。不料此人根本没有停手的意思,上前一步,像足球运动员开大脚一样,猛的一记飞腿,将长发男踹飞到几米远的地方,口中还骂骂咧咧。

长发男飞出去之后,居然没了反应,估计昏过去了。另外三个吓得半死,连声求饶,对方却还要再打。范娅从面包车里出来,认出是乔西,连忙喊道:"够了,别打了!"

乔西一把揪起地上一个男人的衣领,将他拎了起来,猛的一记头槌撞向他的额头,这人也昏了过去。他把这家伙像垃圾一样扔向同伙,吼道:"快滚,不然我杀了你们!"

另外两个男人赶紧扶起两个昏死的同伙,车都不敢要了,屁滚尿流地朝山下跑去。

范娅战战兢兢地走到乔西身旁,正想道一句"谢谢",对方突然转过身来,凶神恶煞地盯着她,说道:"我明明说了明天就让你走,结果你非要连夜逃走。你把我当成什么了,魔鬼吗?我有这么可怕吗?"

范娅看着他那穷凶极恶的样子,心想你现在这样子,不就跟魔鬼一样吗?当然这话是不敢说出口的,她只有咬着嘴唇,一言不发。

乔西一步上前,双手抓住范娅的肩膀,捏得她双肩发痛。他愤怒地说:"在你心中,我是不是跟这几个混蛋没有区别?我跟你告白,把我所有的心思都告诉你也没用,是不是?你喜欢的,只有乔东那种温润如玉的翩翩公子,对不对?"

面对这番暴风骤雨般的问话,范娅不知该如何作答。乔西凝视着她,见她许久没有说话,面色更显阴沉:"我本想帮你,你却偏要找死。既然如此,不如我给你个痛快!"

范娅吓得惊恐万状,感觉死亡的阴影向她笼罩过来。就在这时,她突然瞥见一个身影朝乔西走来。

乔西通过范娅的眼神,意识到身后有人,他倏然转身,却已经迟了。来者将一张浸润了迷药的手帕捂到他的口鼻上,几秒之内,乔西就双眼上翻,昏了过去。此人一把将他搂住,范娅早已适应黑暗的双眼看清了来者是谁,她惊叫道:"**乔东!**"

乔东一只手扶着乔西,一只手挽住范娅,将她揽到自己胸前,亲吻着她的额头,带着无限的歉意说道:"对不起,我来迟了,让你受委屈了。"

今天晚上经历了太多的事情,范娅再也控制不住自己的情绪,泪水夺眶而出。她抱着乔东,啜泣道:"你终于来了……这一切,到底是怎么回事?"

"跟我上车吧,"乔东指了指停在路边的黑色保时捷,"咱们现在就回家。回去后,**我把之前向你隐瞒的一切,全都告诉你。**"

十九

从江州市回到他们所在的城市,坐飞机只要一个小时,开车却需要五个多小时。

昏迷的乔西躺在汽车后座上，乔东说，药效只会持续六小时左右。为了避免乔西中途醒来后制造麻烦，他们必须连夜开车回家。所幸乔东驾驶技术极好，车子开得既快又稳，中途只在服务区休息了十分钟，又立即上路。

行驶途中，坐在副驾驶座上的范娅问乔东："你用什么东西让他昏迷的？"

"浓度较高的七氟醚，就是医学上用的麻醉剂。"

"你随身带着麻醉剂？"

"是的，乔西不知道这件事。我是托一个医生朋友帮我弄到的，目的就是为了在关键时刻控制乔西。你也看到了，他一旦情绪失控，会非常可怕。这种时候，除了用麻醉剂，没有任何方法能制止他。"

范娅略略点头，又问："你不会因此而受影响吗？"

"你指什么？"

"我已经知道了，你们俩有着共同的身体感受。"

乔东说："对，但仅限身体感受，意识不会共享。他现在是失去了意识，昏睡了过去，这个不会影响到我。"

范娅没有继续问下去，之前乔东已经答应，回去之后就把一切都告诉她。她不必急在一时。

"你是跟乔西一起来的，对吗？你之前一直在这辆车里。"

"是的。我不能出现在妈妈面前——准确地说，是我们俩不能同时出现在她面前，不然会吓到她的。"

"你也称呼她为'妈妈'？"

"当然，她本来就是我母亲。"

"但你母亲说，只有乔西一个儿子。"

"这就是我一会儿要跟你解释的事情。这事说来话长，咱们还是坐下来慢慢说吧。现在我需要专心开车，你可以小憩一会儿。"

范娅点了点头，把头靠在椅背上。疲惫不堪的她，不一会儿就睡着了。

不知过了多久，范娅被乔东轻轻地摇醒了。她睁开眼睛一看，已经到了他家的车库。她看了一眼手表，现在的时间是凌晨五点半。

"我们到了，乔西还没有醒，我必须马上把他送到他自己的房间。"乔东说。

"他的房间……你指的是？"

"就是我一直不让你进入的地下室。"乔东说，"抱歉，这个地下室阴暗、恐怖，我实在不愿让你踏足这样的地方。"

范娅在心里说，其实我已经通过照片看过了，但她没有告诉乔东，只是说："我不介意看看这个地方。我想，这也是属于你们秘密的一部分。既然你打算向我敞开心扉，可以让我进入这个地下室吗？"

乔东迟疑了一下，说："你确定吗？"

范娅笃定地点了点头。

"好吧。"

他们俩一起下车。乔东拉开后座的车门，把昏迷的乔西扛在肩膀上，对范娅说："跟我来吧。"

范娅跟着乔东走到地下车库最右侧的墙角。他们面前是一整块水泥墙。范娅疑惑地望着乔东，只见他伸出手，在墙角某个略微凹陷的地方轻轻一按，一扇暗门便随之开启了。范娅在心中惊呼，原来地下室的入口在这里！她之前做梦都没有想到。

"如你所见，这套房子的车库和地下室是连在一起的，它们中间有一道暗门。"乔东说。

"真是精妙的设计。这里的每套房子都是如此吗？"范娅问。

"不。"乔东笑了笑，"这是当初装修房子的时候，请设计师特别设计的。"

他们俩跨进暗门，乔东将门关拢。范娅回头一看，发现在暗门关闭的情况下，不管是里面还是外面，都看不出丝毫破绽。这个保密工作，可谓做得十分到位了。

乔东扛着弟弟，把他放到一把椅子上坐好，然后找来一捆绳子，把乔西结结实实捆在了椅子上，令他无法动弹。

范娅不解道："这是？"

乔东捆好乔西后，转身说道："我猜他醒过来后，一定会非常不满。为了避免他乱来，最好先控制他一段时间。等他冷静下来，再给他松绑。相信我，我太了解我这个弟弟了。"

范娅点了点头。

"怎么样，这地方是不是挺阴森的？"乔东问。

范娅其实已经在照片上看过这个地下室了。此时她环顾四周，发现这地下室十分宽敞，足有一百平方米以上。墙上挂着几十幅暗黑系的油画，以及一些造型恐怖的雕塑——跟姚立拍下来的场景一样，但她不想跟乔东解释此事，顺势说道："确实有点瘆人。"

"坐吧。"乔东指了指旁边的一张牛皮沙发。

"你开了一夜的车，很疲倦了吧，要不要休息一下？"范娅问。

乔东摇了摇头说："我这人一旦过了睡眠时间，就睡不着了。我喝杯咖啡就好。你呢？"

"那我也来杯咖啡吧。"

乔东走到一个食品柜的前面，从里面拿出两罐听装的咖啡，还找到一些牛肉干之类的食物，说了声："太好了。"他开了整宿的车，正需要补充体力。

乔东坐到范娅旁边，跟她一起分享咖啡和牛肉干。进食之后，两人的体能都得到了恢复，身上也暖和了许多。

"我猜，你已经迫不及待地想知道，我和我'弟弟'乔西的故事了吧？"乔东说。

范娅点了点头。的确，她现在全无睡意，只关心这谜一般的事实。

"首先我必须解释一下，之前我为什么会有所隐瞒，没有把事情的真相告诉你。原因是，这件事太匪夷所思了，一般人根本不会相信世界上有这么诡异的事情。"

"比'同心同卵双胞胎'更不可思议吗？"

"一百倍。"

范娅深吸了一口气："好，我已经做好心理准备了，你说吧。"

乔东点了点头："在告诉你我们的故事之前，我先问你一个问题——你相信这个世界上有'分身'这样的事情吗？"

"分身？你指的是，一个人突然变成两个人？"

"可以这样理解。"

范娅茫然地摇着头："我以为这样的事情只会出现在《西游记》中。"

"在人生的前二十五年，我也是这样认为的。"乔东说，"但是，让我先告诉你三起著名的'分身传闻'吧。这三起传闻很有名，你在网上能查到相关的资料。"

"第一起，发生在1845年。在拉脱维亚的利沃尼亚市，有一位名为爱米丽·赛智的三十二岁的女教师。一天上课的时候，她站在讲台上，突然引发了骚动，因为下面的学生纷纷表示，他们看到了两个赛智老师。

"最初，她以为这不过是学生们想出的一个恶作剧，但是她马上发现事情没那么简单，全班四十二名学生竟然全部表示看到两个自己。而赛智本人完全没有察觉。由于骚动愈发严重，她被迫调离了这个学校。但是，在新就职的学校，同样的事件再次发生，她只好被迫放弃了教师这一职业。"

"天哪，这是真的吗？"范娅露出惊愕的神情。

"听我说完。第二起，发生在1947年的美国。《世界石油》杂志的主编戈登·巴罗斯在媒体上宣称，他曾经得到过分身的帮助。他是一个登山爱好者，在二十五岁那年，他独自攀登一座雪山，却在大雪封路的山谷中迷路了。在绝望之际，一个'跟他长得一模一样的人'出现在面前，及时为他指明了方向。当然，很多人认为这不过是巴罗斯在绝境中产生的幻想。但巴罗斯坚称，他清楚自己经历了什么，看到了什么，这不可能是幻觉。

"第三起'分身事件'，也发生在美国。生活在美国缅因州的加奈特·布雷纳深受此事困扰。从十三岁的时候开始，她就发现自己的分身会同时出现在另一个地方。她的分身从来不与别人交谈，因此被人指责'刚才跟你打招呼，你竟然一言不发'的情况成了家常便饭。在她结婚生子后，这样的现象仍然没有停止的趋势。更为不可思议的是，类似的事件也出现在她的女儿身上。这种一个人同时出现在两个地点的现象，后来被学术界称为'异地分身'。

"除了这三起事件，日本江户时代的随笔集《奥州波奈志》一书中，也记载了一名叫北勇治的男子在遭遇自己的分身后死亡的故事。其实，在北勇治家三代以前的一位先祖身上，就发生过同样的遭遇分身旋即死亡的奇异事件。"

讲到这里，乔东停下来，直视着范娅。

"这些事情，都是真实的吗？"范娅问。

乔东耸了下肩膀："我不知道，这些事多数发生在过去，已经很难去考证是否属实了。但现在我们要探讨的并非这几起事件的真实性，而是发生在我和乔西身上的事。刚才讲的那些，只是铺垫罢了，目的是让你能够理解我接下来要讲的事情，以及不要把我当成神经病。"

范娅点了点头，她意识到乔东下面要讲的，是最关键的部分了。

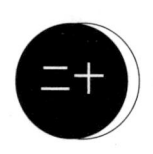

二十

"九年前，我跟乔西是同一个人。当时，我们都叫乔西。而我，是他的另一种人格——当然，你也可以理解为，他是我的另一个人格。这没有什么区别，因为本质上，我们就是同一个人。"乔东说。

范娅惊呆了："你是说，你们……是同一个人的不同人格，也就是所谓的'双重人格'？"

"是的，在心理学概念中，'双重人格'是一种常见的精神变态现象，全世界有这种情况的人不在少数。甚至有些人一辈子都没有意识到，自己是一个拥有双重人格的人。只要第二种人格不具有暴力倾向，这样的人对社会就没有危害。"

"你们是从什么时候，发现自己具有双重人格的？"范娅问。

"应该是小学的时候吧。当时我和乔西自己并没有意识到这件事。是同学们发现，

'乔西'这个人会呈现出两种截然不同的状态——有时很温和，有时又很暴戾。小学生当然不知道这是怎么回事，只觉得'乔西'是个奇怪的人。

"但这件事，引起了我们——也就是我和乔西这两种人格的注意。那时我们不懂什么叫'双重人格'，只是隐约觉得我们跟普通孩子不一样。后来随着年龄的增长，我们看了一些相关的电影和书籍，加上自我意识的提高，就开始明白这是怎么回事了。从那个时候起，为了区分彼此，乔西给他的另一个人格取了一个名字——乔东。换句话说，在十几岁的时候，我终于拥有自己的名字了。"

"这件事，你母亲知道吗？"范娅问。

"我不清楚她是否知道，反正她从来没在我们面前提起过双重人格的话题，也从没带我们去看过心理医生。我猜，有可能是她工作太忙，没有发现这件事；也有可能是她察觉到了，却认为儿子只是性格乖僻，并没有深入思考。"

范娅想起了乔西母亲说的那句话——"乔西这孩子总体还是很乖的，只是有时候，会有点极端和敏感。"她猜想，乔东说的第二种可能性更大。

"发现自己拥有双重人格的初期，我们——起码是我——并未觉得有什么不妥。一般有双重人格的人，会出现这样的情况：当其中一个人格主宰身体的时候，另一个人格并不知道这期间发生了什么，所以当两种人格交换的时候，往往会出现信息衔接不上的情况。但我们不会，乔西做了什么，我很清楚；我做了什么，他也清楚。两种人格的记忆是相通的。

"另外，我们还有一个特殊之处，那就是一般有双重人格的人，都会有一个主人格（原始人格），和一个亚人格（衍生人格）。但我和乔西，却很难分出主次。似乎我们的地位是不分轩轾的。这一点引起了我们的思考——难道我们的双重人格，并非后天形成的，而是天生的？"

"有天生双重人格的人吗？"范娅不禁问道。

"关于这件事，在我们成年之后，咨询过不同的心理医生，他们的意见一致是：双重人格在绝大多数情况下，都是后天形成的，很少听说天生就具有两种人格的人。所以我们的情况，也许是一个特例。"

"拥有两种人格，是一件好事还是坏事？"

乔东仰望斜上方，思考了很久，说："某些情况下，是好事。但更多的时候，是坏事。"

"怎么说？"

"好处是，我们有两套可以交替运转的思维模式，可以从不同的角度来思考问题；坏处是……"

说到这里，乔东停了下来，显得有些难以启齿。范娅不解地望着他。

十几秒后，乔东吐出一口气，说道："对我而言，坏处就是，我必须忍受乔西暴躁的性格，和他的某些怪癖。"

范娅当然知道"某些怪癖"指的是什么。她说："这会给你带来困扰吗？"

"何止是困扰，简直是伤害。比如他跟人打架，我也必须承受创伤和疼痛；而他的怪癖，会让我无地自容，羞愧至极，在人前抬不起头来。"

范娅能够理解乔东的感受，对于正常人而言，显然是很难接受暴露癖这件事的。

"当然，他有时也会觉得，我太假正经，或者我太温驯。总之，我们有彼此见不惯的地方。所以，大学毕业之后，我们对这样的状态感到厌恶了，便开始找寻摆脱彼此的方法。"

"有这种可能吗？你们可以摆脱彼此？"

"这个问题，我们试着咨询了至少五位心理学专家。但他们认为，两种人格在身体内长达数十年，要想将另一种人格彻底'驱逐出境'，几乎是不可能的事。而且你肯定想到了，由于两种人格的地位是相等的，那么，该赶走谁，又留下谁呢？显然任何一种决定，都会激起另一方的强烈抵抗。所以，医生劝我们打消这个念头。"

范娅点头表示理解，她也意识到了这件事的难度所在。

乔东接着说：

"于是，我们放弃了这个想法，一度认为此生只能如此了。但是一天晚上，在一次朋友聚会中——当时主导身体的人是我——我喝醉了，忍不住向一个好朋友倾诉衷肠。他是第一次听我说起双重人格的事，也是第一次了解我的苦恼，显得非常吃惊。

"之后，他对我说，因为某些机缘，他认识一个国外的大师。接着还给我举了一些例子，说得神乎其神。我当时醉醺醺的，只当作故事来听，根本没有意识到这跟我有什么关系。直到这位朋友说，'如果你想见他，我可以帮你引荐，也许他可以解决你的苦恼'。

"酒醒后，我开始认真思考他说的话。抱着姑且一试的态度，或者就当旅游一趟的想法，我和这位朋友前往国外，见到了这位大师。我把自己的情况和苦恼告诉了他，这位大师对我说，他会某种秘术，也许可以帮助我。

"我不知道他说的'秘术'指什么，也不知道他具体打算怎么做。这位大师拒绝透露细节，只对我说，我要做的只有一件事，就是绝对地信任他，按照他说的来做。

"可能我现在向你转述，你会觉得很可笑——这样的话都能信吗？但事实是，这位大师仿佛真的具有某种不可思议的魔力，让人不由自主地相信他说的每一句话。于是，我当即表示，会严格按照他的吩咐来做。

"大师告诉我，实施这项秘术，至少需要三个月的时间。由于我是专职画家，可以自由掌控时间，所以在这个神奇的国度逗留三个月没有问题。但我那位朋友是上班族，他不可能待这么久。于是他回国了，我则留在了那里。

"你肯定想到了，在那儿这么长的时间，不可能全都是我主导身体，这期间肯定有很多时候会替换成乔西。但我之前说了，他也厌恶跟我待在同一个身体里，所以他愿意配合大师实施这项秘术。"

就在范娅听得全神贯注的时候，房间里突然响起了手机铃声。这铃声不属于她和乔东中的任何一个，那么就只有可能是乔西的。乔东走到仍在昏睡的乔西身边，从他的裤兜里掏出手机，看了一眼，接起电话说道："喂，妈妈。"

"乔西，你和范娅呢？你们在哪儿？"

"真是抱歉，妈妈，范娅临时接到公司的一项紧急公务，必须马上返回，所以我跟她连夜乘坐飞机回去了。"

"哎呀，你们走怎么都不跟我说一声？"

"我们不想打扰您睡觉,实在是对不起,我们下次时间充足的时候再回去看您。"

接着,他又对母亲说了些安慰的话。范娅也正好让大脑休息片刻,从透不过气来的谈话中舒缓一下。

乔东打完电话,把手机放到茶几上,问道:"刚才说到哪儿了?"

"你和乔西都愿意配合实施这项秘术。"

"对。有意思的地方来了,你知道大师要求我们做的唯一一件事是什么吗?"

"什么?"

"他要求我们每天暴饮暴食,大量摄取脂肪和糖分,目的是在三个月内,让体重翻一倍。"

"我的天……你们做到了吗?"

"显然做到了,但着实不易。我不属于易胖体质,所以你可以想象在那三个月中,我吃了多少肥肉、奶油和垃圾食品,吃得我想吐。但不管怎么说,我真的做到了。三个月后,我的体重达到了惊人的一百五十公斤,走在街上,像一个行走的果冻。"

范娅努力想象这个画面,觉得很滑稽,却笑不出来。她关心的是接下来发生了什么。

"体重达标之后,大师告诉我,可以实施秘术了。我和乔西都很紧张,甚至忘了那时到底是谁在主导身体。我只记得,大师把我带到了一个地下密室,我注意到这里有一个天然温泉池,池水冒着汩汩热气。大师让我赤身走进温泉池中,我照做了。

"温泉水温正好,我把整个身体浸泡在水中。大师让我闭上眼睛,然后放松,接着口中念念有词。这声音就像是催眠曲,我很快就睡着了。蒙眬中,我感觉身体被温暖的水包围,有种说不出的畅快;并且感觉到一种前所未有的安宁和平静,以及莫名的安全感。接着,我就失去了意识,什么都不知道了。"

范娅听得屏声敛息,仿若自己也沉浸了这古怪的氛围之中。

"我睁开眼睛醒来的时候,第一感觉是自己重获了新生,就像刚刚诞生的婴儿一样,没有任何的思想和欲念。渐渐地,我开始适应周围的环境,记忆也开始恢复,我终于想起了我在哪里,之前发生了什么。这时,我扭过头去,看到了令我永生难忘的一幕。"

二十一

"你看到了乔西。"范娅猜到了。

"没错。我看到了浸泡在水里的,跟我一模一样的男人。我们长久地对视着,这种感觉十分奇妙。仿佛我们是认识了几十年的老熟人,却第一次相见。更神奇的是,我们都注意到,我们俩的身材,恢复到增重之前的标准体形了。"

范娅惊愕地捂住了嘴,这是她这辈子听过的最匪夷所思的事情。如果不是之前经历了那么多,对这对"兄弟"有足够的了解,她说什么都不可能相信如此荒诞的事。

"这时,站在一旁的大师说了一句话,让我们想起这个地方还有另外的人。他说:'欢迎你们降生到这个世界上。从现在开始,你们是这个世界上最特殊的两个人。你们形虽分开,但又彼此相通,从今往后,将以特殊的生命形式,共存在这个世界上。'

"我和乔西从温泉中出来,穿上了大师为我们准备好的衣服。接着,大师把我们带离了那个密室,来到一个茶室。在这里,大师开始跟我们讲述一些注意事项——我们两个人,将拥有共同的身体感受,彼此不能离得太远,也不能分开太久,等等。听完他的话,我和乔西明白了他说的'共存'的含义。"

"这么说,所谓的'同心同卵双胞胎',只不过是你们掩饰真相的幌子?"范娅问。

"没错，就是这样。"乔东带着歉意说，"真是对不起，跟你相识的初期，我不敢把这么惊人的内幕告诉你，所以只能诉诸谎言。事实是，世界上根本没有'同心同卵双胞胎'这回事，连这个名词都是我编的。"

"没关系，我能理解。"范娅说，她关心的是别的问题，"你们分开成为两个人之后，生活有什么本质的改变吗？"

"你是不是想问，我们有没有后悔过？"

"可以这么说吧。"

乔东笑着摇了摇头说道："如果再给我们一百次选择的机会，我相信我们还是会选择分成两个人。举个例子来说吧，之前，你必须和你的室友共用一部手机；现在，你们分别拥有了自己的手机，你觉得你还会愿意回到共享手机的时候吗？"

范娅点了点头，她懂乔东的意思。

"当然，也不是说分开之后，完全百利而无一弊。拥有同样的身体感受这一点，倒是无所谓，因为之前也差不多。最主要的问题是，我们不得不迁就彼此。比如，我跟你相亲的时候，乔西必须陪同；而他需要满足自己一些特殊癖好的时候，我也只能在场。"

说到这里，乔东望向范娅："我已经两次提到了，乔西有某种特殊癖好，你好像一点都不好奇，他的特殊癖好是什么。"

范娅沉吟片刻，说："因为我已经知道了。"

"哦？你怎么会知道？"

"昨天晚上，他亲口承认了，他有暴露癖。"

"然后，他对你做了什么？"乔东盯着范娅的眼睛。

范娅把头扭到一旁："你应该能猜到。"

乔东转动眼珠，似乎回忆起了昨晚的某种身体感受。他闭上眼睛，看样子在竭力压抑自己的愤怒。许久后，他说道："我就知道，让他回家找你是一个错误。"

范娅说："我能理解你们俩不能同时出现在母亲面前，但为什么来找我的，不是你，而是他呢？"

"自从分成两个人之后，我跟他一直都是轮换着看望母亲。但这次不同，因为提出要回家找你的是他，而不是我。你跟我说要去北京出差，我丝毫没有怀疑，但乔西不知道发了什么疯，非说你欺骗了我，你并没有去北京，而是去了江州，目的是找到我们的母亲，暗中调查我们。更关键的是，你有可能做出对他不利的事，所以他必须马上赶往江州，找到你。迫于无奈，我只好跟他一起回了趟老家。"

范娅说："没错，我的确骗了你，也正如乔西所说，我去江州，就是找你们母亲了解情况的。但你知道，我为什么要这样做吗？"

乔东摇了摇头。

范娅说："因为我知道乔西大概在一个星期前，约了一个叫姚立的女孩到这个地下室，之后，这个女孩就从人间蒸发了。"

乔东深吸了一口气，说道："如果我没猜错，这个女孩，就是那天晚上，你到我的卧室来跟我说的，你最好的闺蜜吧。"

"对。"范娅承认了，同时问道："我现在想知道，她究竟怎么了？"

乔东沉默良久，轻轻抓住范娅的手，沉重地说："范娅，我很抱歉。"

"抱歉是什么意思？"

"她已经不在这个世界上了。"

虽然之前已经猜到了，范娅的眼泪还是忍不住倾泻而出。她啜泣着问道："她是怎么死的？是乔西把她……"

乔东把范娅拥入怀中："对不起，真的对不起。如果我肯早一点把乔西的情况告诉你，你的闺蜜也许就不会遇难了。但我害怕，你会因此而离开我，所以我一直对你隐瞒了乔西最可怕的一面。而这也是我不愿跟他共享一个身体最重要的原因。

"如你所见，乔西和我一样，都拥有不俗的身材和容貌。这样的外形条件是非常吸引女人的。但我和乔西的本质区别是，我渴望专一而恒久的爱情，他却追求新鲜和刺激。他从来不会跟一个女人保持长久的关系，但对女人而言，这不是她们想要的。所以，往往会出现那种纠缠不休的女人，希望通过各种方式成为乔西的恋人。但可悲的是，她们没有意识到，这样做的结果是她们都成了受害者。"

范娅悲痛地闭上了眼睛："你的意思是，乔西会把纠缠他的女人骗到家里来，杀死她们？"

乔东默默点了点头。

"姚立是怎么死的？尸体又是怎么被处理掉的？"

"我不知道。乔西从不告诉我细节。"

"但是你知道他杀了人。而且，这样的事情发生过不止一次，对吧？"

"没错……"乔东艰难地承认。

"不管是作为'哥哥'，还是他的'分身'，你选择的是不闻不问，然后帮他掩盖罪行？"

"不！如果我知道他有杀人的计划，一定会阻止他。但是约姚立到地下室来这件事，我根本就不知道！他是瞒着我做这件事的。"

"但你之后总会知道吧？他不可能瞒着你处理掉尸体。况且你也承认了，这样的事情，以前就发生过。"

"是的，我知道你想说什么。作为一个有良知的人，我应该在他第一次做这种事的时候就报警，让他受到法律的制裁。但是你知道这样做的结果是什么吗？"

"是什么？"

"他会被判处死刑，然后被执行枪决。"

"难道这不是他罪有应得吗？"

"当然是。可这样的结果就是，我也会死。"

范娅愣住了，几秒后，她问道："这是那位灵修大师告诉你的吗？"

"他没有明说，但他暗示了。"乔东说，"想想看吧，连乔西被人揍一拳，我都能感受到疼痛。如果他被一枪击中心脏，我还能活下去吗？"

范娅沉默良久，缓缓说道："所以，你只能纵容他犯罪，对此完全无计可施？"

"我能做的，只有尽量避免这样的事情发生。或者就是，跟他一起死。范娅，如果你希望我这样做……"

"不，"范娅阻止乔东说下去，抱住了他，眼泪簌簌而下，"这不是你该承受的。"

乔东抚摸着范娅的脑袋，又亲吻了一下她的额头，两人陷入了长久的沉默。

"你累了，我也是。咱们别待在地下室了，上去睡一觉吧。"乔东温柔地说。

范娅点了点头。离开地下室之前，她望了一眼还未醒来的乔西，问道："他呢，就这样吗？"

"对，不用管他。将他捆起来，已经是最轻的惩罚了，让他自己反省一下吧。"

乔东和范娅通过暗门走出了地下室，来到车库，再沿着阶梯走到上方的花园。乔东掏出钥匙，打开了家门。

"你是跟我一起睡，还是回自己房间？"乔东问。

"回房吧。我实在是困得眼睛都睁不开了，我们都需要好好睡一觉。"范娅疲惫地说。

"好的。"

他们分别进入各自的卧室，将房门关上。

范娅并没有躺下，她走进卫生间，用冷水洗了一把脸。在咖啡因和冷水的双重刺激下，她比之前更清醒了。刚才的倦容，是故意装出来的。

她的心中，还有一个疑问。为了验证此事，她必须再次前往地下室。

二十二

在房间里坐了十多分钟后，范娅悄悄打开房门，走了出来。乔东的房门是关着的，范娅猜他应该睡着了。

她已经不是第一次轻手轻脚地溜出这个家门了，这一举动已经变得轻车熟路。她穿过花园，进入车库，来到墙角的暗门前，摸索一番后，找到了那个向下凹陷的开关。她按了一下，暗门打开了。

范娅闪身进入，将暗门关好。她的视线集中在了被捆绑在椅子上的乔西身上。乔东说迷药的效力只会持续六个小时，现在已经超过时间了，但乔西还没有醒。范娅猜想，药效虽过，但他还没有从睡梦中醒来。她必须趁此机会，赶紧行动。

这个地下室里，一定隐藏着更深的秘密。如果没猜错，乔东并没有把所有真相都说出来。

范娅在墙边找到了电灯开关，把整个地下室的照明设备全部开启。即便如此，这些蓝色、绿色、紫色和橙色的灯管，也没有把这里照得如同白昼，只是在增添诡异气氛的同时，让人能看清这个地下空间的所有事物罢了。范娅从进门右侧的墙壁开始，一幅一幅地审视这些以畸形人和动物为题材的油画。此刻，她真正理解了这对"双胞胎兄弟"迷恋这一题材的理由。

在这个过程中，她也看到了不少的雕塑作品。其中最惊人的，就是姚立发给她看过的那个"天使与魔鬼"。这件雕塑放在地下室的西南角，跟真人一般大小。范娅驻足停留，强忍着恐惧感观赏了许久，若有所思。

之后，她又挨着观察和摸索地下室的每一面墙。在东北角的边缘，摸到了一块凹进去的地方，她心中一阵悸动，颤抖着按了一下——一道新的暗门随之开启。

找到了！范娅在心里呐喊。这个地下室中，果然还有一个暗室！这里面，也许隐藏着这对"兄弟"最后的秘密。

范娅运了一口气，做好心理准备，走进了这个暗室。

里面是黑黢黢的一片，看不清有什么。范娅在墙边摸索，却没有找到电灯开关。她掏出手机，开启手电筒功能，照亮周围。当她缓缓转身，"手电筒"的光照到某处的时候，映入眼帘的恐怖事物令她差点发出惊叫，她迅速用手捂住了嘴，将这声惊叫硬生生憋了回去。极度惊恐之下，她脑子里一片空白，震惊得呆若木鸡。

一个女人站在她的面前。这人不是别人，正是她自己！

范娅非常确定，她看到的不是镜中的自己。因为这个女人除了长相跟自己非常接近之外，发型和衣着都完全不一样。而且她一动不动，始终保持着机械的姿势和僵硬的微笑。许久之后，范娅才恢复冷静，意识到这不是真人，而是一件雕塑作品。

可是，雕塑会如此真实吗？她产生了怀疑。为了证实自己的想法，她鼓起勇气，稍稍靠近了一些，用手电筒照射这个"人"——实在是太逼真了，简直跟真人一模一样。

也许是蜡像？范娅参观过蜡像馆，那些栩栩如生的蜡像令她印象深刻。但不管怎么说，蜡像和真人还是有区别的，特别是头发部分。制作蜡像的工匠通常是将收购来的人的头发处理后插进蜡像头顶。但是，当范娅举着手机端视蜡像头部的时候，发现头皮的毛孔和纹路相当清晰，头发和皮肤的连接处也十分自然，跟真人无异。

突然之间，她的心里冒出了一个惊骇欲绝的念头，整个人如同坠入冰窖，全身的血液仿佛在瞬间冻结成了冰。

她想起了一个人——乔东的前女友，那个跟自己长得十分相似的，叫作清玲的女孩。

难道……不，我的天哪！这不可能是真的。范娅脑子里嗡嗡作响，世界开始旋转。

在昏倒之前，她必须离开这个地方——不是地下室，而是这个可怕的家。她甚至连回去拿行李的想法都舍弃了。

就在范娅转过身去，正要离开这间暗室的时候，暗室的灯突然亮了起来，她的身后传来一个冰冷的声音："好奇害死猫。这句话，你没有听说过吗？"

范娅的心脏被重重地击打了一下。她没有立刻回头，而是望向了仍旧被绑在椅子上的乔西。那么，身后的人是谁，自然不言而喻了。

她回过头，望向乔东——此刻，他脸色阴沉，时常挂在脸上的笑容荡然无存，看上去是那样陌生。范娅心中一阵阵发冷，在这一刹那，她似乎一下想通了很多事情。

"我不是出于好奇，才来找这个暗室的。"范娅说。

"哦，那是因为什么呢？"

"因为我并不像你想象中的那么相信你。你自以为天衣无缝的说辞，其实有很大的漏洞。"

"什么漏洞？我还真想听你说说看。"乔东露出饶有兴趣的神情。

"姚立死后，还给我发过微信。现在看来，显然是袭击她的人用她的手机给我发的,只为拖延时间,让我以为她还活着。袭击者甚至编造了让姚立受到惊吓的理由——看到了那尊恶魔雕像。但是当我进入这个地下室,看到这些绘画和那尊雕塑的时候,我意识到这是不可能的,因为人对于'恐惧'是有适应性的。

"这个地下室的绘画和雕塑,几乎都是暗黑系的。姚立遇害之前,在这里待了两个多小时,早就该适应这里的气氛和风格了。即便看到那尊可怕的雕塑,也不至于被吓得失声尖叫。所以唯一的解释就是,令她受到极度惊吓的,是另一样更加惊人的事物。但你对此事只字不提,只说乔西诱骗姚立到这里来,就是为了杀死她。如果真是这样,前面两个小时,乔西为什么不动手,偏偏要等姚立发现了什么之后才动手?这明显是说不过去的。因此我猜测,会不会姚立意外发现的,并不是乔西的秘密,而是你的秘密!也就是说,她其实是被你杀死的!"

"真是精彩的推理,我小看你了。"乔东冷笑一声,说道,"不过我要纠正一点,她并不是'意外'发现了我的秘密,而是我故意让她发现的。"

"什么?"

"记得我一开始就跟你说过,让你为'双胞胎'的事保密吗?但是很遗憾,你没有做到,把这件事告诉了你的闺蜜。这个女人来到地下室,趁乔西上厕所的时候给你打了一个电话,但她不知道,整个地下室都处于我的监视和监听之中。听到她跟你通话的内容,我意识到她已经知晓了'双胞胎'的事。所以,我不能让她再活下去。

"这个地下室有两个出入口,一个连接车库,一个连接我房间的衣橱。我通过衣橱来到这个隐蔽的暗室,故意将暗门打开一条缝,用透出的光亮来吸引正在跟你打电话的姚立。她果然上钩了,推开暗室的门之后,看到了一尊跟你'一模一样'的蜡像,当即吓得魂飞魄散。后面的事,不用我再讲了吧?"

"难怪她当时叫了一声我的名字,我还以为她想跟我说什么,原来是,她在这个暗室中见到了'我'!"范娅流下了眼泪,"你袭击她之后,立即返回自己的房间。所以我到你房间去的时候,看到你正躺在床上玩手机。"

"是的,但你粗心了。或者说,你压根儿就没朝这个方面想——**没有发现我当时**

拿着的,是谁的手机。"

"啊!"范娅倏然明白了,"你当时拿着的是姚立的手机,正在给我发信息!"

"没错,所以你进来之后,很快就收到了'姚立'发来的信息,告诉你她没事,让你放弃了报警或者向我求助的念头。"

"你这个魔鬼!"范娅怒斥道,"就因为她知道了你们是双胞胎的事,你就要杀人灭口?且不说你们根本就不是双胞胎,就算真的是,让人知道了,又有什么关系?!"

"你好像还没想明白这里面的关联所在。以往的经验告诉我,一旦有人知道了我和乔西是双胞胎,随着了解的增加,他总是会发现,我们跟普通的双胞胎有着很大的不同,从而对我们的身世和真实身份产生怀疑,甚至去调查我们的过往——你不就是这样做的吗?只要接触到我们的家人,或者以前的同学、老师,就会知道乔西根本就没有什么双胞胎哥哥。这时问题就产生了——乔东这个人,究竟是谁呢?如果有人进一步调查,就会发现,**我是一个没有过去的人。**"

"那你就不能告诉他们实情吗?那个灵修大师对你们实施的秘术,虽然匪夷所思,但将真相说出来,又有什么关系?"

"这会触碰到我们的隐私。这件事一旦被公开,毫无疑问,我和乔西会成为全世界媒体的关注对象。我们的照片和经历会刊登在不同语种的报纸杂志上。走到任何地方,都会有人在我们身边窃窃私语,说'快看呀,分身人'。抛开这些事对我们产生的困扰不说,最大的问题是,**我肯定无法继续收集我的艺术品了。**"

范娅蹙了下眉,一时没弄懂他说的这句话是什么意思。直到她的视线再一次落在身边那座蜡像上,才猛然惊醒。她感到毛骨悚然:"你说的'艺术品',就是这个?"

"难道你不觉得这是最高级的艺术品吗?在创作了很多幅以'双生花''双子'为题材的画作后,我对绘画这种表现形式感到厌倦了——雕塑也是。于是我开始思考,还能用什么更震撼和直观的方式来表现这一题材呢?最后,我终于想到了。"

"**把真人做成蜡像。**"范娅感觉寒意砭骨,"你这个疯子。"

二十三

"历史上很多天才艺术家都是疯子，比如割掉自己一只耳朵的凡·高，据说曾偷尸体来研究的达·芬奇。所以，我就当你是在称赞我了。你说得没错，观察力也很敏锐——摆在你眼前的，就是用真人做成的蜡像。不过，这是一个尚未完成的作品，需要凑齐另一半，才能赋予它灵魂。"乔东带着自豪的口吻说道。

范娅明白他说的是什么意思，她缓缓摇着头，睁着惊惧的双眼，慢慢朝后退着。突然，她转身冲出这间暗室，朝连接地下室和车库的暗门狂奔过去。但是站在这道暗门前，无论她怎样按那个凹陷的开关，暗门都不再开启了。她惊恐而绝望地回过头，发现乔东不慌不忙地从暗室中出来，手里拿着一个遥控器，说道："你不会天真地以为，在你知道这么多内幕之后，我还会让你出去吧？"

范娅全身瘫软，无力地顺着墙角坐到了地上，泪如雨下。她发出绝望的悲鸣："求你，让我走吧……我发誓，我什么都不会说出去。就算我说了，也没人会相信这一切的。乔东，我是真的喜欢你……你为什么要这样对我？"

乔东走到范娅身边，蹲了下来，用手指轻轻拭干她脸上的眼泪，心疼地说："我也是真的喜欢你，还有清玲。所以，我决定把你们变成永垂不朽的艺术品。在你们的容颜尚未老去之前，把你们的美固定下来，让几百年后的世人，都能直观地欣赏和理解，这个时代的女性之美。你们会成为这个时代的标志，会成为像蒙娜丽莎那样的不朽经典，符号式的美学典范——这难道不好吗？人总是要死的，甚至是在疾病、意外中痛苦死去。但我可以向你保证，你不会体验到任何痛苦。在麻醉剂的作用下，你会安稳地睡去，再次睁开眼睛的时候，已经变成了完美而不朽的艺术品。这个世界上，又有多少人能够拥有这样的殊荣呢？"

范娅听出来了，面前的这个男人，她已经无法用正常人的思维模式和他进行交流了。她痛心疾首、泪眼婆娑地说道："怪不得你会把所有真相都告诉我，原来从一开始，你就没打算让我活着离开这里。"

"这件艺术品，从构思到实施，我花了三年的时间。你知道我在茫茫人海中筛选了多少人，最后才选中你和清玲的吗？"

"你说什么？三年前，你就……"

"没错，三年前我就见过你了，当然是在你没有察觉到的情况下。经过实际观察和比对，我认为你和清玲两个人，是我见过的最像双胞胎但又不是双胞胎的人。你们俩的存在，跟我想要表达的主题无限契合。但是很显然，我不可能同时跟你们两个人交往。所以，我先接触清玲，完成这件作品的其中一半。然后在一个月前，通过巧妙的途径把我的照片、资料发给你们公司的热心人蔡姐——后面就不用说下去了吧？"

"所有的一切，都是你从三年前就设计好的？"范娅感到一阵阵眩晕，手足冰凉。这一瞬间，她身上最后的力气都被抽离了。她意识到，不管是智谋还是力气，她都不可能是这个男人的对手。她卸下了防备，放弃了抵抗，准备迎接死亡。

乔东从衣服口袋里掏出一个小塑料瓶和一张手帕，瓶子里装着高浓度的七氟醚。他拧开瓶盖，滴了几滴在手帕上，对范娅说："亲爱的，把眼睛闭上，准备迎接一场美梦吧。"

就在范娅准备闭上眼睛的时候，对面突然传来一个男人的呐喊："范娅，别听他的！就算鱼死网破，你都要抗争到底！"

乔东皱了下眉，站起来，转过身，望着乔西说道："我差点把你忘了，我亲爱的弟弟。"

被捆在椅子上的乔西拼命挣扎，试图摆脱束缚，但绳子捆得太紧了，挣扎只是徒劳。乔东拿着那张浸润了七氟醚的手帕，朝乔西走过去，说道："连续两次吸入麻醉剂，对大脑会产生一定的损伤。别逼我这样做，好吗？"

"乔东，求你了。"乔西一反常态，不再是那副傲慢冷漠、事不关己的样子。他舍弃自尊乞求"哥哥"："别一错再错了，放范娅走吧，好吗？从此以后，我什么都听你的，你要我做什么，我就做什么，只要你不伤害范娅！"

"纠正两点。"乔东说，"第一，我不是在伤害她，而是在成就她；第二，你有什么资格跟我谈条件，你本来就该什么都听我的。没有我的智慧，你只是一个虚有其表的莽夫。我们已经因为你的愚蠢而付出了太大的代价，难道还要重蹈覆辙吗？"

范娅听不懂他在说什么，她只知道，这或许是自己唯一的求生希望——当然不能仅仅依靠乔西的哀求。她慢慢从地上站了起来，注意到旁边的桌子上有一个铜制的雕塑。这东西砸在头上足以让人昏倒。她悄悄拿起这个雕塑，从身后靠近乔东，快到他身边的时候，她举起了雕塑。

可惜的是，乔东早有防备，在雕塑砸到他头上之前，他迅速回身，反手一记耳光，将范娅抽倒在地。范娅大叫一声，雕塑被抛出老远。

乔东走向范娅，手里拿着那张浸湿了麻醉剂的手帕。就在他蹲下去，准备将手帕捂到范娅鼻子上的时候，旁边的乔西突然做了一个决定，他使尽全身力气，猛烈摇晃，最后大喝一声，连人带椅子朝右侧倒去，头部重重地撞在了水泥墙上，当即昏死过去。

与此同时，乔东发出一声惨叫——显然他也承受了同样程度的撞击和疼痛。跟乔西一样，他也昏了过去。

事情发生得太快，范娅几乎还没回过神来，这对"双胞胎"兄弟就双双倒下了。她惊魂未定地喘息着，然后迅速起身，走到乔东身边，一只手捏住鼻子，另一只手把他捏在手心的手帕拽了过来，然后一把捂在他的鼻子上。十几秒过后，她才扔掉了手帕，长长地松了一口气。用他自己的话说，吸入高浓度的七氟醚，至少六个小时后才能醒来。

千钧一发之际，范娅终于脱离了危险，她从乔东的裤兜中掏出了控制暗门的遥控器。她现在有一百个理由马上冲出这个可怕的地下室呼救和报警。但她知道，她不能这样做，因为她没有忘记，在关键时刻，是谁救了她的命。

范娅走到乔西身边，俯下身来，迅速帮他解开绳子。乔西仍在昏迷中，范娅发现他的额头被撞了一个洞，鲜血正汩汩流淌。她脱下外套，按压住乔西的伤口。然后，她轻轻推他，问道："乔西，乔西！你没事吧？"

良久，乔西缓缓地睁开了眼睛，整张脸上都是血。他虚弱地说道："我没事……你，你快报警。"

范娅知道这意味着什么，她说："但是这样一来，你就……"

"没关系，我早就该这样做了……当初，就是因为我的懦弱，才让清玲成了受害者。现在……我不能再犯同样的错误了。他是我的一部分，这样的结果……本来就是我该承担的。"

说完这番话，乔西再次昏死过去。范娅的眼中溢出泪水，她掏出手机，先后拨打了报警电话和急救电话。

二十四

两个月后。

范娅穿着素雅的套裙，捧着一束鲜花来到医院。在外科病房，他见到了躺在病床上的乔西。他头上的伤口今天刚拆完线，之前的CT结果显示，他的脑部只是受到了轻微的损伤，今天就可以出院了。

见到范娅捧着鲜花出现在自己面前，乔西颇有些意外，问道："你怎么来了？"

范娅把鲜花放到病床旁的柜子上，说："我不能来吗？"

乔西沉默片刻问："你不怪我？"

"怪你什么？救了我？"

"当然不是。我指的是之前的事。"

"之前的事，负责调查此案的警官已经跟我说了。这么多年来，你一直处于乔东的控制之下。地下室那些恐怖的画和雕塑，其实都是他的作品。而住在地下室，也是他逼迫你的，为的是把你塑造成阴沉的形象，跟'阳光灿烂'的他形成对比。但实际上，他才是内心阴暗无比的那个人。"

乔西说："我被他控制多年，说到底，还是源于我自身的懦弱。"

范娅摇头道："不，这不是懦弱，是善良。乔东威胁你的方式是，如果你不听从他的安排，他就会无原则地杀人。为了不让他滥杀无辜，你才忍辱负重。"

"可我如果不是怕死，早就该揭穿他的罪行了。"

"这是人性使然，你不必自责。况且你现在做出这个决定，也不算晚。"

"说到人性，乔东压抑我的人性多年。为了守住分身的秘密，他不准我跟任何人交往，也不准我拥有固定的恋人。所以，我只能装成花花公子，跟酒吧里的女人鬼混——这种荒唐的日子，持续多年之后，让我有时真的认为，我其实就是这样的人。"

"不，这不是你的本性。"范娅说，"如果我没猜错，我第一次跟你吃饭，在那家西餐厅里，你是故意挨那一酒瓶的吧？"

乔西脱口而出："你怎么知道？"

"因为我从背后偷袭乔东，他反手就给了我一巴掌。那时我发现，你们俩都是打架高手，处于对抗状态时，对身后也充满警惕。于是我回想起那天的情景——那个女人抄起桌上的酒瓶袭击你，动作和声响都很大，你不可能没有察觉到，但你却被她偷袭成功了。唯一的解释就是——**你是故意的**。你用这种方式巧妙地提醒我，乔东跟你拥有一样的身体感受，你们俩不是普通的双胞胎。"

乔西淡然一笑。他很少笑，但笑起来的样子，有几分孩子般的可爱。

"那场架，我都是故意打的。" 乔西说。

范娅微微一愣，这个她倒是没想到。一丝暖流淌过心田。

"对了，乔东被捕之后，你跟他早就分开三十分钟以上了，距离更何止三十米——你没有出现不适吗？"范娅问。

"我不知道。"乔西说，"我昏迷了一天多，在这段时间，我感受不到疼痛，也没有意识，大概因昏迷而度过了这段不适吧。事实上，听从大师的建议之后，我们从没尝试过真正分开。现在看来，只要熬过一段时间，应该就无大碍了。"

范娅微微颔首。静默片刻后，她说："对了，我今天来，还有一件事要告诉你。乔东立即执行死刑的核准通过了，枪决时间定在五天之后。"

乔西的脸上露出复杂而沉重的表情。他望向窗外，缄口不语。

许久之后，他开口道："这么说，我的生命也只剩五天了。"

范娅说："警方和法院直到现在都不知道发生在国外的事，当然更不知道乔东和你的性命紧密相连。你看，需要我跟你一起去找相关负责人，跟他们说明情况吗？"

乔西摇了摇头说："你觉得他们会相信这样的事情吗？"

"我可以当证人。你也可以现身说法，给他们展示你跟乔东拥有同样身体感受的事实。"

"不必了。乔东是罪有应得，他本来就不应该活在这个世界上。"

"可你不是在帮他求情，你是为了自己。如果他死了，还要你跟着陪葬，这太不公平了。"

"没有什么不公平的。我跟他原本就是一个人，殊途同归，这是我应该接受的命运。"

范娅还想劝说，乔西用手势制止了她："你希望达到什么样的结果，让法院改判死缓吗？我告诉你，以乔东的智商，只要不立即执行死刑，他就一定有办法从监狱里出来。到时候，他又会展开新的犯罪。所以，死刑是最好的结果，就这样吧。"

范娅无话可说了，她扭过脸，眼泪悄然滑落。

"别哭哭啼啼的，在我母亲家的事你这么快就忘了？"

乔西突然提起这事，范娅瞬间脸色绯红，表情既羞又恼。乔西笑了起来："这就对了，你还是应该用这样的态度面对我。"

"好吧，既然如此，我走了。"范娅从椅子上站起来，作势朝病房外走去。她猜想，乔西一定会叫住她的。

果然，乔西叫住了她："范娅。"

范娅回头问："还有什么事？"

乔西沉吟一下，说："在我生命的最后五天，你能陪陪我吗？"

范娅心头一酸，她坐回原位，说道："乔西，有件事情，我想问问你。"

"什么事？"

"在你母亲家，你对我说，你看见我的第一眼，就喜欢上我了，是真的吗？"

"是真的。"乔西点头。

"好吧，我答应你。"范娅说。

尾声

出院之后，乔西并没有回美式大宅，而是去了范娅的单身公寓。这套房子虽然小得多，但温馨、可爱，有家的味道。他们逛街、买菜、做饭，傍晚出去散步，或者看一场电影——尽享人生的乐趣。

然而，快乐的日子总是短暂的。最后一天，终于到来了。

范娅从警察那里了解到，枪决乔东的时间是上午十点。

早上九点，乔西穿上干净整洁的衣服，吃完早餐后，他和范娅一起坐在了沙发上。范娅蜷缩在他的怀里，他们并不想刻意等待这一时刻的到来，乔西甚至用笑话来驱散范娅的紧张和不安。但是，当这个时刻临近，仅剩一分钟的时候，他们都不说话了。

范娅紧张得全身僵硬，而她感觉到，乔西的身体也开始微微发抖。这是对死亡的敬畏，是无法抗拒的人性。

十点钟时，范娅仿佛听到"砰"的一声枪响。这声音刺穿了她的耳膜，穿透了她的身体。

不出所料，乔西发出一声惨叫。他捂住了自己的心脏，来不及说出任何道别的话，就倒在了沙发上。

范娅捂着嘴，泪如雨下。她知道这一刻会来临，但她没想到会伤心至此。

几分钟后，她轻轻摇晃乔西的身体，对方没有任何反应。悲痛欲绝的她，准备为乔西料理后事。

就在这时，她听到一声微弱的呼唤："范娅。"

范娅惊喜交加，她蹲到乔西身边，拍打着他的脸颊，发现他缓缓地睁开了双眼。她终于敢确认，刚才听到的不是幻听，而是真真切切的乔西的声音！

"乔西，乔西……你没有死，太好了！"范娅激动地抱住了心爱的人。乔西也恢复了力气和神志，和范娅紧紧相拥。他发出不可思议的大笑："哈哈，我没有死！我以为我的心脏已经被穿透了，但只是有痛感而已，我的心跳并没有停止！"

"这是天意。"范娅说，"上天不想让你枉死。"

"但是，乔东已经死了，对吧？"乔西怀疑地问。

"我想是的。死刑已经执行过了，他没有理由还活着。"范娅说。

"也就是说，我终于彻底摆脱他了！从此以后，我是一个完完全全、有独立人格的人了！"乔西激动得不能自已。

范娅看着像孩子一样雀跃的乔西，感慨万千——完全而独立的人格，普通人何尝珍惜过？但对于双重人格的人来说，摆脱掉自己的另一个人格，却是如此庆幸之事。

乔西从沙发上坐起来，紧紧抓住范娅的手："我要跟你结婚，嫁给我，好吗？"

五个月前，范娅做梦都想不到，跟她求婚的，居然会是乔西；更想不到的是，她几乎脱口而出"好的"。不行，作为女性，始终要保持矜持。她说："要想我嫁给你，你得答应我两件事。"

"什么事，你说。"

"第一，改掉你的暴露癖，再也不准在任何人面前赤身露体了。"

"这个……"乔西挠了挠脑袋，"恐怕有点难。"

"什么？"

"我的意思是，我起码要在你面前赤身露体吧。"

"我是例外！"

"好，那我以后只露给你一个人看。"

"你发誓。"

"男子汉大丈夫，说到做到！"

"这还差不多。"

"第二件事是什么？"

"第二是，哪有人空手求婚的，这也太随便了吧？"

"走，我们马上去买戒指！"乔西展露出从未有过的开朗一面。他拉着范娅的手，两人像两只快乐的小鸟飞出了家门。

其实，范娅在乎的根本不是戒指，只要有乔西的真心，就足够了。

晚上，他们吃了一顿大餐，庆祝乔西的又一次新生。这次，是真正意义上的新生。他们喝了两瓶昂贵的红酒，两人都有些微醺了。回家之后，乔西露出坏笑，范娅知道他想干什么，顺势躺到了床上。

还是那样粗暴、有力。范娅喜欢这样的感觉，闭上眼享受。但是，数分钟后，乔西的亲吻、抚摸和动作变得轻柔起来，范娅略有些不适，这让她回忆起了某种熟稔而恐惧的感觉。正要询问，她听到乔西说出一句语焉不详的话语：

"太棒了，我的小男孩。"

"你说……什么？"范娅背脊发凉。

"没什么。"

这句话之后，他伸手关灯。

"啪"的一声。

黑暗将他们笼罩。

（《黑暗双子》完）

陈念的故事讲完后，大厅里出现了一阵冰冷的沉默。好一阵后，双叶骇然道："乔西最后说的那句话，是什么意思？"

"哪句话？"陈念问。

"'太棒了，我的小男孩'。"

"意思不是很明显吗？我讲得太隐晦了？"

"你的意思是，乔东虽然死了，但是他的灵魂，或者他的人格，又回到了乔西身上？"

"要想摆脱一个人，本来就是件非常困难的事情。**何况我们想要摆脱的，还是我们自己。**"陈念意味深长地说。

双叶陷入了沉思。看来她很喜欢这个故事，也被这个故事的结局震撼了。从女性的角度来说，她关心是的范娅和乔西最后的结果。但是陈念没有讲出来，只留了一个开放式的结局。不过这也挺好，让人拥有想象的空间。

男性思考的角度则有所不同，流风饶有兴趣地说："你这个故事的设定很有意思呀——一个人'分身'成两个人，却拥有一样的身体感受——这种设定真是太特别了。"

陈念笑了一下，说道："要是打分的读者们也这样想，就好了。"

"看来你很想得高分嘛。"贺亚军说。

"难道你不想吗？"陈念反问道。

"我想问一个问题，"柏雷说，"你故事里提到的三个关于'分身'的传闻，是你自己编的，还是确有其事？"

"这是我在一本书上看到的。东野圭吾笔下的物理学教授汤川学，也提到过其中的一起事件，就是在《嫌疑人X的献身》这个故事里。可见东野圭吾也听说过这件事，甚至相信此事真的发生过，才借笔下的人物来讲述这起有名的'分身事件'。"陈念说。

"但是一个大活人，像草履虫一样分裂成两个单独的个体，这是不可能的事情吧？这完全不符合能量守恒定律。"扬羽说。

"这只是我讲的一个故事，又不是学术论文，请不要太较真。"陈念说。

"那么，你有'分身'吗？"真琴突然问道。

陈念一怔说："什么？"

"你有没有另一种人格？"真琴望着他的眼睛问道。

"当然没有……你为什么这么问，是想暗示什么吗？"

"不，只是随口问问罢了。"真琴说。

众人望向真琴，有点摸不准她为什么会问这个问题。难不成，她从陈念的故事中听出了什么疑点？但是当着陈念的面，他们不便询问，否则又会引来一番争执和反驳。

就在这时，兰小云发现了什么，指着悬挂在大厅上方的液晶显示屏说："你们看，第一个故事的分数出来了！"

众人抬头望去。果然，显示屏不知什么时候亮了起来，电子屏上出现一行字和一个分数：

第一天晚上的故事——《异变前夜》

分数：84

"84分……"这个故事的讲述者刘云飞嗫嚅道，"这个分数，应该还不错吧……"

"不管怎么样，第一个故事的分数出来，都有着很大的意义。"柏雷说。

"为什么？"刘云飞问道。

"如果照主办者所说，我们每个人讲的故事，都是由场外的读者来负责打分，那么，第一个故事的分数，一定会被当作一个'基础分'。后面的每个故事，都会以此作为参考。"柏雷说。

好几个人一齐点头，认为柏雷说的有道理。刘云飞干笑了两声："我也没指望会赢，只要不是十四个故事中得分最低的就行了。"

"你说错了，应该是'前五个故事中'。"柏雷指出。

刘云飞愣了几秒，明白了，他接着说："主办者说，第一次末位淘汰是五天之后……也就是说，前五个故事中，得分最低的那个人，会被……"

听了他的话，陈念、扬羽、桃子和王喜皆露出不安的神情。他们几个人加上刘云飞，正是排在前五位的。

扬羽看了下手表，说道："现在都快十二点了，明天该我讲故事。我得回房间休息了。"

其他人也没有继续留在大厅的理由，纷纷朝楼上走去。只有乌鸦说："你们不饿吗？要不要吃点消夜？"

宋伦说："你吃吧，但是省着点吃，这里面的食物要让我们挨过十五天呢。"

"我吃不了多少。"乌鸦说，接着他又骂道，"主办者也太不人性化了，好歹准备点啤酒之类的吧。"

贺亚军哼了一声说道："要不要再准备个KTV包房，再找几个人陪你喝？"

"如果我是主办者，就一定会准备这些，不然每天晚上只听故事，也太单调了。"

"你这么说的意思，就是你肯定不是主办者咯。真是'此地无银三百两'。"

"喂，大晚上的，你是想找碴儿吗？就算我没喝酒，也是可以发酒疯的。"乌鸦恶狠狠地说。

"这个我倒是一点都不怀疑。"贺亚军讥讽道，"不过你自己慢慢玩吧，我没兴趣奉陪。"说着走进了自己的14号房间，关上房门。

乌鸦懒得理他，骂骂咧咧地走到装食品的储物柜前面，拿出一些食物吃了起来。

第二天早上，起床后的众人陆陆续续来到楼下大厅，走到食品柜前，从里面拿出东西来吃。王喜是下来得最迟的一个，来到大厅的时候，其他人几乎都已经在这里了。他跟众人打了个招呼，也走到柜子前，翻找一阵后，问道："麻辣带鱼罐头呢，怎么没有了？"

大多数人都坐在圆桌旁进餐，没人回答他。王喜沮丧地说："该不会被你们吃光了吧？"

"我们都没吃什么带鱼罐头。早上谁吃这么油腻的东西？"双叶说。

"我呀，我最喜欢吃肉了，一天三顿都要吃。这里放的食物，最好吃的就是这个带鱼罐头，但我一罐都找不到了。"王喜说。

雾岛从柜子里拿出一瓶矿泉水，对王喜说："那你找找看吧，我想带鱼罐头应该还有。那鱼肉很辣，也很腥，只有你最爱吃，我们都没怎么吃。"

王喜"嗯"了一声，在柜子里翻找起来。不一会儿，他在食品柜最下方的一层找到了被放在角落里的几罐麻辣带鱼罐头，欣喜地说道："哈哈，找到了，原来在这儿，谁把它放到下面去了？"他一边说，一边伸手去拿罐头，突然，他发出一声惨叫："啊——！！！"

大厅里的众人皆是一惊，一齐朝食品柜的方向望去，只见王喜左手握着右手食指，惊恐万状地瞪着柜子。大家还没反应过来是怎么回事，又一声尖叫传来："啊，有蛇！"

这次发出尖叫的是站在王喜身边的真琴，她和王喜一起赶忙退开。众人看到，一条身体细长、全身黝黑的蛇慢悠悠地从食品柜里爬出来。桃子、双叶和兰小云同时发出惊叫，下意识地躲在了流风、贺亚军他们身后。男生中也有很怕蛇的，陈念大叫了一声，直接跳到了桌子上。

相对来说，最镇定的是柏雷、宋伦、乌鸦等人。柏雷说："大家别慌，只是一条蛇而已，我们这么多人，用不着怕。"

"这是什么蛇？乌梢蛇吗？"刘云飞问。

"不，这是全世界最致命的毒蛇——黑曼巴蛇！"扬羽惊恐地说，"它的毒液里含有神经毒素，被咬上一口……必死无疑。"

"什么……？"听到这话的王喜大惊失色，不知道是中毒还是惧怕的原因，一张脸逐渐变成了青绿色。

"那我们联合起来把这条蛇打死呀！"贺亚军说。

"我们手无寸铁，怎么跟毒蛇搏斗？万一又被它咬了呢？"刘云飞说。

"喂，它朝我们爬过来了！快想想办法呀！"双叶惊惶地喊道。桃子更是吓得失声尖叫。

"黑曼巴蛇是世界上攻击速度最快的蛇！一不小心就会被咬！"扬羽也慌了，不住地往后退。

就在这时，柏雷把腰间的皮带解开，抽出来当作一条皮鞭，在地上猛抽了几下，作为威吓，阻止黑曼巴蛇靠近。毒蛇受到威胁，一跃而起，挺直身躯，竟然高高竖起身体的三分之二，张开黑色的大口，随时准备发动攻击。众人都吓坏了，几个女生更是惊叫不已。柏雷一边挥舞着皮带，一边对身边的乌鸦说："喂，配合一下吧！"

乌鸦看了他一眼，明白了。趁柏雷吸引毒蛇注意力的时候，他举起一把椅子，悄悄绕到毒蛇的身后，看准时机，把椅子的一个脚猛地向毒蛇砸去。这一下，不偏不倚地砸中了毒蛇的身体。毒蛇在剧痛之下，扭转身子咬向乌鸦。但它的尾巴被椅子的一条腿钉在了地上，头够不着乌鸦的身体。乌鸦死死地压住椅子，急忙喊道："快干掉它！"

柏雷把皮带金属扣那头用力朝毒蛇抽去，一下砸中了毒蛇的脑袋，将这条蛇当场砸晕，但它却并未死去。为了防止毒蛇又突然蹿起来，他一步上前，用皮鞋跟部踩住了毒蛇的脑袋。毒蛇的身体失控地左右扭动。柏雷大喝一声："过来帮忙呀！"

贺亚军、流风、扬羽几个人冲过来，一个人踩住毒蛇的尾部，另外几个人对毒蛇的身体一顿狂踩。几分钟后，毒蛇不再动弹了，身体的某些部分几乎被踩成了肉酱。柏雷喊道："够了，它已经死了！"几个男人才气喘吁吁地停了下来。

柏雷移开皮鞋，把毒蛇的尸体往墙边一踢，松了口气。这时真琴喊道："哎呀，王喜！"

众人一齐望向王喜，发现他倒在了地上，脸色发乌，嘴唇变成了酱紫色，浑身抽搐。很显然，蛇毒已经发作了。兰小云蹲到他身边，把他被毒蛇咬过的手指抬起来，发现这只食指已经肿胀了，她焦急地说："怎么办？大家快想想办法呀！"

真琴说："我看到电影里面，可以用嘴把蛇毒吸出来，要不……"

"我劝你最好别这样做。"扬羽说，"神经毒素已经进入他的血液，现在来不及吸出来了。而你要是误吞了蛇毒，结果会跟他一样。"

"那……我们就眼睁睁地看着他死去吗？"真琴问。

扬羽摇着头，遗憾地说："是的，我们没有办法施救。被黑曼巴蛇咬了的人，通常十五分钟到三十分钟内就会死去。除了特效药，没有任何方法可以救他。"

"你为什么对毒蛇这么了解？"雾岛问道。

"我以前养过蛇，也在书中看过对黑曼巴蛇的介绍。"扬羽说。

虽然王喜对他们而言是竞争对手之一，但是眼睁睁地看着一个活人在自己面前痛苦地死去，实在是太残忍了。兰小云说道："大家再想想办法吧！真的完全无计可施吗？"

真琴跪下来，抱住王喜的身体，悲哀地说："至少让我抱着他，让他在温暖中死去吧……"

兰小云扭过头，十分难过。众人皆心情复杂。没有人注意到，双叶的额头上浸出了一层细密的汗珠，神色也明显异于常人。几分钟后，她咬住嘴唇，做了某个决定，沿着楼梯朝二楼的6号房间跑去。

不多时，双叶从楼上跑了下来，手里拿着一个小玻璃瓶。宋伦问道："这是什么？"

双叶没有回答这个问题，只是说："你们帮我把他扶起来。"

兰小云和宋伦合力支撑起王喜的身体。双叶拍了王喜的脸颊两下，说道："喂，你还有意识吗？撑着点，把这瓶蛇药喝下去！"

"蛇药？！"旁边的几个人一起大叫起来。

双叶没有解释，在兰小云和真琴的协助下，把一小瓶蛇药全部灌进了王喜的嘴里，说道："拿瓶水来！"

陈念递了一瓶矿泉水给双叶，后者灌了半瓶水到王喜的嘴里，然后望着他的脸，等待着。几分钟后，兰小云欣喜地叫道："他的脸色渐渐恢复正常了！这瓶药起作用了！"

又过了十分钟左右，王喜的面色逐渐红润，他睁开眼睛，意识也恢复了一些，但仍然很虚弱。他嘴里轻轻吐出一句话："双叶，谢谢你。"

双叶没有答话，只是垂着脑袋。宋伦对王喜说："我扶你到椅子上躺着，好吗？"王喜点了点头。

这个时候，所有人的目光都集中在了双叶身上。扬羽说："你不觉得有必要解释一下吗？这瓶蛇药是哪儿来的？"

双叶抬起头来说："记得主办者发给我们每个人的那个小盒子吗？**这瓶药，就是装在盒子里的道具之一。**"

"女祭司。"桃子说，"我记得你当时抽的塔罗牌是这张，对吧？"

"没错。"双叶答道。

桃子若有所思地点了点头。

"你说，这是你盒子里的道具之一。意思是，你的盒子里，不止这一瓶蛇药？"刘云飞问。

"对，还有一些别的药。"

"简单地说，主办者给你的道具，是一个'医药盒'，对吗？"

"可以这么说吧。"

"那你为什么不一开始就把蛇药拿出来，要等这么久？"乌鸦问道。

双叶冷哼一声："我就知道你们会问我这个问题。好吧，我承认，我一开始是犹豫、纠结了一阵的，心里想他不是竞争对手之一吗？要是少一个人，赢的概率就变大了。但是看到他这么痛苦，我实在是做不到见死不救。为了不让自己的良心受到谴责，我终究还是拿出这瓶蛇药，让他服下了。"

王喜虚弱地说："不管怎么样，我都要谢谢你，双叶。"

"不必，我只是不想为了钱，丧失人性而已。"双叶说。

"好了，现在，我们需要探讨一个最重要的问题了。"柏雷说，"这条蛇是从哪儿来的？"

"不是从装食品的柜子里爬出来的吗？"陈念说。

"但是很明显，它一开始不在柜子里，不然，我们早就发现它了。"柏雷说。

"对……这个柜子，我们已经在里面拿过很多次食物了。如果里面有蛇，不可能现在才被发现。"宋伦说。

柏雷走到食品柜前，仔细观察了一阵。然后特地蹲下来，检查了最下面的一层，也就是堆放着麻辣带鱼罐头的那一层。片刻后，他说道："我明白了。"

"明白什么了？"兰小云问。

"你们自己过来看吧。"

除了王喜，其他人都走向这个柜子，望向最下面一层。柏雷指着角落里码堆起来的鱼肉罐头说道："你们看，这些罐头被集中放在了最下面这一层，像堡垒一样围成一圈，顶住上方的隔板。这样做，显然是为了把那条黑曼巴蛇围在'堡垒'中。只要有人伸手去拿罐头，就等于制造了一个缺口，被困的黑曼巴蛇在逃出来的同时，不由分说地发动了攻击。"

众人点着头，同意柏雷的分析。柏雷接着说道："显然，**这次袭击不是随机的，而是有明确的目标——就是王喜！**"

"有能力制造这个'毒蛇陷阱'的人，显然就是这场游戏的主办者了。他计划让毒蛇袭击王喜？"刘云飞睁大眼睛说。

"是的。因为他知道，我们十四个人中，只有王喜最喜欢吃这种麻辣带鱼罐头。也就是说，其他人都不会刻意找这些罐头，只有王喜会找。那么触发'毒蛇陷阱'的，就只有可能是王喜！"

"但是，主办者为什么想要提前除掉王喜呢？"兰小云感到费解，"他是第五个讲故事的人，主办者把他'邀请'到这个地方来，不就是为了让他参加这个游戏吗？现在还没有轮到他讲故事就对他下手，逻辑上说不通吧？"

"对，这事的确有点不寻常。所以我在想，王喜是不是做了某件'不该做的事'，**导致主办者想要提前除掉他。**"

说到这里，柏雷转身望向王喜："昨天晚上，或者说昨天夜里，你有没有做什么特别的事？"

服了解药后的王喜精神逐渐恢复了，他茫然地摇着头说道："没有……我回房间之后，就睡觉了，什么都没做。"

"你说的是实话吗？"柏雷再次问道。

"是实话。"

柏雷不再纠缠此事。他思忖好一阵后说道："不管怎样，刚才发生的事情，至少说明了一件事。"

"什么事？"陈念问道。

"王喜不可能是主办者。我们十四个人中，至少已经有一个人可以明确地排除嫌疑了。"

"因为他是被毒蛇攻击的人吗？你认为，主办者肯定不会自己害自己？"陈念问。

"当然。"柏雷回答道。

"会不会是苦肉计呢……"

"苦肉计？要不你来一次试试？双叶刚才说了，她可是犹豫了许久，才决定救王喜的。如果她做出相反的决定，那王喜就死定了。假如你是主办者，会拿自己的命来赌这件事吗？"柏雷说。

陈念没有说话了。这时，贺亚军突然想起一个问题，望着乌鸦说道："昨天晚上，陈念讲完故事后，你一个人在楼下吃了消夜，对吧？也就是说，你是在昨天晚饭之后，唯一一个接近食品柜的人。"

"那又怎么样？你想说，是我把那条毒蛇放进柜子里的吗？如果我要这样做，也只会偷偷地做吧？还会故意留在楼下吃消夜，引起你们的怀疑？况且我昨晚就只在楼下多逗留了五分钟，吃了一根火腿肠和一个面包！"乌鸦说。

"我们都上楼去睡了，谁知道你逗留了多久，做了些什么事情？"贺亚军说。

"我告诉你，如果这条蛇是我放的，我只会放进你的房间！你处处针对我，我应该先干掉你！"

"你试试呀！"

"好了，你们不要吵了。"宋伦说，"刚才要不是柏雷和乌鸦一起配合，打死了这条毒蛇，我们所有人的生命都会受到威胁。你们别忘了一件事，咱们十四个人中，有十三个都是无辜的。现在的局面本来就很被动了，如果不团结起来对抗主办者，形势只会更加不利！"

真琴、兰小云等人纷纷点头，认为宋伦说得有道理。乌鸦和贺亚军停止了争吵。之后，宋伦和柏雷扶着王喜上了楼，让他躺在床上休息。其他人也分别回到各自的房间。

兰小云把房门关好，坐在床沿上，思索着刚才发生的事情。主办者为什么要设计这样一个陷阱，意图除掉王喜呢？如果主办者是个不按常理出牌的疯子，那他完全没有必要策划这场游戏，让大家每天晚上讲一个故事。掌握绝对主动权的他，要想除掉另外十三个人，是易如反掌的事，何必处心积虑地布置什么"毒蛇陷阱"？如此说来，这样做必定有某种原因，或者某种意义。但是，仅凭猜测，很难想出其中缘由。

难不成，王喜真的做了某件"特殊的事"，才引发了这样的结果？可是，当柏雷问他的时候，他矢口否认了。问题是他说的不一定是实话。假如他的确有所隐瞒——这个表面上看起来大大咧咧，甚至有点傻乎乎的王喜，实际上也不是那么简单的……

当然，还有一种可能性——把毒蛇放进柜子里的，并不是主办者，而是另有其人。

兰小云想起了主办者发给他们每个人的"盒子"。如果其中某个人的盒子里，装的就是这条黑曼巴蛇——这种可能性，并不是没有。但这也仅仅是猜测，无法验证。而且这仍然无法解释一个问题：这个人为什么偏偏要害死王喜呢？王喜到底有什么特殊之处？

兰小云眉头紧蹙，百思不得其解。

（第一季完）

图书在版编目（CIP）数据

必须犯规的游戏.重启.1/宁航一著.—成都：
天地出版社，2022.5
 ISBN 978-7-5455-6577-5

Ⅰ.①必… Ⅱ.①宁… Ⅲ.①推理小说—中国—当代
Ⅳ.①I247.5

中国版本图书馆CIP数据核字（2021）第196241号

BIXU FANGUI DE YOUXI CHONGQI
必须犯规的游戏·重启1

出 品 人	陈小雨　杨　政
作　　者	宁航一
责任编辑	张诗尧
封面设计	今亮後聲 HOPESOUND 2580590616@qq.com ·张张玉
责任印制	董建臣

出版发行	天地出版社
	（成都市槐树街2号　邮政编码：610014）
	（北京市方庄芳群园3区3号　邮政编码：100078）
网　　址	http://www.tiandiph.com
电子邮箱	tianditg@163.com
经　　销	新华文轩出版传媒股份有限公司

印　　刷	天津融正印刷有限公司
版　　次	2022年5月第1版
印　　次	2022年5月第1次印刷
开　　本	710mm×1000mm 1/16
印　　张	18
字　　数	288千字
定　　价	49.00元
书　　号	ISBN 978-7-5455-6577-5

版权所有◆违者必究

咨询电话：(028) 87734639（总编室）
购书热线：(010) 67693207（营销中心）

如有印装错误，请与本社联系调换

喜马拉雅奇迹文学策划出品

"必须犯规的游戏·重启"系列有声剧现已完结
欢迎扫码收听

内容简介

十四个因为各种原因欠下巨额债务、走到绝境的人，收到一条同样的神秘短信——只要参加某个特殊的"游戏"，就有机会获得一亿元的巨款。十四个人纷纷按照指示来到指定地点，却被软禁在一个密闭场所内。

主办者通过录音宣布了游戏规则：十四个人，每天晚上轮流讲一个故事，由网友们给每个故事打分，得分最高并且在十四天后仍然活着的那个人，就是获胜者，可赢得一亿元现金。众人在别无选择的情况下开始了这场危机四伏的游戏。随着游戏的进行，一桩桩诡异莫名、恐怖骇人的事件接二连三地发生在他们身上，不断有人离奇遇害，众人之间的不信任感与日俱增。

隐藏在他们身边的主办者究竟是谁？他策划这场游戏的目的是什么？谜底将在最后一刻揭晓……

欢迎收听更多精彩有声作品

《世界名著大师课》
听大师讲解经典名著

《进击的律师》
一部硬核的法律题材长篇小说

《天下刀宗》
百万人日夜追更的武侠故事

从声音到文字，分享人类智慧

天喜文化